C'era Una Volta Una Principessa

di Clare Lydon
& Harper Bliss

custard books

Anche da Clare Lydon

Prima Di Dire Si, Lo Voglio
Change Of Heart: Edizione Italiano

A Meghan e Harry

Capitolo 1

Olivia Charlton serrò il pugno sinistro mentre un mal di testa stava iniziando ad avvilupparle il cervello. Sentiva ancora il ronzio degli obiettivi delle macchine fotografiche e le voci dei fotografi che chiedevano loro di girarsi, ma tirò dritta. Avevano posato per ben venti minuti e risposto a tutte le domande: quel giorno la stampa non avrebbe ottenuto di più. Il sorriso ampio, la testa alta, si allontanò mano nella mano con Jemima Bradbury, ora ufficialmente la sua fidanzata.

Era l'inizio di maggio; il cielo era azzurro terso.

Il suo umore, al contrario, era un agglomerato di nubi temporalesche.

Una volta all'interno della tenuta, dopo che il pesante cancello di legno nero si fu richiuso dietro di loro, si permise di mollare la mano di Jemima. Poi rilassò le spalle con un sospiro frustrato.

Non poteva credere che i genitori le avessero fatto tenere una conferenza stampa per annunciare il fidanzamento con così poco preavviso: meno di ventiquattro ore. Non era nel loro stile. Quindi, rifletté Olivia, temevano che volesse darsela a gambe. E non si sbagliavano.

Quando alzò gli occhi, Jemima stava flettendo la mano. "Potevi stringere anche di più! Sai che a momenti mi spezzavi un osso?" scherzò con un sorriso mite. "Avranno pensato che non vuoi sposarmi," aggiunse, sollevando un sopracciglio. "E come ti è venuto di rispondere così, alla domanda sulla proposta di matrimonio? Potevi almeno inventarti una bella storia, dare alla stampa quello che si aspettava. Questa è un'occasione felice, nel caso te lo fossi dimenticata."

Inclinò la testa di lato, e i lunghi capelli biondi si riversarono a cascata intorno alle spalle abbronzate. Indossava una gonna bianca abbinata a un top dello stesso colore col bordo nero. Entrambi i capi erano di alta sartoria; ai piedi aveva un paio di Manolo Blahniks, anche quelle di un bianco immacolato.

"A che serve inventarsi una storia, Jem?" Olivia si passò le dita tra i lunghi capelli castani; aveva di nuovo le spalle irrigidite. "Ma tu vuoi davvero sposarmi? Anche se sai benissimo che non ci amiamo?"

Dicessero pure che era un tipo all'antica, ma Olivia aveva sempre pensato che si sarebbe fidanzata solo se fosse stata veramente innamorata della sua futura sposa. Sua madre proprio non la capiva: al contrario, le ripeteva sempre che per la loro famiglia l'amore non era importante. *"Nella lista delle cose indispensabili nella vita, l'amore si colloca verso il fondo. Pensavo che a trentatré anni ormai lo sapessi, Olivia."*

Una leggera brezza la sfiorò mentre osservava il retro dell'edificio in mattoni rossi della sua tenuta nel Surrey. Era la sua casa da quando era rientrata in Inghilterra, tre anni prima.

O la sua prigione, come pensava spesso.

Jemima rise, assumendo però un'espressione triste. "Ho provato a seguire l'amore e non ha funzionato. Spesso non funziona." Fece una pausa. "Non ha funzionato neanche fra te ed Ellie, vero?"

Sentir pronunciare il nome dell'ex era ancora come ricevere un pugno nello stomaco.

"E tu sei tutt'altro che un pessimo partito, per come la vedo io," continuò Jemima. "Sei una principessa. Se ho la possibilità di sposare una donna di sangue reale, io di sicuro non intendo rifiutare." Sospirò e la prese per mano.

Non appena lo fece, Olivia sobbalzò. E notò che Jemima aveva le mani sudate.

"Tu e io potremmo stare bene insieme, e lo sai. Abbiamo già avuto una storia." Jemima sbatté le lunghe ciglia con fare seduttivo.

"Non so se basta il solo fatto di andare d'accordo," rispose Olivia. Eppure eccole lì, ufficialmente fidanzate. Per un periodo, intorno ai vent'anni, erano uscite insieme; poi lei aveva deciso di far carriera nell'esercito, invece di diventare un'esponente dell'alta società. Vero, frequentavano ancora gli stessi ambienti. E un anno prima avevano avuto una sconsiderata avventura di una notte, per la quale si sentiva ancora in imbarazzo. Ma era tutto lì. In altre parole, la sua vecchia fiamma era rientrata nella sua vita solo per regio decreto. Il problema era che tutti – Jemima compresa – ne erano molto più felici di lei.

"Sì, hai ragione," continuò Olivia, "possiamo darla a bere alla stampa: loro vogliono una coppia fotogenica, e noi lo siamo". Guardò Jemima negli occhi. "Ma tu non vuoi qualcosa di più? Vuoi davvero accontentarti di me?" Voleva che riflettesse bene su ciò che stava per fare, perché Jemima poteva scegliere diversamente. Lei invece no. In un remoto angolo della sua mente, aveva sempre saputo di essere destinata a un matrimonio combinato, come sua sorella, Alexandra, che ci era già passata.

Jemima emise una risata strozzata. "Sposare la Principessa Olivia, la quarta nella linea di successione al trono, è tutto fuorché accontentarsi. E in fondo io e te andiamo d'accordo. Mica ci odiamo, o sbaglio?"

Infatti era così. Non poteva darle torto. Anche da ex avevano mantenuto un buon rapporto. Fece per dare un calcio a un sasso, ma si rese conto di indossare un tacco dodici e non le scarpe da ginnastica: quel giorno era una principessa di professione, non una soldatessa. Ricordandosi del vestito rosso papavero e del trucco perfetto sul viso, le passò anche la voglia di gironzolare per il cortile con le mani in tasca: non sarebbe comunque servito a farla rilassare.

"Pensaci. Non è poi così terribile," insisté Jemima, distendendo le mani fresche di manicure. "Tu devi sistemarti, vero? E non preferiresti farlo con una persona che conosce il tuo mondo, lo capisce e ti aiuta a salvare le apparenze? La tua vita non sarebbe più facile, così?"

Olivia si inumidì le labbra. Il ragionamento di Jemima non faceva una piega, ma non le bastava per spazzare via ogni dubbio. Aveva conosciuto l'amore con Ellie e voleva darsi un'altra possibilità.

Se un giorno si fosse sposata, sarebbe stato col vero amore della sua vita, per sempre.

In altre parole, Olivia Charlton non c'entrava niente con Jemima Bradbury.

* * *

Il segretario privato della madre, Malcom, uscì dalla porta intarsiata, fece un inchino con la testa pelata e disse: "Prego, la regina può riceverla adesso".

Non proferì altra parola, ma il suo sguardo assottigliato fu eloquente: *"Non creare problemi superflui alla regina, perché poi tocca sempre a me risolverli"*.

Olivia gli fece un sorriso angelico e se lo lasciò alle spalle. Malcom non le era mai piaciuto.

Quando entrò nel salone, la madre – la Regina Cordelia, per usare il giusto titolo – stava armeggiando col cellulare, mentre il padre – il Principe Hugo – leggeva il *Times* seduto sulla sua poltrona preferita. Era una poltrona color oro, sbrindellata e scricchiolante a ogni minimo movimento, ma lui rifiutava sempre di dare alla moglie il permesso di farla sistemare, e lei finiva sempre per lasciar perdere. Per lui era una piccola vittoria, e ci teneva a mantenerla.

Quando Olivia si schiarì la voce, il padre mise giù il giornale.

La regina sollevò lo sguardo e incrociò le braccia sul petto. *Appunto.* Sarebbe stata dura affrontarla, proprio come temeva Olivia.

La figlia accennò ai divani color *soft blue* di fronte al camino, la madre la seguì e si sedettero l'una di fronte all'altra. Olivia fletté le dita dei piedi nelle scarpe col tacco alto; si era tenuta gli stessi vestiti della conferenza stampa, perché sapeva che la madre sarebbe stata senza un capello fuori posto e pronta a dare battaglia. E infatti, la regina indossava un completo di giacca e pantaloni grigi, con scarpe col tacco abbinate, che ne slanciava la figura. Nel complesso, aveva un aspetto tagliente che rispecchiava in pieno il suo atteggiamento.

"Allora, l'avete guardata?" domandò Olivia.

La madre annuì. "Sì." Fece una pausa, accavallando le gambe. "Potevi anche sorridere di più, sembrare più felice."

Strizzò gli occhi al sole, che le inondava il viso dalla finestra piombata, e sollevò una mano per schermarsi. "Sembrava che annunciassi un funerale, non un matrimonio."

"Tua madre ha ragione." Il principe andò a sedersi vicino alla regina. Indossava il suo solito completo nero con cravatta a righe, in perfetta linea col suo pallore grigio. "Era come se non volessi essere lì."

"Perché *non volevo* essere lì! Lo sapete!" Olivia alzò le mani in aria: i suoi genitori riuscivano a farle perdere la pazienza nel giro di pochi secondi. Come potevano essere così calmi, quando sapevano benissimo che non era affatto ciò che voleva? Ne avevano parlato solo tre sere prima, e lei era stata chiara su come la pensava.

"E tu sai benissimo che la gente fa domande e che hai una certa età." Il volto della madre era di pietra. "Anche tua sorella lo sapeva e si è sposata senza fare tante storie. Non ti facciamo neanche sposare un uomo…"

"Generoso da parte vostra," la interruppe Olivia, accigliandosi.

"Sì, in effetti," convenne la madre, come se nulla fosse. "Sarai la prima principessa lesbica che si sposa, e Jemima è un buon partito. Se devi sposare una donna, deve essere il giusto tipo di donna. Qui non si tratta solo di te, Olivia. Si tratta di essere un membro della famiglia reale come tutti si aspettano. Devi mettere su famiglia. A parte Ellie, sembra che tu non ci voglia neanche provare."

Perché tutti tiravano in ballo Ellie? Ellie era acqua passata, si era sposata con un'altra. E Olivia voleva concentrarsi sul proprio futuro. Che le riservasse o meno l'amore, lei voleva almeno la possibilità di fare scelte che fossero davvero sue.

Ma per ottenerla doveva calmarsi. Far finta di niente. La cosa migliore era appellarsi al padre.

"Non ero pronta per la conferenza stampa di oggi. Mi avete detto solo ieri sera che bisognava farla. Mentre ero davanti ai giornalisti mi pareva tutta una farsa. Non ci voleva molto perché lo capissero anche loro."

Sapeva che era arrivato il momento di guardare in faccia le sue responsabilità di membro della famiglia reale – perché l'orologio faceva tic tac – ma non avrebbe mai pensato che nel farlo si sarebbe sentita così... vuota. Privata di qualcosa.

"Sciocchezze. La stampa vede solo quel che vuole vedere." La regina intrecciò le mani sul ginocchio della gamba accavallata e fissò la figlia. "Lo sanno tutti che tu e Jemima avete dei trascorsi. Insieme siete una coppia perfetta. I giornali di domani saranno pieni delle vostre belle facce sorridenti. O almeno dei sorrisi di Jemima."

"Lei non è poi così male, Olivia," aggiunse il padre. "Sposarla non è un compromesso così spiacevole." Poi distolse lo sguardo.

Olivia strinse i denti. *Tu il compromesso l'hai accettato, e vedi un po' come sei finito.*

Se c'era un matrimonio che non voleva emulare, era quello dei genitori.

Voleva un amore corrisposto, un amore che ardesse luminoso ogni giorno.

Si alzò per avvicinarsi al camino, consapevole del rumore dei tacchi sul pavimento lustro di legno. Osservò la foto di una bambina orgogliosa di tenere in braccio una neonata: erano sua sorella a sei anni e lei. Alexandra aveva fatto il suo dovere sposandosi con Miles; adesso avevano due bambini.

Olivia non ci teneva a emulare neanche il loro matrimonio.

Si girò verso i genitori, chiamò a raccolta tutto il suo coraggio e fece un respiro profondo. "Mi serve solo qualche settimana per chiarirmi le idee. Questa cosa del matrimonio mi ha fatta andare in tilt. So che è quello che volete, so anche che l'abbiamo concordato, ma dirlo ad alta voce sembrava… sbagliato. Falso."

"Benvenuta fra i reali," commentò il padre con aria impassibile.

Olivia scosse la testa. "Vorrei andare via da Londra per un po'. Stare qualche giorno al maniero in Cornovaglia. Solo per schiarirmi le idee e capire cosa ne penso davvero."

"Il fidanzamento è annunciato. È un po' tardi per darsela a gambe." Il volto della madre non rivelava alcuna emozione. La regina non era una donna affettuosa, e sicuramente non capiva la figlia.

"Ho solo bisogno che mi lasciate un po' di spazio, madre," insisté Olivia. Serrò le labbra. *Anche se non* è d'accordo, non vede che ne ho bisogno?

"Tra l'altro," proseguì la regina, senza ascoltarla, "al maniero in Cornovaglia non c'è più il personale di servizio. Abbiamo dovuto tagliare i costi. Sii ragionevole. E poi, hai pensato alle guardie del corpo?"

"Non mi serve il personale di servizio e non mi servono le guardie del corpo. Non sono più un'adolescente. E comunque, meglio così. Vuol dire che potrò davvero stare sola a riordinare i miei pensieri." Fece una pausa. "Solo due settimane. Chiedo solo questo. Poi prometto di tornare a casa e di fare tutto quello che concordiamo."

Ora fu la regina a serrare le labbra in una linea sottile. Abbassò lo sguardo sul pavimento, poi lo rivolse al marito.

"Suppongo che, secondo te, dovremmo lasciarla andare. Olivia ti comanda a bacchetta sin da piccola."

Il principe fece spallucce. "Chiede solo due settimane. Se le serve solo questo per sistemare le cose, per me va bene, può andare." Guardò la figlia. "Ma niente scandali. Non farti riconoscere, altrimenti la stampa potrebbe avere dei sospetti e renderci la vita impossibile. Sii discreta. Niente notti brave. E mi raccomando: niente sbronze al pub."

Olivia scosse la testa, provando un enorme sollievo.

La stavano lasciando andare.

"Sicuro. Ormai sono troppo vecchia per queste cose." Non si ricordava più l'ultima volta che era stata anche solo vagamente vicina a fare una notte brava. "Metto su gli occhiali e mi faccio tagliare e tingere i capelli, così non mi riconosce nessuno. Nessuno si aspetta di vedere una principessa coi capelli corti."

"Non troppo corti. Non come quando eri nell'esercito. Sembravi un uomo." La regina arricciò il naso.

"Sembravo quella che ero: una donna coi capelli corti, punto. Smettila di essere così omofoba."

La regina si alzò, ergendosi nel suo metro e ottanta di altezza. Era sempre stata una presenza torreggiante nella vita di Olivia. "Abbiamo detto che ti lasciamo andare, non essere ostile. Ma vedi di tornare in tempo per seguire i preparativi del matrimonio." Aveva scandito bene le sillabe col tono di chi non scherza. "Ho detto a Malcom di fare una prima selezione di sedi per il ricevimento e una bozza delle liste degli invitati." Guardò Olivia come per fulminarla. "E ricordati che voglio i capelli lunghi nelle foto del matrimonio. Quindi, *non troppo corti.*"

"Il matrimonio è fra tre mesi."

"Non. Troppo. Corti."

"E niente bravate, o ti mando le guardie del corpo," aggiunse il padre.

Olivia fece un respiro profondo e tirò indietro le spalle. "Prometto di fare la brava."

Capitolo 2

Rosie allungò il collo e guardò in lontananza, lungo i binari vuoti, poi abbassò gli occhi sull'orologio al polso. Il treno era ancora in ritardo. Non che fosse una sorpresa. Né che il caffè, d'altro canto, fosse pieno di clienti che la stavano aspettando. Fece un respiro profondo. Cercò di rilassare le spalle e di fare un minuto di mindfulness. Di quei tempi si poteva andare a lezione di mindfulness persino a Otter Bay. E di yoga, naturalmente. Né l'una né l'altro facevano per lei.

Un fischio acuto precedette la comparsa del treno. Quindi sua sorella, stavolta, non sarebbe arrivata troppo tardi. Smise più che volentieri di fare mindfulness. O meglio, di fingere con sé stessa di fare mindfulness. Anche se uno o due minuti le sarebbero stati utili per svuotare la mente.

Quando il treno entrò in stazione con un sonoro sferragliare, il suo cervello si svuotò all'istante da ogni pensiero. Ah, dunque era così: per far piazza pulita dei pensieri, ci voleva solo un frastuono che turbasse la quiete agreste della Cornovaglia. Altro che un'insulsa pratica di mindfulness!

Aguzzò la vista per cogliere l'immagine di Paige dai finestrini che le passavano accanto, ma non la vide. Stridendo, il treno si fermò e ci volle qualche altro secondo prima che le porte si aprissero.

Scesero i primi passeggeri. Rosie teneva d'occhio le porte. Conoscendo Paige, pensò che sarebbe stata l'ultima a uscire – a meno che non stesse nella pelle di ripeterle tutto ciò che le aveva già detto al telefono dell'Università di Bristol.

Abbassò lo sguardo, perdendo d'occhio per un secondo la fila di gente che scendeva dal treno. Proprio allora qualcuno la urtò pesantemente al fianco.

"Mi scusi!" disse una voce di donna.

"Guarda dove vai," ribatté lei in automatico.

La donna indossava la stessa giacca Paul Smith che Rosie aveva notato su una rivista dimenticata da una cliente al caffè, in mattinata. Non fosse stato per quello, lei di certo non avrebbe mai riconosciuto il capo di alta moda. Quando aveva letto il prezzo le era pure venuto un colpo.

"Mi scusi tanto," disse ancora la donna, incrociando per un breve istante lo sguardo di Rosie prima di filare via.

Un'altra ricca di Londra che viene in Cornovaglia a far lievitare i prezzi di tutto. La osservò allontanarsi in tutta fretta, come se fosse in ritardo a un appuntamento molto urgente. *Starà mica andando a lezione di mindfulness?!*

Non l'aveva vista bene in faccia, ma le pareva che avesse un'aria vagamente familiare.

"Ciao," disse Paige non appena lei si voltò.

Si era talmente distratta con la sconosciuta da non aver visto la sorella scendere dal treno.

"Grazie per essere venuta a prendermi," continuò Paige. "Così evito un viaggio in pullman e di buttar via circa un'ora."

"Nessun problema." Rosie toccò appena la spalla della sorella, che era molto più giovane di lei. "Taxi Rosie è sempre a tua disposizione."

"Me lo metti per iscritto, per favore?" scherzò Paige.

Si incamminarono verso la loro vecchia Toyota malconcia. Rosie l'aveva comprata di seconda mano da Raymond, il proprietario di un'autofficina locale, per poche centinaia di sterline. Lui, poi, gliel'aveva sistemata senza farle pagare la manodopera.

"Aggiungo una clausola," disse Rosie, sorridendo, mentre raggiungevano la macchina. "Taxi Rosie è sempre a tua disposizione finché questo veicolo di lusso regge."

"Allora speriamo che regga per qualche altro mese." Paige ricambiò il sorriso. "Almeno finché non vado all'università."

Salirono in macchina. Bello che riuscissero a sorridere dello stato delle loro finanze, pensò Rosie. Pochi secondi di sollievo erano meglio di niente.

"Raccontami ancora di Bristol," disse mentre partivano. La radio della Toyota aveva tirato le cuoia circa un anno prima, quindi non potevano fare altro che conversare per rompere il silenzio.

Mentre Paige andava in visibilio per l'Università di Bristol e riassumeva tutte le ragioni per cui le sarebbe piaciuto andarci, nel cervello di Rosie turbinavano gli importi in sterline delle rette. Lei era potuta andare all'università – almeno per due anni – e avrebbe fatto di tutto perché anche la sorella potesse andarci senza doversi accollare un oneroso prestito per studenti.

Ma visto lo stato penoso delle loro finanze, se voleva pagare lei le rette universitarie di Paige, forse il Mark & Maude's, il caffè che i genitori avevano aperto circa vent'anni prima, non aveva altre prospettive che un cartello *Vendesi* in vetrina.

* * *

Rosie provò la strana sensazione che provava sempre quando accedeva al conto corrente online. Quell'angoscia alla bocca dello stomaco che le faceva venire voglia di vomitare un po'. Espresse il sentito desiderio che arrivasse un giorno in cui avrebbe potuto fare il login con spensieratezza. Questo perché in ogni momento era fin troppo consapevole del saldo esatto. E di tutte le bollette che doveva pagare col suddetto importo.

Dopo la prematura scomparsa dei genitori aveva venduto la casa di famiglia. Quei soldi, però, erano esauriti da tempo. Li aveva usati per pagare le rate arretrate del mutuo ipotecario sul caffè.

E dovendo pagare l'affitto del piccolo appartamento in cui stava con Paige, ogni mese non le restava un granché sul conto. La loro attuale abitazione era molto più piccola rispetto al posto vicino al caffè dove erano rimaste finché il proprietario non aveva aumentato il canone mensile. Del resto Rosie non poteva dargli torto: sicuramente ci guadagnava di più affittandolo ai turisti per soggiorni brevi che a loro due. Se solo anche lei avesse saputo far fruttare altrettanto bene il suo locale!

Ma il Mark & Maude's era della vecchia scuola: chiudeva prima dell'ora di cena e, in generale, non era uno di quei posti di tendenza prediletti dai londinesi benestanti. Inoltre, al Mark & Maude's non si servivano alcolici. Ecco, forse era proprio quella la cosa da cambiare. Che difficoltà potevano esserci nel procurarsi una licenza per vendere alcolici? La vendita di drink per soli adulti aveva fatto faville in altri locali di Otter Bay.

Diede un'occhiataccia al portatile, come se il saldo così basso fosse tutta colpa dello schermo. Poi si appoggiò allo schienale della sedia, rimproverandosi per aver voluto un conto online. Non è che guardare i numeri cambiasse qualcosa, ma aveva sperato che, di fronte alla situazione disperata, le si accendesse una lampadina in testa.

Fece il logout. *Macché lampadina.* Sciolse la coda di cavallo e scosse la testa un po' di volte. Erano settimane che rimandava l'appuntamento dal parrucchiere.

Sentì avvicinarsi dei passi. "*Bonsoir, ma soeur,*" la salutò Paige con un accento esagerato. Paige nutriva gli stessi sogni che aveva Rosie alla sua età. Voleva viaggiare per il mondo e nel mentre imparare le lingue straniere. Intendeva iniziare col francese. "Cosa c'è per cena?"

"Quello che prepari tu. Tocca a te, ricordi?"

Paige si lasciò cadere su una sedia. "E pizza surgelata d'emergenza sia!"

"Così almeno mantieni le tue malsane abitudini alimentari finché non vai all'università, eh?" Chiuse il portatile per evitare che la sorella vedesse il sito web della banca e facesse domande sui soldi.

"Cosa pensi di mangiare quando non sarò più qui?" Paige inclinò la testa. "Non dirmi che non ti farai più tentare dalla pizza surgelata!"

Per Rosie era difficile immaginarsi tanto in là – e altrettanto difficile immaginarsi senza Paige. In altre parole: a settembre sarebbe rimasta sola, e pure senza lavoro?

"Quinoa e toast all'avocado con semi di chia e mandorle. Tutti i santi giorni." Scherzava, ovvio. Le tornò in mente la prima cliente che le aveva chiesto se servivano piatti a base di quinoa. "*Diciamo che non è una specialità della Cornovaglia,*" le aveva risposto, indicando poi le voci del menù.

Suonò il campanello. "Vado io," disse Paige, alzandosi.

Rosie allungò le braccia sopra la testa. Chi poteva essere?

"Preparati," sussurrò la sorella di ritorno in salotto. "C'è la tua ex."

"*Amy.*" Rosie sbuffò. "Cosa vuole?"

Paige mise le mani sui fianchi e la guardò come se avesse fatto la domanda più stupida del mondo.

"Toc, toc." La voce dal corridoio era proprio quella di Amy.

Rosie stava per lanciare un'occhiataccia a Paige per aver aperto la porta, ma lasciò perdere: Amy le si era già piazzata di fronte.

"Ciao. Vi lascio," disse Paige alla nuova arrivata. Poi si dileguò in cucina. Forse ne avrebbe approfittato per inventarsi un menù alternativo per la cena.

Amy si avvicinò a Rosie e, nel salutarla con un bacio sulla guancia, tenne la mano sul suo avambraccio un po' più del necessario – almeno secondo Rosie.

"Che succede, Rosie bella?" Amy la scrutò attentamente. "Mi piaci un sacco coi capelli sciolti, ma sembri un po' giù di tono."

Ovvio che alla sua ex non passasse neanche per l'anticamera del cervello che il motivo della sua infelicità fosse proprio quella visita inattesa. L'ennesima visita, dopo tantissime altre.

"Sai com'è. Sono un po' stressata."

Amy scosse la testa. "Non puoi andare avanti così ancora per molto. Hai altre possibilità. E lo sai."

Come no. Facile a dirsi, per lei. I suoi genitori sì che sapevano come ricavare profitti dalla massa dei nuovi turisti mangia-quinoa, bevi-gin-colorato e pratica-mindfulness.

I genitori di Amy erano i padroni dell'economia locale. E il loro caffè nuovo di zecca faceva diretta concorrenza al Mark & Maude's.

"Non mi serve il tuo aiuto." Rosie cambiò posizione sulla sedia. Non se la sentiva di invitare Amy a sedersi. Temeva di darle l'impressione che fosse la benvenuta e potesse restare a fare due chiacchiere. O, peggio ancora, di voler accettare il suo aiuto.

"Non essere così testona. Hai solo ventotto anni. Hai tutta la vita davanti. Ci sono tantissime cose che potresti fare, se solo non fossi così attaccata al tuo prezioso caffè." Amy era sempre stata una che andava dritta al punto. "Potresti fare quello che fai adesso, ma in uno dei nostri locali. Decidi, e sarà fatto." Schioccò le dita. "Pensaci, Rosie. Uno stipendio fisso. Niente più paghe e contributi per il personale. È una soluzione sicura che ha i suoi vantaggi." Aveva abbassato la voce. "Soprattutto se hai una sorella che vuole andare all'università."

"Smettila di intrometterti nella mia vita. Non sono affari tuoi." Rosie sperò di non aver lasciato trapelare l'agitazione. Amy non aveva tutti i torti, ma lei non era disposta ad ammetterlo.

"Ci tengo a te." L'ex si avvicinò di un passo. "Lo sai."

Rosie per poco non alzò gli occhi al cielo. Se l'era già sentito dire fin troppe volte. Non funzionava più.

"Perché sei ancora qui, Amy?" Stavolta non aveva neanche provato a mascherare ciò che sentiva.

"Siamo ancora amiche, no?"

Rosie sospirò. Non per quanto la riguardava. Non aveva bisogno di amiche come Amy. "Paige e io stavamo per cenare. Non è il momento più adatto per fermarti a fare due chiacchiere."

Amy la guardò in silenzio per un momento. "Messaggio ricevuto forte e chiaro." Si voltò e si diresse alla porta.

Campa cavallo che l'erba cresce! Rosie la seguì nel corridoio, non vedendo l'ora di chiuderla fuori.

Capitolo 3

La madre non aveva scherzato dicendole che la casa era disabitata da un bel po'. Non appena aveva varcato la soglia, Olivia aveva iniziato a tossire contorcendo il viso ed era corsa a spalancare tutte le finestre – perlomeno quelle che era riuscita ad aprire. La puzza di polvere, muffa e qualcosa che non aveva capito bene cos'era – pesce? olio rancido? – si sentiva ancora, nonostante avesse lasciato aperte le finestre per ore. Sperava però che i suoi sforzi di pulire e arieggiare la casa iniziassero a dare qualche risultato.

La sorella avrebbe preteso che ci pensasse il personale di servizio; essendo la prossima nella linea di successione al trono, diceva che le incombenze domestiche non erano cosa da membro della famiglia reale. La risposta preferita di Olivia era farle la linguaccia e il dito medio, il che riusciva sempre a oltraggiare Alexandra, il cui sdegno riusciva sempre a far ridere Olivia. Dopo otto anni nell'esercito e due missioni in Afghanistan, Olivia non si tirava mai indietro davanti alla *vita vera*, che era la sua definizione di come vivevano le persone normali. Anzi, a lei piaceva, la vita vera. Quindi, rimettere in ordine la casa, far ripartire lo scaldabagno, ma soprattutto disincrostare il bollitore con l'aceto trovato sotto il lavello, così da potersi preparare da sola un caffè lungo senza briciole di calcare... Ecco, queste cose non la turbavano affatto.

In quel momento era davanti alla porta sul retro. La porta era aperta; notò che il telaio, un tempo bianco, andava carteggiato e ridipinto. Reggendo la tazza di caffè solubile, lasciò vagare lo sguardo sul giardino, dove bisognava tosare il prato e potare gli arbusti, e sul campo da tennis altrettanto trascurato. Non vedeva bene fin là, ma senza dubbio erano cresciute le erbacce alla base della rete allentata. Quella rete le era sempre sembrata molto alta da bambina, quando giocava con Alexandra e tante palle da tennis le arrivavano in faccia. Stare al maniero in Cornovaglia le piaceva ora come in passato: lì si sentiva come le persone normali.

Aveva già disfatto il pacco che le aveva preparato Anna, la governante della casa nel Surrey. Dentro c'erano uova, latte, formaggio, pane, bustine del tè, caffè e biscotti. Doveva comunque andare a fare la spesa l'indomani. Detto altrimenti, andare giù in paese e restare in incognito. Era abbastanza sicura di farcela, ora che aveva i capelli più corti, ondulati com'erano naturalmente e tinti di castano ramato scuro, oltre a un paio di occhiali con la montatura nera. Di solito si stirava i capelli con la piastra, perché la madre le diceva sempre che i capelli lisci erano più classici. A lei invece piaceva lasciarli naturali. Forse li avrebbe tenuti così al suo ritorno a Londra. Essendo una reale, aveva dovuto dire sì al matrimonio combinato con Jemima, ma almeno lo stile dei capelli poteva sceglierselo da sola, no? Sarebbe stata una piccola vittoria, come la poltrona malconcia del padre.

Proprio allora, le venne in mente che nel portafoglio aveva solo la carta di credito con su scritto il suo nome. Accidenti!

Avrebbe dovuto pensarci prima! Non era più la ragazza festaiola di una volta, e sulle pagine delle riviste *Hello!* e *OK!* non compariva neanche la metà delle volte rispetto alla sorella. Ma Olivia Charlton era un nome riconoscibile. Doveva farsi spedire dalla segretaria personale la carta di credito con le false credenziali, quella in cui si chiamava Charlie Smith, e nel frattempo sperare di avere abbastanza contanti per pagare quello che le serviva.

Sorrise al pensiero della sua alter ego. Ora aveva un sacco di tempo per calarsi di nuovo nei suoi panni.

Charlie Smith era il soprannome che le avevano affibbiato nell'esercito. Quando ne era uscita, se l'era tenuto. Libera dalle catene del Palazzo – le restrizioni che comportava il fatto di essere una reale e di stare nello stesso Paese della sua famiglia – Charlie era la versione più autentica di Olivia. Nei panni di Charlie, insieme al suo reparto, sentendosi parte integrante di una squadra, Olivia aveva scoperto che la sua vita poteva avere un senso. In servizio, con l'uniforme militare e un lavoro importante da fare, era stata solo un altro soldato, solo un'altra donna che difendeva il suo Paese. E quanto le era piaciuto! Per quello si era fatta il culo all'Accademia Militare di Sandhurst; per quello aveva studiato e si era esercitata per anni.

Ma la sua carriera militare era terminata all'improvviso tre anni prima, quando la madre aveva "messo fine alla ricreazione", informando Olivia che, visto che aveva già trent'anni, era ora si assumesse i suoi doveri di membro della famiglia reale e iniziasse a partecipare più attivamente alla vita dei reali. E così Charlie Smith era morta. Ed era finita anche la sua relazione con Ellie, che non era riuscita a sostenere le imposizioni della regalità.

Bevve un sorso di caffè. Non pensava più molto a Ellie – non poteva permetterselo – ma sapeva che con Ellie aveva provato a vivere in un altro mondo, a vivere una vita vera. Adesso che, col matrimonio, stava per intraprendere a tutti gli effetti la professione di reale d'Inghilterra, dubitava che avrebbe ancora avuto una vita sua. Di certo non riusciva a immaginare Jemima felice di stare al maniero senza il personale di servizio, felice di farsi il caffè da sola, e per giunta un caffè solubile. Altro che felice. Jemima avrebbe avuto un attacco isterico. Perché il caffè solubile era per la plebe, mica per lei.

I bip del cellulare in tasca interruppero i suoi pensieri. Lasciò la tazza sul banco della cucina e controllò lo schermo. Quando vide di chi era il messaggio non batté ciglio.

Sei in Cornovaglia? Senza personale di servizio??? Ti sei appena fidanzata! Non so a che gioco stai giocando, ma la mamma non è contenta e Jemima ieri sera al club piangeva. Mandale almeno un messaggio!

Olivia alzò gli occhi al cielo e riprese la tazza. Da tempo aveva imparato che il modo migliore di interagire con la sorella era ignorarla.

E probabilmente Jemima aveva pianto solo perché si era bevuta troppi Vodka Martini e al bar avevano esaurito la Grey Goose.

* * *

"Sono ventidue sterline e novantasei," disse la donna dietro al bancone. Olivia le diede trenta sterline. Aveva trovato una riserva di contanti nascosta in casa, quindi non si sentiva più così al verde come la sera prima; inoltre, la sua segretaria personale avrebbe fatto recapitare la carta di credito al maniero quel giorno stesso.

Si era chiesta se i pagamenti con carta fossero approdati in quella parte della Cornovaglia: non solo si poteva pagare con carta, ma c'era persino il sistema contactless. Invece, l'ultima volta che era stata a Otter Bay, cinque anni prima, in tanti negozi accettavano solo i contanti. Ringraziò la donna, le ridiede dieci penny per una borsa riutilizzabile, ci mise la spesa e uscì dal negozio calandosi la visiera del cappello sul viso, che era già provvisto di occhiali da sole.

Venti minuti fuori casa, e nessuno l'aveva riconosciuta. Fin lì, tutto bene.

Doveva mantenere l'anonimato per altri tredici giorni.

Quel mattino il meteo era incerto – sole o nuvole bianche – ma anche senza cielo azzurro Olivia si sentiva più viva, più libera. Era una sensazione che non provava da mesi. Essere lontana dalla famiglia e da Londra le faceva sempre quell'effetto. Poter camminare per strada senza paura dei paparazzi o che un impiccione spifferasse ai suoi genitori dov'era e cosa stava facendo era qualcosa di raro nella sua vita. La maggior parte delle persone lo dava per scontato, ma per lei era un momento speciale, e sempre fin troppo fugace.

Camminava lungo la via principale del paese, abbastanza larga da far passare giusto due macchine parallele, guardando le vetrine: un negozio di articoli da cucina, sicuramente molto frequentato dai turisti; uno di surf, dove si ripromise di tornare un altro giorno; e una macelleria in vecchio stile, come a Londra non se ne vedevano più, col bancone bianco e, in fondo, due macellai con la mannaia in mano.

Mentre guardava la vetrina di una boutique, le brontolò lo

stomaco. Pensò alla spesa nella borsa. Sarebbe dovuta tornare a casa a cucinarsi le uova e la pancetta che aveva comprato, ma preferiva stare in giro, in mezzo alla gente.

Il suono del campanello della boutique attirò la sua attenzione: sulla soglia era comparsa una donna con una folta massa di capelli argentati. Sorridendo, le indicava qualcosa esposto in vetrina.

"Le starebbe bene, è adatta alla sua carnagione." Si riferiva a una camicetta beige coi fiori rossi e gialli ricamati davanti. Olivia rivolse all'anziana un'occhiata di circostanza. Era matta? Quella camicetta non sarebbe stata bene a nessuna! Anche se lei la pensava sempre così, quando si trattava di moda femminile.

"Stavo solo guardando." Doveva fuggire prima che la vecchia attaccasse bottone. Aveva la sensazione che l'avrebbe tenuta lì per ore.

La vetrina successiva era di un caffè: il Mark & Maude's. Nemmeno a farlo apposta, le brontolò ancora lo stomaco. Prese una rapida decisione ed entrò di slancio. Andò a sedersi lontano dalla vetrina, si tolse la giacca grigio ardesia e mise la borsa della spesa ai suoi piedi. Cambiò rapidamente gli occhiali, ma preferì tenersi il cappello con la visiera. *Perché non si sa mai.* Non aveva ancora il coraggio di levarselo.

Il caffè da fuori le era sembrato grazioso ma logoro. Dentro era lo stesso. I tavoli e le sedie erano scombinati e i muri avevano bisogno di una mano di pittura, ma Olivia apprezzò il bancone del bar, molto originale, decorato frontalmente con centinaia di vecchi tappi della Coca Cola, e anche i porta-tovagliolini cromati e le zuccheriere degli anni Cinquanta. Chiunque fossero, Mark e Maude avevano una predilezione per il vintage.

Sentì dei colpetti, come di qualcuno che bussava sul vetro.

Quando alzò gli occhi, vide che era di nuovo la vecchia della boutique che cercava di attirare la sua attenzione. Dai gesti della mano sembrava che la invitasse a tornare più tardi. O che le chiedesse il numero di telefono.

Gesù.

Le rivolse un altro sorriso di circostanza, poi udì una risata.

"Hai fatto il grosso errore di guardare la vetrina di Connie?"

A darle del tu ridendo della situazione era una donna più o meno della sua età. Le labbra brillavano di lucidalabbra appena applicato. Indossava un paio di jeans, un top nero attillato e scarpe bianche Converse. I capelli biondo scuro erano raccolti in una coda di cavallo. Dove l'aveva già vista? Si spremette le meningi e le venne in mente subito: era la donna che aveva urtato alla stazione dei treni.

Accantonò il ricordo. "Sì. È così insistente con tutte le clienti?"

La donna emise un'altra sonora risata che rimbalzò sulle pareti del caffè. "Ogni singola cliente. È una tecnica di vendita, esclusiva di Connie."

"Il negozio è ancora aperto, quindi deve funzionare."

"In qualche modo, sì." La bionda la fissò, stringendo i penetranti occhi blu. "Mi sembra di conoscerti. Ci siamo già incontrate altrove?"

Olivia scosse la testa. "Non penso. Sono qui a fare un giro. Abito a Londra." Le tese la mano. "Ol... Charlie." Tossì per mascherare l'errore.

"Piacere, io sono Rosie." Studiò Olivia un altro un po'. "Eppure mi sembra di averti già vista." Diede un colpetto con la biro al blocchetto delle ordinazioni che aveva in mano. "Mi verrà in mente, dammi un minuto." Sollevò un sopracciglio. "Ti fermi solo nel weekend?"

Olivia scosse la testa. "Un po' di più. Pensavo di star via da Londra per un paio di settimane. Ho delle cose da sistemare."

"Alloggi in paese?"

Olivia si contorse sulla sedia, urtando con un piede la borsa della spesa. "Sì, degli amici mi hanno dato le chiavi di casa loro."

"Beata te che hai degli amici così," commentò Rosie, poi le indicò il menù. "Sai già cosa prendere? Non abbiamo ancora ceduto a proporre il toast con l'avocado schiacciato, che voi a Londra amate tanto, ma possiamo prepararti un'eccellente colazione all'inglese, o anche le uova alla Benedict, se vuoi."

"Direi che posso anche vivere senza avocado *schiacciato*. Da quando ci vuole la forza bruta per preparare un toast?"

Rosie scoppiò di nuovo a ridere e Olivia fu stranamente contenta di esserne la causa. Quando la bionda rideva, le si illuminava il viso.

"Prendo quello che mi consigli tu. Colazione all'inglese?"

"Scelta perfetta. Tutti gli ingredienti sono di origine locale. E la nostra cuoca, Gina, fa anche il ketchup."

"In effetti, meglio così che farsi schiacciare un po' di avocado su una fetta di pane."

"Ben detto! Mi piaci, Miss Londra. Tè o caffè?"

"Un bricco di tè, grazie." Olivia fece una pausa. "È tuo il locale?"

Rosie annuì, poi il suo viso si adombrò un istante prima di tornare sereno. "Sì. Era dei miei genitori. Adesso è mio."

"Mi piace. Soprattutto il bancone. È molto originale."

Aveva l'impressione che Rosie avesse bisogno di ricevere dei complimenti.

E infatti, la bionda le fece un sorriso raggiante. "Dici davvero? È opera mia. Ho sempre desiderato andare negli Stati Uniti, ma non ci sono mai riuscita. Così ho fatto arrivare un po' di cose tipiche americane a Otter Bay."

"Gran bel lavoro."

"Vedremo che ne sarà," sussurrò enigmatica. Diede altri colpetti al blocchetto. Poi smise all'improvviso, inclinò la testa e fissò ancora Olivia. "La tua giacca… è di Paul Smith?"

Lei si sentì sprofondare dall'imbarazzo. *Bel modo di mimetizzarsi!* "Sì, mi sono fatta un regalo."

Rosie la stava ancora fissando. "Eri tu in stazione ieri, vero?"

Sussultò. "Sì." *Beccata.*

"Mi pareva." Il sorriso divenne di plastica. "Quindi, colazione all'inglese e un bricco di tè." Rosie le diede un'ultima occhiata penetrante, poi si voltò e sparì dalla sua vista.

Olivia espirò, sentendosi percorrere da un brivido. Una sensazione calda.

Non capiva bene a cosa fosse dovuta.

Capiva solo che restare in incognito sarebbe stato più difficile di quanto si era immaginata.

Capitolo 4

Rosie si appoggiò al bancone e gettò un'occhiata all'unica cliente nel caffè. Charlie si era tolta gli occhiali e li aveva messi sul tavolo, vicino al piatto, mentre era china sul cellulare. Quindi non erano occhiali da vista: era tutto ciò che Rosie sapeva della sconosciuta entrata la prima volta nel Mark & Maude's tre giorni prima. Gli sconosciuti costituivano ovviamente una gran fetta dei clienti del caffè, ma lei faceva fatica a togliere gli occhi di dosso da quella in particolare. C'era qualcosa di attraente nel suo atteggiamento e nel modo in cui, ogni pochi minuti, sollevava lo sguardo dal cellulare per rivolgerlo a lei.

Ma non lo faceva più da un po'. Rosie ipotizzò che qualunque cosa stesse leggendo dovesse essere estremamente interessante, perché aveva catturato la sua attenzione più a lungo che in precedenza. Sperò che, la volta successiva che avesse guardato verso il bancone, Charlie le avrebbe rivolto una lunghissima occhiata, per compensare tutte quelle mancate.

Trattenne un sospiro. Davvero non aveva niente di meglio da fare che soffermarsi su pensieri come quello? Ad esempio, poteva inventarsi un piano tattico per pagare le rette universitarie di Paige. E farsi venire un'idea altrettanto brillante per aiutare Gina a passare il test per la cittadinanza.

Ma no. Al momento si sentiva di dedicare tutte le sue attenzioni all'unica cliente nel caffè, preparandosi al bel momento in cui i loro sguardi si sarebbero di nuovo incrociati. Dopotutto, Charlie era responsabile di un piccolo miglioramento del giro d'affari, visto che era venuta a far colazione tre giorni di fila.

Ah, ecco. Charlie mise giù il cellulare e si passò una mano fra i corti capelli ricci. Rosie continuò a tenerla d'occhio, cercando al contempo di non darle l'impressione di spiarla.

Finalmente la vide guardare nella sua direzione e indugiare su di lei con un sorriso. Le sorrise a sua volta, mettendosi in allerta. Preferiva di gran lunga essere chiamata dai clienti con un sorriso che con un gesto incurante della mano oppure, peggio ancora, come preferivano certe persone provenienti da fuori città, con un altezzoso *"Cameriera!"*.

Andò al suo tavolo. "Ti porto qualcos'altro?"

"Oh Dio, no." Charlie si passò una mano sull'addome e Rosie non poté fare a meno di notare che aveva una fastidiosa pancia piatta, pur non sembrando il tipo di donna che conta le calorie – perlomeno, non lì al caffè. "Anche oggi mi hai dato fin troppo da mangiare."

"Chiedo scusa. Diciamo che è la nostra 'argomentazione esclusiva di vendita'."

Charlie ridacchiò. "Sì, me l'avevi detto, che hai introdotto un po' di cose tipiche americane a Otter Bay. Sicuramente l'hai fatto con le porzioni giganti."

"Grazie. Sono contenta di aver conosciuto qualcuno che ha capito il senso di questo posto." Notò che il piatto non era vuoto.

Charlie se ne accorse. "Era tutto molto buono. Fai i complimenti alla chef da parte mia."

Alla chef. Rosie non aveva mai pensato a Gina come a una chef. Ma nei caffè come il Mark & Maude's lavoravano gli chef? Non pensava proprio. "Sì, riferirò."

"Dico sul serio," continuò Charlie. "Se sono venuta qui a far colazione per tre giorni di fila, un motivo c'è."

Rosie annuì, apprezzando la precisazione. La maggior parte dei clienti in effetti non veniva nel suo locale perché era un posto chic. Se non fosse stato per il tocco magico di Gina, in cucina, il caffè probabilmente sarebbe stato sull'orlo del fallimento molto prima.

"E io che pensavo venissi per il servizio affascinante e personalizzato," disse poi, un po' scherzando e un po' seria.

"Anche per quello, si capisce." Charlie aveva lasciato una mancia generosa, le due volte precedenti.

"Che ne dici di un caffè offerto dalla casa?"

Charlie considerò Rosie da sotto le lunghe ciglia nere. "Volentieri, ma a una condizione." Strinse gli occhi. "Solo se la proprietaria mi fa compagnia."

Le labbra di Rosie si allargarono in un sorriso. "Vedo un attimo se posso." Diede un'occhiata teatrale al caffè, che tranne per loro due era ancora vuoto. "Sai com'è, non vorrei trascurare il resto dei clienti."

"Naturalmente." Charlie stette al gioco.

"Ehm, sì. Sembra proprio che la proprietaria abbia del tempo libero."

"Allora sono fortunata."

Rosie le fece l'occhiolino prima di dirigersi al bancone.

* * *

"I miei complimenti a chi ha preparato il caffè. Gli

standard di questo locale sono impeccabilmente alti," disse Charlie. Non si era rimessa gli occhiali.

"Se c'è una cosa per cui non si può scendere a compromessi, sia nella vita che negli affari, è la qualità del caffè." Rosie le era seduta di fronte.

"È ottimo. Dove alloggio c'è solo il caffè solubile."

Rosie mimò un'espressione a bocca aperta. "Che blasfemia."

Charlie abbassò lo sguardo. "Eh, lo so."

Rosie vide qualcuno che sbirciava nel locale dalla vetrina. Il Mark & Maude's aveva un gran bisogno di clienti, ma in quel momento sperò che non entrasse nessuno. Si stava divertendo un mondo con la sua ospite. Per fortuna, la porta d'ingresso rimase chiusa.

"Vorrà dire che devi venire qui ogni giorno." Cercò di guardarla negli occhi per più di un secondo.

"Invito accettato." Anche Charlie la fissò, poi distolse lo sguardo. "Intendo pagare le mie consumazioni, ovviamente."

Rosie rifiutò con un gesto della mano. "È solo per fare due chiacchiere. Anche se io non ho l'abitudine di bere un caffè con le persone come te."

Charlie alzò un sopracciglio. "*Le persone come me?*"

"Scusa, non intendevo mancarti di rispetto. Mi piacciono quelli come te." Sperò che la vampata di calore dalla nuca non arrivasse alle guance. Cosa stava blaterando?

Charlie allentò la tensione con un sorriso e bevendo un altro sorso di caffè.

"Non sembra che tu abbia molto bisogno degli occhiali," disse Rosie, per cambiare argomento. Solo dopo aver parlato, si era resa conto che "quelli come te" poteva essere inteso in più di un modo. Lei pensava ai londinesi; non era stata affatto sua intenzione fare allusioni all'orientamento sessuale di Charlie. Si chiese cos'avesse capito.

"Sono nuovi. Non mi sono ancora abituata a tenerli tutto il tempo. Abiti qui da sempre?"

"Sì. Nata e cresciuta a Otter Bay."

Charlie sorrise. "Che sogno."

"Sì, vero," rispose, più che altro per assecondarla.

La porta del caffè si aprì ed entrò zia Hilary. Rosie guardò l'orologio al polso. Stavano per arrivare i clienti abituali dell'ora di pranzo. Di solito lei e la zia li servivano insieme.

"Ciao, Rosie." Hilary la raggiunse e le diede un rapido abbraccio.

"Zia Hilary, questa è Charlie, la nostra nuova e più affezionata cliente."

"Piacere di conoscerti." Hilary tese la mano e Rosie notò la fermezza con cui gliela strinse Charlie. Dunque, una ricca di Londra senza una stretta di mano molliccia.

"Piacere mio. Stavo giusto dicendo a Rosie che qui si mangia bene e il caffè è ottimo."

A quel punto, Rosie vide sfumare la sua conversazione privata con Charlie. Guardò di nuovo l'orologio al polso. La sua cliente preferita stava per andarsene, e allora ci sarebbero volute ancora quasi ventiquattro ore prima di poterle offrire un altro caffè. Di solito il tempo volava per Rosie, ma dopo quella chiacchierata così piacevole, l'indomani le sembrava fin troppo lontano.

Riportò l'attenzione su cosa dicevano la zia e Charlie, ignorando lo sciocco pensiero che le era appena balenato nel cervello.

Charlie era solo di passaggio. Quel giorno era lì e l'indomani non più. Anche se il gay-radar di Rosie – che non faceva molta pratica ed era tutto fuorché ben sintonizzato – si era messo in allerta, Rosie capiva che non avrebbe dovuto essere così impaziente di rivederla.

Capitolo 5

Arrivata in cima alla salita che partiva dalla baia isolata, Olivia riprese la sua andatura a passo veloce sul sentiero sabbioso intagliato nella scogliera. Il sentiero era stretto, ci passava solo una persona per volta. Camminando, respirava a pieni polmoni l'aria salmastra della costa. Non era ancora uscito il sole, ma si sentiva già il caldo di inizio estate. Il cielo di nuvole bianche assomigliava a una tela vuota. Sole o non sole, di stare all'aperto lei non si stancava mai: da quando era tornata ai suoi doveri reali nella capitale, aveva trascorso fin troppo tempo al chiuso. Stava percorrendo il sentiero costiero verso est, con l'intenzione di fermarsi in un pub sulla spiaggia a metà itinerario, dove avrebbe ordinato un meritato drink prima della camminata di ritorno di due ore.

Quel giorno si sentiva ancora più intrepida, perché aveva fatto apposta a lasciare a casa il cellulare. Se l'avesse saputo sua madre, l'avrebbe uccisa. E se l'avesse saputo Malcom, eh, cazzo, anche lui l'avrebbe uccisa. A un illustre membro della famiglia reale non era assolutamente consentito andarsene a zonzo in cima a una scogliera: Olivia stava correndo il rischio che la minima folata di vento la scagliasse in mare. Ma ciò che non sapevano non poteva farli preoccupare. Inoltre, coi jeans, il cappello con la visiera e gli occhiali da sole di Charlie, nessuno l'avrebbe mai riconosciuta. Prima aveva comprato una bottiglia d'acqua al supermercato, cimentandosi a parlare con un leggero accento del West Country. C'era riuscita? Boh, non ne era sicura al cento per cento. La sua migliore amica dai tempi dell'esercito, che pescava i suoi amanti in quella zona, aveva cercato di insegnarle come pronunciare certe frasi. Peccato che gli accenti non fossero il punto forte di Olivia.

Aveva una banana e una barretta di cioccolato nello zaino, ma lo stomaco non si era ancora fatto sentire. Doveva ringraziare Rosie, Gina e la loro squisita colazione che le riempiva la pancia: quella settimana non aveva pranzato neanche un giorno, e più di una sera aveva saltato anche la cena. Al caffè non solo si mangiava egregiamente, ma anche il servizio non era male.

Anche se non sapeva definirlo, c'era qualcosa in Rosie che l'attirava. Vero, Rosie era attraente, e da lì non si scappava. Aveva i capelli biondo scuro e gli occhi blu elettrico, che spesso – Olivia se n'era accorta – indugiavano su di lei qualche istante in più del dovuto. E poi le curve nei posti giusti, e le braccia piacevolmente tornite dalle ore di lavoro nel caffè.

A parte gli attributi fisici, Rosie irradiava una positività e una resilienza non comuni per la sua età. Quando era nei suoi paraggi, Olivia faticava a toglierle gli occhi di dosso. Un po' di volte Rosie aveva colto il suo sguardo, facendo però finta di niente. Fatto stava che la bionda non poteva avere più di trent'anni, eppure gestiva un'attività in proprio *e* viveva la sua vita. Di trentenni Olivia ne conosceva parecchie, ma nessuna faceva altrettanto – perlomeno nessuna di cui Olivia si considerasse amica in quel periodo.

Anche adesso, solo a pensare alla bionda, Olivia aveva

sentito il cuore accelerare di qualche battito e il sangue fluire più rapido. Barcollò, inciampò e per poco non cadde sul sentiero che da sabbioso era diventato sassoso. Si era salvata giusto all'ultimo momento. Rimase ferma un attimo per ritrovare stabilità. Okay, forse non doveva più pensare a Rosie finché il sentiero non fosse ridiventato sabbioso.

Sarà lesbica anche lei? Non c'erano segni evidenti, ma non voleva cadere nello stereotipo: nell'esercito aveva conosciuto tante donne che aveva pensato fossero lesbiche finché non le avevano presentato i loro mariti. Riguardo a Rosie aveva una vaga sensazione. O era forse solo una pia illusione?

Nel momento stesso in cui se lo chiese, scosse la testa. Che importanza aveva se Rosie era gay o no? Nessuna. Olivia era solo di passaggio, quindi non poteva succedere niente. Senza contare che era fidanzata e prossima al matrimonio – perlomeno quella era la storia che la sua famiglia stava raccontando al mondo – anche se lei e Jemima non stavano affatto insieme. Jemima era acqua passata, ma il passato continuava a ripetersi: quello era il problema della vita di Olivia. Bastava chiedere ad Alexandra. Se nulla fosse cambiato, sarebbe stata costretta a rivivere per sempre la propria versione del film *Ricomincio da capo*.

Rosie però non faceva parte del suo passato: ecco un'altra cosa della bionda che le piaceva. Rosie era tabula rasa. Una sconosciuta. Ogni volta che la vedeva, a Olivia veniva voglia di conoscerla meglio, e alla svelta.

I suoi passi si fecero pesanti quando iniziò a scendere verso la spiaggia. Alla sua destra, il suolo roccioso era chiazzato di muschio verde; alla sua sinistra, al di là degli scogli, l'oceano grigio-bianco con le onde appena accennate sembrava essersi appisolato. Quel giorno non aveva intenzione lasciarsi buttare giù dai suoi problemi. Al contrario, sentendosi al sicuro, poiché nessuno sapeva chi fosse o dove fosse, voleva godersi il resto del pomeriggio.

Venti minuti dopo arrivò al pub. La folla del pranzo si stava diradando, quindi andò col suo Spritz bianco sulla piattaforma di legno costruita in spiaggia. Si aggiustò gli occhiali sul viso e inclinò la testa per prendere il sole, che finalmente aveva fatto capolino da dietro le nuvole. I tavoli sulla piattaforma erano circa trenta, e i gabbiani, per nulla timidi, piombavano dal cielo per cibarsi dei resti del pranzo. Visto che alcune creature erano grandi quasi quanto il gatto della sorella, Olivia fu felice di non aver preso niente da mangiare.

Era lì seduta solo da due minuti, quando sentì qualcuno schiarirsi la voce. Voltò la testa: era Rosie.

Si alzò subito per salutarla, ma non ebbe idea di che fare con le braccia. Quella era l'altra cosa che le succedeva in sua presenza: una sottile tensione si impadroniva di lei, la sentiva serpeggiare sulla pelle, le faceva perdere momentaneamente il controllo delle membra e dei sensi, la snervava e la elettrizzava al contempo. Non le succedeva dai tempi di Ellie.

"Sono secoli che non ci si vede," si sbloccò infine, riuscendo a spiaccicare qualche parola.

Rosie controllò l'ora sul cellulare, che aveva già nella mano sinistra. "Quanto sarà? Tre ore?"

"Forse tre e mezzo."

"Sembra che le stai contando."

Per non farle notare che era arrossita, Olivia le fece cenno di sedersi con una mano.

Rosie si accomodò, mettendo sul tavolo prima il cellulare,

poi il suo drink: un bicchiere da mezza pinta contenente del liquido rosso bruno e uno stecchino.

"Cosa bevi?"

"Sidro della Cornovaglia. È una specialità locale, altro che il tuo Spritz bianco. La prossima volta te ne offro uno, così lo assaggi."

Olivia sorrise: ci sarebbe stata una prossima volta. "Volentieri."

Libera dai vincoli imposti dal Mark & Maude's, Rosie sembrava diversa dal solito: la sua immagine era più definita, più nitida; il suo aspetto, più rilassato. Era come se, a furia di fissarla, Olivia avesse attivato in lei la funzione di auto-miglioramento. Su quella piattaforma, Rosie non era più Rosie-la-proprietaria-del-caffè. Era semplicemente Rosie. Se c'erano state delle barriere tra loro due – proprietaria del caffè e cliente – in quel momento erano del tutto calate.

Rosie pescò gli occhiali da sole nella borsetta e se li mise. Poi sospirò, appoggiandosi allo schienale della sedia. "Che bello farsi una dose di vitamina D, specialmente dopo oggi." Si passò una mano tra i boccoli. Olivia seguì quel movimento, notando la pelle liscia delle dita e le unghie corte. Forse la sua illusione non era poi tanto pia.

"Cos'è successo dopo che me ne sono andata? Pensavo fossi ancora al caffè."

Rosie scosse la testa. "Infatti, ero lì. Poi però è arrivata la mia ex e per l'ennesima volta ho dovuto dirle che è davvero finita." Ci fu una pausa piena di sottintesi non appena si rese conto di cos'aveva detto, ma evitò il contatto visivo. "Così, quando Paige, mia sorella, è venuta al caffè dopo la scuola, e si è offerta di aiutare zia Hilary a finire col servizio del pranzo, ne ho approfittato e sono uscita a prendere un po' d'aria fresca. Sai com'è."

Olivia annuì: lo sapeva fin troppo bene. Sapeva anche che si stava mordendo le guance per non sorridere alla notizia che l'ex di Rosie era una donna. Dunque, la sua vaga sensazione si era rivelata corretta: alla bionda piacevano le donne. Il cuore le batteva forte, ma mantenne il contegno.

"E tu, che mi racconti?" chiese Rosie.

Olivia bevve un sorso di Spritz per temporeggiare. Le veniva da dire che era prossima a un matrimonio che *non* voleva con una donna che *non* amava, che però era obbligata a sposarsi, e che era da tanto che non si imbatteva in una bellezza così intrigante come Rosie.

Ma non poteva dirlo.

Quindi non lo disse.

"Sfrutto al massimo il tempo che ho per stare qui." Inspirò a pieni polmoni l'aria salmastra e lasciò spaziare lo sguardo sulla spiaggia dorata e sul mare assopito. Adesso che c'era il sole, l'acqua era una distesa di chiazze verdi e blu. Le piccole onde che si infrangevano a riva formavano disegni di schiuma simili a ricami di pizzo. "Mi piace avere il mare vicino, mi mette calma." Era vero. *Anche avere Rosie vicina mi mette calma*. Vero pure quello.

"Qui non c'è la frenesia di Londra," commentò Rosie.

Olivia pensò alla madre, a Jemima, al padre. Poi chiuse gli occhi. *Non oggi*.

"C'è molta più calma, sì. Mi fa venire in mente certi momenti felici di quando ero piccola e coi miei genitori andavamo al mare in Scozia: credo di essermi resa conto lì per la prima volta che viaggiando ti allontani dalla tua situazione normale, e questo ti rende una persona diversa. Così mi è venuto il pallino dei viaggi. L'aria in Scozia, però, è diversa da qui. È pulita, ti fa star bene, ti fa sentire viva. E a confronto con la Scozia, c'è frenesia anche a Otter Bay. Su al nord ci sono giusto un po' di pecore e di mucche con cui contendere gli spazi."

"Niente gabbiani grandi come elefanti?" scherzò Rosie. Ne guardò tre appena atterrati su un tavolo non lontano. Uno riuscì a beccare una patatina dal piatto di un bambino, che prontamente scoppiò in un pianto disperato.

"Neanche uno." Fece una pausa. "È bello essere qui, anche perché così evito le pressioni di famiglia e di coppia. Ho un'ex che da me vuole più di quello che voglio darle al momento, e questo non mi rende la vita facile. È insistente, e il peggio è che la mia famiglia sta dalla sua parte."

Non appena udì quel "darle", Rosie incrociò il suo sguardo. E allora qualcosa di viscerale riprese vita in Olivia. Qualcosa da tempo dimenticato. Un sentimento, un desiderio ardente, un bisogno. Un'emozione travolgente come un purosangue di cui stentava a tenere le redini. Qualcosa cambiò in lei. O le sembrò che potesse cambiare. Anzi no. Che stupida che era. Anche se Rosie non intendeva rimettersi con la donna di prima, Olivia si trovava in una situazione del tutto diversa.

"La tua ex almeno piace alla tua famiglia," diceva intanto Rosie. "Amy, la mia ex, non è terribile, però a volte è un po' eccessiva. E deve ancora recepire il messaggio. Ho cercato di farglielo capire gentilmente, ma in paese tutti pensano che torneremo insieme, visto che siamo le uniche due lesbiche di Otter Bay." Sorrise con aria rassegnata. "È il problema di vivere in una città piccola: non è che hai il massimo della scelta. In più, Otter Bay non è uno dei posti di vacanza preferiti dalle lesbiche."

"Invece lo è, per come la vedo io," rispose Olivia con aria convinta. "E per quel che vale, se sei libera, le lesbiche non sanno cosa si perdono a non venire qui."

Non appena finì la frase, non seppe più dove guardare né da dove le fossero venute quelle parole. Da quando era così audace? Qualche istante dopo si azzardò a guardare Rosie: non vide alcun fastidio, ma solo calore nei suoi occhi.

"Grazie." La bionda si sporse avanti e le appoggiò una mano sul braccio. "Che avessi intenzione di dirlo o no, oggi ne avevo bisogno."

Quel tocco mandò in orbita Olivia. Provò gratitudine per l'effetto domino che prima aveva indotto l'ex di Rosie ad andare da Rosie, e poi Rosie ad andare nello stesso pub in cui aveva scelto di fermarsi lei. "Diciamo solo che questa lesbica è contenta di averti conosciuto," disse poi, senza distogliere gli occhi. "Grazie a te sono stata benissimo questa settimana. Spero di trovarti al caffè anche la prossima."

Rosie fece un sorriso sbilenco. "Non vado da nessuna parte."

Olivia alzò lo Spritz. "Allora brindiamo a noi e alla settimana numero due."

Capitolo 6

Inserì la chiave nella toppa e aprì la porta. La loro gatta tartarugata, Cher, dopo averla accolta col solito entusiasmo, eruppe in un miagolio acuto che suonava alquanto offeso, come se non mangiasse da giorni.

"Hai dato la pappa a Cher?" gridò Rosie. L'appartamento era così piccolo che Paige avrebbe potuto sentirla da ogni stanza.

Entrando in salotto, Rosie trovò la sorella avvolta in una coperta sul divano.

"Quando mai sono tornata da scuola e non le ho dato da mangiare?" sbottò Paige con voce altrettanto offesa dei *miao* di Cher. La gatta si stava ancora strusciando contro gli stinchi di Rosie. "Ti pare che potrei stare così tranquilla sul divano, se non avesse già mangiato?" Scosse la testa. "Non mi darebbe un attimo di pace." Batté con una mano sulla coperta e chiamò Cher perché le si sedesse in grembo. La gatta obbedì. Aveva la prodigiosa capacità di assumere comportamenti tipici dei cani.

Era stata Hilary a portarla alle nipoti cinque anni prima, quando Cher aveva pochi mesi e Paige stava attraversando una fase in cui voleva disperatamente un cucciolo. Dirle no era stato difficile, perché aveva già perso tanto, pur essendo così giovane. La gatta era stata il compromesso perfetto.

"Scusa." Rosie lasciò la borsa su una sedia e si sedette sul divano con loro. "Com'è andata oggi?"

Cher era passata dai *miao* alle fusa e spingeva con insistenza la testolina pelosa nella mano di Paige. "Normale." Fece spallucce. "Professori noiosi e ragazzi fastidiosi."

Rosie ridacchiò e la fissò un istante. Come poteva essere che quella ragazzina presto sarebbe andata via di casa per studiare all'università? Negli ultimi otto anni, più che essere solo la sorella maggiore, Rosie aveva dovuto farle da madre. Questo perché Paige ne aveva solo dieci quando i genitori erano mancati all'improvviso. Alla fine, le due sorelle erano molto unite. Il che tuttavia non aveva esonerato Rosie dal doversi sorbire le crisi ormonali di Paige adolescente.

Ma Paige non era più una ragazzina. Era cresciuta molto più in fretta di gran parte dei suoi coetanei, e si vedeva. Aveva perfettamente senso che se ne andasse di casa per frequentare l'università a settembre. Sempre se Rosie avesse trovato i soldi per pagargliela – faccenda che doveva risolvere al più presto.

"E tu? Che hai fatto oggi?" domandò Paige. Cher sollevò lo sguardo e fissò Rosie come se volesse saperlo anche lei.

"Ho avuto un bel da fare, a dire la verità." Rivide Charlie, seduta a quello che era diventato il suo tavolo, lontano dalla vetrina; Rosie non era riuscita a fare due chiacchiere con lei, anche se non vedeva mai l'ora di farlo, perché gli altri clienti l'avevano tenuta impegnata per quasi tutto il tempo in cui Charlie era rimasta. "C'è una faccia nuova al caffè... una donna."

Paige inarcò le sopracciglia. Cher invece tornò a farsi i fatti suoi. "È di Londra," proseguì Rosie. "Si ferma a Otter Bay per un po'. Questa settimana è venuta al caffè ogni giorno. È piuttosto... simpatica."

"Simpatica?" Paige raddrizzò la schiena. "In che senso?"

"Eh, insomma, molto più educata e più gentile dei soliti londinesi. Molto sicura di sé. Spiritosa." L'aveva già perdonata da un pezzo per esserle piombata addosso alla stazione dei treni. Charlie poteva anche essere una londinese ricca che indossava giacche di lusso, ma non si comportava come tale.

"Ne conosco altre, di donne 'molto sicure di sé'. Una in particolare." Paige indicò con la testa un vaso di fiori sul tavolo.

"Quella non è sicurezza di sé. Quella è solo pura e semplice disperazione."

"Se non altro, Amy è prevedibile e costante. E a giudicare dalla quantità di fiori che ti manda, prova *molti*, *molti* sentimenti per te," scherzò Paige con un sorrisetto.

"Sentimenti che non sono più reciproci da quando i suoi genitori hanno inaugurato il nuovo caffè."

"Ma dai, Rosie. Sono solo affari. Non puoi incolpare Amy per quello."

"In effetti, no." Scosse la testa. "I problemi con Amy sono altri. Tanto per cominciare, è chiaro che le manca l'immaginazione, se pensa che mandarmi fiori ogni settimana servirà a farmi tornare con lei." Sbuffò. "Non siamo fatte l'una per l'altra. Poi c'è anche il fatto che abbiamo attività concorrenti in paese." Allungò una mano per accarezzare Cher sulla testa. Aveva bisogno di sentire qualcosa di morbido che la rincuorasse. "È assillante come i suoi genitori."

"Devi solo aspettare che arrivi a Otter Bay un'altra donna come voi due," disse Paige con un sorriso.

Charlie, pensò Rosie, sentendo le farfalle nello stomaco. Si scrollò il pensiero di dosso e riportò l'attenzione sulla sorella. "Sta arrivando l'estate. Saremo sommerse di lesbiche, come tutti gli anni." Eh, magari fosse stata così fortunata.

Suonò il campanello. Rosie si irrigidì all'istante. Sperò che non fosse Amy. Guardò Cher, che aveva sollevato la testa al rumore molesto, poi si alzò e andò ad aprire la porta: era zia Hilary.

Provò sollievo. Non solo perché non era Amy che si presentava ancora senza preavviso, ma anche perché zia Hilary, come sempre, aveva portato da mangiare.

"La cena è pronta," disse l'anziana con un largo sorriso.

Sentendo la porta che si apriva, Cher era saltata giù dal grembo di Paige e ora girava intorno alle due donne in corridoio, nell'eterna speranza di ricevere altra pappa.

"Lo porto io, grazie." Rosie diede un bacio sulla guancia alla zia e le tolse di mano il pesante contenitore Tupperware. Spesso si chiedeva cos'avrebbe fatto senza di lei.

Hilary aveva cercato di convincerla a non tornare a Otter Bay dopo la morte dei genitori. Aveva insistito tanto che restasse all'università per finire l'ultimo anno. Ma per Rosie era stato inconcepibile. Non poteva lasciare Paige sola a elaborare un lutto così devastante. E poi, come avrebbe potuto continuare a studiare, dopo che la loro vita era andata in frantumi?

L'anziana prese in braccio Cher e le disse come al solito che era la gatta più bella non solo della Cornovaglia, ma di tutto il vasto mondo.

Paige apparecchiò la tavola e dieci minuti dopo erano tutte e tre sedute a mangiare lo squisito stufato di salsiccia e fagioli di Hilary.

"Se Gina non passa ancora il test per la cittadinanza,

dovresti prendere tu il suo posto," disse Rosie alla zia. "Ci prepari sempre cose buonissime."

Hilary fece un gesto di diniego. "Ormai sono troppo vecchia per lavorare in cucina, tesoro." Poi la guardò negli occhi. "Sono sicura che stavolta Gina ce la farà. È una donna intelligente. Com'è possibile che non lo passi?"

"È l'esame scritto che continua a sbagliare. È brava in tutto il resto, perché in effetti, come dici tu, è intelligente. Mi dispiacerebbe tanto perderla per uno stupido test come quello. L'ha già rifatto quattro volte. E ha anche la famiglia in Inghilterra." Rosie alzò le mani in aria per la disperazione.

"È semplicemente ridicolo," disse Hilary. Guardò di nuovo la nipote. "È questo che ti preoccupa? Oggi non hai una bella cera." Mise giù la forchetta. "O è il periodo?"

Rosie cercò di farle capire con un'occhiata di non proseguire quel discorso davanti a Paige.

"Otto anni la settimana prossima," fu però la pronta risposta della sorella.

Non era più una ragazzina cui tenere nascoste certe cose. Al contrario, era più matura dei suoi diciotto anni.

Hilary annuì lentamente. "Se solo Maude e Mark potessero vedervi adesso," disse con un tremito nella voce, "sarebbero molto orgogliosi di voi due".

Ma non sai in che guai è il locale né quanto costano le rette universitarie, pensò Rosie.

"Dovremmo fare qualcosa… per commemorarli?" chiese Paige.

Se ricordava sé stessa a diciotto anni, Rosie vedeva una giovane molto più spensierata della sorella. La vita aveva giocato loro un brutto tiro, gli ultimi dieci anni erano stati una vera lotta, ma almeno lei, quando avevano ricevuto la notizia dell'incidente, aveva vent'anni; Paige solo dieci.

Non si era laureata, d'accordo. E sì, avrebbe potuto fare mille scelte diverse anziché tornare per prendersi cura della sorella e tenere aperto il caffè dei genitori. Ma era orgogliosa del tipo di diciottenne che era diventata Paige. E sapeva che il merito in parte era anche suo. In fondo, l'aveva cresciuta bene. Aveva fatto un gran bel lavoro. E pazienza, se il caffè aveva problemi di liquidità.

"Potremmo fare qualcosa," rispose Hilary. Diceva lo stesso ogni anno. Maude era sua sorella. Perderla, e perdere anche il cognato, era stato altrettanto doloroso per lei. Solo che Hilary non era mai stata il tipo da voler celebrare l'anniversario. Aveva riversato molto affetto sulle nipoti quando avevano avuto bisogno di una spalla adulta su cui piangere, principalmente sotto forma di casseruole di stufati, oltre che occupandosi della valanga di incombenze amministrative che si erano generate col decesso improvviso di due membri della famiglia. Ma non era una persona che mostrava troppe emozioni, nemmeno di fronte alle nipoti. Il suo commento di qualche istante prima non era cosa da tutti i giorni.

"Non è che dobbiamo ricordarli facendo qualcosa di speciale solo perché è l'anniversario," disse Rosie. "Penso a loro ogni giorno. Vado al cimitero almeno una volta alla settimana." A dire il vero, quella settimana non c'era ancora andata. E si ricordò all'improvviso di aver saltato la camminata anche la settimana prima.

Poi Cher balzò sul tavolo, e tutte e tre reagirono contemporaneamente mandandola via.

"La vostra gatta ha delle pessime abitudini," disse Hilary.

"Paige la vizia troppo," commentò Rosie, laconica. Era la verità. Ma era grata a Cher per aver interrotto la conversazione sull'anniversario della morte dei genitori.

Scacciata dal tavolo, la gatta andò a sedersi sul tappeto della cucina e iniziò a leccarsi una zampa con aria del tutto innocente.

"Se solo potessi portarla con me all'università!" disse Paige.

"Cosa? E lasciarmi qui *tutta* sola?" rispose Rosie con un finto tono penoso.

"Rimango io qui con te." Hilary le appoggiò un attimo una mano sulla spalla.

Rosie sorrise. Si domandò se, con Paige che sarebbe partita di lì a pochi mesi, fosse arrivato anche per lei il momento di partire; di vendere il caffè e lasciarsi alle spalle Otter Bay. A parte zia Hilary, non avrebbe avuto più una famiglia lì. Poteva fare un viaggio nel Sud-Est asiatico, dove i saccopelisti campavano con poche sterline al giorno – o almeno così aveva letto su uno dei tanti blog che sfogliava quando si sentiva in vena di sognare una vita diversa. Tra lei ed Amy era finita, quindi neanche l'amore la tratteneva in paese – ammesso che quello che c'era stato tra loro potesse chiamarsi amore.

Guardò il punto dove l'aveva appena toccata Hilary. Sarebbe rimasta per la zia, ovvio. E per Cher. E per dare a Paige una casa cui fare ritorno nelle pause tra un semestre e l'altro.

"Farai meglio a trattare Cher come la principessa che è," le disse Paige. "Per lei sarà un brutto colpo non avermi più qui."

Per lei e anche per me, pensò Rosie.

Capitolo 7

I messaggi di Jemima erano sempre più frequenti e più stringati. Ogni volta che ne leggeva uno, Olivia aveva una gran voglia di fare a pezzi il cellulare.

A quanto pareva, la gente aveva iniziato a chiedersi dove fosse finita. Pensò a Britney, la sua cavalla. Se solo l'avesse avuta lì! Un giro a cavallo avrebbe fatto miracoli per i suoi livelli di stress.

Sapeva di aver lasciato Jemima a bocca aperta: un attimo prima, aveva annunciato il loro fidanzamento davanti al mondo intero, e l'attimo dopo l'aveva piantata in asso. Ma Olivia non era più la stessa di quando uscivano insieme intorno ai vent'anni. Allora i tabloid l'avevano ribattezzata "la principessa delle feste". E quando aveva ventidue anni, il compromesso di sposare Jemima Bradbury non sarebbe stato poi così terribile. Dopotutto, Jemima era da sempre una gran gnocca, e ai tempi Olivia badava solo a quello. Trascorsi più di dieci anni, le cose erano cambiate. Ma non sarebbe stato facile sgusciare via da una regale storia d'amore che aveva gli occhi della stampa puntati addosso. Il dibattito sui probabili ospiti e la possibile sede del ricevimento proseguiva ogni giorno.

Era al mare in Cornovaglia da due settimane – il tempo pattuito – ma il padre le aveva concesso altri sette giorni, con gran disappunto della madre. Stando a un messaggio della sorella, la nonna era intervenuta in suo favore. Olivia gliene era grata. La nonna le copriva sempre le spalle, proprio come il padre.

Ora che aveva sette giorni in più, voleva sfruttarli al massimo. In altre parole, sarebbe andata a mangiare ogni giorno al Mark & Maude's, riuscendo con un po' di fortuna a far coincidere la sua permanenza con le pause di Rosie, per star lì sedute insieme a parlare. Perché ormai aveva capito che vedere Rosie e mangiare così bene da lei era il momento più bello della giornata.

In presenza della bionda, Olivia si rilassava e poteva essere sé stessa. Poteva essere Charlie, appunto. Chiacchierava liberamente, sorvolando però sui particolari della sua vita, ed era felice di ascoltare le novità di Rosie. Aveva conosciuto Hilary e Paige, la zia e la sorella di Rosie, e riusciva a sentire il calore dell'affetto che le univa. I genitori di Rosie non c'erano più; essendosi accorta che era un argomento delicato, non aveva fatto domande. Ma ora sapeva che il caffè si chiamava come loro, e di voler stare in compagnia della loro figlia maggiore. Rosie era tutto ciò che non era Jemima: spiritosa, audace, genuina. E guarda caso anche gay. Più passava il tempo, più Olivia si angosciava all'idea di dover lasciare quella realtà per tornare nella sua bolla regale.

Ciò le fu chiaro quel mattino, mentre percorreva ancora il sentiero intagliato nella scogliera. Alla sua sinistra, il mare era una tavola blu scintillante. L'aria salmastra le solleticava il naso, il sole le scaldava la schiena. Gettando un'occhiata su per il pendio, vide una massa di lapidi tombali allineate alla sua destra: un pezzo di storia locale con ottima vista mare.

Si morse il labbro e fece un respiro profondo. Era sempre stata attratta dai cimiteri; visitandoli, scopriva fatti di vita vera delle persone comuni. Dopo aver perso tanti amici in Afghanistan, quei posti avevano acquisito un significato extra, e aveva smesso di andarci. Quel giorno però, i suoi piedi la portarono proprio lì.

La prima tomba che vide era di una ragazza di nome Eleanor, vissuta solo fino a ventitré anni. In pratica niente. La successiva era di Arthur Brown, deceduto a cinquantaquattro anni nel 1926. Quando poi lasciò spaziare lo sguardo lungo la fila, notò una figura familiare. Una donna, seduta sul bordo di una lastra di marmo bianco a sistemare i fiori di un'aiuola.

Rosie.

Chiaramente era un momento privato, quindi Olivia si avvicinò con cautela, infilando le mani nelle tasche dei jeans attillati. Quando fu a portata d'orecchio fece per dire qualcosa, ma Rosie, sentendo arrivare qualcuno, si voltò prima che lei aprisse bocca.

La bionda lasciò giù una rosa gialla, si alzò e, dopo essersi spolverata i calzoni rossi con le mani, si rassettò la maglietta azzurra – che le metteva in risalto il seno sodo, davvero spettacolare.

Olivia sbatté le palpebre e scacciò via quel pensiero. "Scusa, stavo solo facendo il giro del cimitero," disse con un sorriso. "Non intendevo interrompere."

Rosie tirò su col naso e si asciugò gli occhi. "Non mi hai interrotta." Scosse la testa lentamente. "È solo che... questa è la tomba dei miei genitori. Oggi è l'ottavo anniversario della loro morte." Sospirò. "È un periodo dell'anno sempre brutto per me." Espirò a lungo e si sfregò le mani. "Ma li stavo salutando prima di andare via." Indicò il mare. "Facciamo la strada insieme?"

"Volentieri." Aspettò che Rosie la raggiungesse e si incamminarono fianco a fianco, senza parlare per qualche istante.

"Mi dispiace tanto per i tuoi genitori," disse poi. Aveva visto di persona che effetti poteva avere il dolore sulla gente; otto anni non erano molto tempo. "Com'è successo, se non sono indiscreta?"

Rosie storse la bocca, poi scosse di nuovo la testa. "No, te lo dico." Fece una pausa. "Sono morti in un incidente aereo. Stavano tornando da Venezia, era un viaggio per festeggiare le nozze d'argento. Venezia era il loro posto speciale. Ci erano andati anche in luna di miele."

Scrollò appena le spalle; Olivia resistette all'impulso di abbracciarla e di consolarla. Anche se la conosceva solo da due settimane, voleva fare in modo che stesse bene. Era diventata una delle sue massime priorità. La vita era stato ingiusta con Rosie, quello era evidente. Olivia voleva fare qualcosa per rendergliela più facile da lì in poi.

"Spesso penso di essere riuscita a riprendermi," continuò la bionda, "ma in certi momenti il dolore mi travolge ancora". Infilò le mani in tasca, imitando Olivia. "Di solito non all'anniversario. Succede ogni tanto al caffè, quando qualcuno ordina un *Cornish pasty* – sai, i fagottini tipici della Cornovaglia. La nostra cuoca li fa con la ricetta di mia mamma." Sorrise, voltandosi a guardare la tomba. "A dire la verità," sussurrò, "mi sa che quelli di Gina sono più buoni. Ma non riesco a dirlo alla mamma. Quando vengo qui a trovarla le racconto tutti i miei problemi. Ci manca solo che le dica anche questo."

Olivia aggrottò le sopracciglia. "Dovrò assaggiarne uno." Fino ad allora li aveva evitati, ma se erano così buoni, non poteva più rifiutarsi.

Rosie le sfiorò il braccio. "Direi proprio di sì."

Al suo tocco, il cuore di Olivia batté come un tamburo e un brivido lungo la colonna vertebrale la indusse a incurvare le spalle, spingendo ancor più le mani in tasca.

Ora stavano percorrendo il sentiero costiero. Olivia osservava le margherite ai lati e le onde che si infrangevano sugli scogli sottostanti. Essendo passata di lì ogni giorno, nell'ultima settimana, sapeva che entro cinque minuti sarebbero arrivate in vista di una baia di sabbia dorata, che era nota solo alla gente del posto. Le masse dei turisti preferivano le spiagge più ampie con le toilette funzionanti e i chioschi del gelato a portata di mano.

"Tutti i tuoi problemi?" chiese a Rosie, ripetendo le sue parole di prima. "Pensavo che uno che vive qui di problemi non ne ha. La vita è più semplice, qui." La sua mano descrisse un arco nell'aria. "Guarda: è uno dei posti più belli del mondo."

Rosie fece un sorriso sarcastico, dando un calcio a un sasso. Lo guardarono precipitare giù dalla scogliera e sprofondare in mare.

"Non è tutto necessariamente come lo vedi." Si passò una mano tra i capelli biondi, flettendo il braccio. "Da dove vuoi che cominci? La mia cuoca potrebbe essere espulsa dal Paese. E forse dovrò vendere il mio locale, perché non è più un'attività che rende. Se lo vendo, non rimarrà più niente di quello che hanno lasciato i miei genitori. Il Mark & Maude's è un pezzo di Otter Bay, esiste da prima che nascessi."

Erano arrivate alla panchina di legno nodoso poco prima

del viottolo per scendere alla baia. "Ci sediamo?" propose Olivia.

"Sì." Una volta preso posto, Rosie alzò le mani e le fece un sorriso determinato. "Sai che c'è? Non ascoltarmi. Qui non si sta così male. Sono solo io che sto avendo una brutta giornata."

"Comprensibile." Olivia poteva anche non amare alla follia i propri genitori, soprattutto in quel periodo, ma almeno ce li aveva ancora – vivi e vegeti e sempre pronti a infastidirla.

"Sì, ma sto cedendo alla malinconia nel mio giorno libero. E tu sei in vacanza, non è che ti devi sorbire le mie paturnie. Sono in buona salute, ho Paige e zia Hilary, e ho un sacco di bei ricordi di mamma e papà. Non è da tutti, giusto?"

Olivia deglutì a fatica. No, in effetti non era da tutti. "Per quel che vale, secondo me, te la stai cavando egregiamente."

"Lo dici solo perché altrimenti saresti già morta di fame."

E infatti, Rosie l'aveva presa per la gola. "Ammetto che da te si mangia divinamente, ma anche stare in tua compagnia non è male."

La bionda sgranò gli occhi e arrossì. Era adorabile. "Anche a me piace quando ti fermi a parlare con me." Guardò in basso, poi di nuovo Olivia.

Lei deglutì a fatica. Ancora. E stavolta sentì come uno scossone interiore.

"E mi piace il tuo entusiasmo per la mia piccola città. Me la fai apprezzare un po' di più."

Olivia osservò il mare. "Sei fortunata a vivere qui. Io viaggio in tutto il mondo per lavoro, ma a volte dimentico che i posti più belli sono a un passo da casa."

"Che lavoro fai? Non me l'hai mai detto."

Lei si schiarì la voce ed evitò di guardarla negli occhi.

"Lavoro nel marketing, mi occupo di pubbliche relazioni e comunicazione. È un'attività di famiglia, grande e anche molto noiosa per me. Prima ero nell'esercito, quindi sono stata anche in posti fuori dai soliti itinerari turistici."

Rosie fece un sorriso triste. "Anch'io volevo viaggiare, dopo l'università. La vita però ha deciso altrimenti. Comunque, non intendo darmi per vinta. Un giorno lo farò." Rimase alcuni secondi in silenzio. "Per adesso leggo o mi faccio raccontare i viaggi degli altri. Tu dove sei stata?"

Olivia sfogliò mentalmente il suo album interiore. "Dappertutto. Africa, Asia, Australia, America. Mi è piaciuta anche Venezia, ma Roma è la mia città preferita in assoluto."

"Wow, sei davvero stata in tutto il mondo," disse Rosie, girandosi verso di lei. "Io solo in Francia e in Spagna. Sono ufficialmente invidiosa."

"Non hai paura di volare, dopo quello che è successo ai tuoi genitori?"

Scosse la testa con decisione. "No. Al contrario, mi ha fatto venire ancor più voglia di viaggiare, di afferrare la vita. Ai miei genitori piaceva viaggiare, e se fossero ancora qui vorrebbero che lo facessi anch'io. Paige inizia l'università quest'anno, quindi non ho più nessuno per cui restare. L'unico problema è che non ho i soldi." Fece una pausa. "Ma, come dicevo prima, un giorno avrò abbastanza tempo e denaro per viaggiare come si deve. O magari, chissà, conoscerò una donna ricca che mi farà cadere ai suoi piedi, innamorata cotta proprio, e allora faremo insieme il giro del mondo. O l'una o l'altra ipotesi mi va bene, purché succeda."

Olivia represse a fatica l'impulso di offrirsi subito come volontaria. Il sorriso di Rosie era irresistibile. Qualcosa cui si sarebbe arresa volentieri in ogni momento, ogni giorno.

Rosie emise un sospiro, poi si alzò in piedi e batté le mani. "Siamo state sedute abbastanza. Hai programmi per oggi?"

Si alzò anche Olivia. "Assolutamente nessuno."

"Ti va di venire in spiaggia con me?"

"Volentieri, sì." Non desiderava altro. Voleva anche dirglielo, ma si trattenne. *Meglio non esagerare.*

"Risposta esatta." Rosie le prese la mano e accennò al viottolo di sabbia alla loro destra che risaliva un lieve pendio per poi scendere alla baia. "Facciamo una gara. L'ultima che arriva offre la cena." Le lasciò andare la mano, sorrise radiosa e spiccò la corsa, sollevando sabbia ogni volta che le Converse bianche toccavano il suolo.

Olivia esitò, poi fece uno sprint e le corse dietro. Proiettata in avanti, col corpo fendeva l'aria sentendone il sibilo nelle orecchie. Sorrise di gioia.

Davanti, Rosie aveva già raggiunto la sommità del pendio, e non appena iniziò a correre in discesa, si mise a gridare e a ridere agitando le braccia sopra la testa.

Quando la gravità prese il sopravvento, spingendola verso la spiaggia, anche Olivia fece lo stesso. Sentiva il sangue pulsare nelle vene, si sentiva euforica. Il sole caldo le baciava il viso. Il verde erboso ai lati del viottolo scorreva via rapido.

Rosie intanto aveva allargato le braccia come librandosi in volo.

Lo fece anche Olivia quando raggiunse il tratto in piano del viottolo. Non si ricordava più l'ultima volta che era corsa giù da una discesa con quell'abbandono e quella spensieratezza. Una corsa selvaggia, liberatoria. La madre l'avrebbe trovato assolutamente *riprovevole*. Motivo per cui per lei era ancora più *piacevole*.

Il suo petto si alzava e abbassava col respiro veloce. Era quasi in fondo al viottolo, stava per doppiare Rosie, quando inciampò, perse l'equilibrio e la travolse. Lanciarono un grido tutte e due mentre l'impeto della corsa le faceva capitombolare a terra, sulla sabbia, Olivia sopra, Rosie sotto.

Il tempo si fermò. Olivia si perse nella voluttuosa sensazione dei loro corpi fusi insieme. La pressione. Il calore. Il cuore che le batteva forte, neanche avesse appena tagliato il traguardo alle Olimpiadi. Per un breve istante il mare svanì, il sole sbiadì, e rimasero soltanto loro due, insieme come fossero una cosa sola.

Un gemito di Rosie la richiamò alla realtà.

Si scostò da lei e la guardò col panico negli occhi. "Stai bene?" Allungò una mano ma non seppe dove metterla, così la tenne sospesa sopra la spalla di Rosie. "Ti sei fatta male?"

Il viso corrucciato della bionda si distese. Un occhio si aprì. Una mano strofinò le costole. Comparve un sorriso. "*Non* grazie a te sono ancora viva."

Olivia sorrise e l'aiutò a sedersi. Quando la sostenne con una mano alla base della schiena, toccò, senza volerlo, la pelle nuda rimasta scoperta dalla maglietta fuori posto. Rosie la guardò negli occhi. Lei fece altrettanto. Rimasero così, immobili.

Olivia non toglieva la mano. Rosie non distoglieva lo sguardo.

Olivia trattenne il respiro. Non era solo lei a sentirsi con le farfalle nello stomaco. Non era solo lei che nelle ultime due settimane aveva accarezzato l'idea di concedersi un'altra possibilità con una donna che non fosse l'ex.

Lo capì dall'ardore con cui la fissava Rosie.

Al che andò in estasi. Ma anche in panico.

Un lungo istante dopo, Rosie si schiarì la voce. "Prima ho detto di voler conoscere una donna che mi facesse cadere ai suoi piedi, ma non intendevo alla lettera!"

Capitolo 8

Mentre si avvicinavano al pub, Rosie si domandò cosa sarebbe successo se anziché scherzare fosse rimasta in silenzio. Guardò Charlie di sottecchi. Camminava in modo diverso da tutte le altre persone che conosceva: schiena dritta e mento in su. Probabilmente glielo avevano insegnato nell'esercito.

"Benvenuta al Dog & Duck," disse, tenendole aperta la porta.

Entrò alle sue spalle e si guardò intorno. Non c'era troppa gente. Non ancora. Potevano bersi un drink tranquille, almeno finché non fosse arrivata la massa per la serata del karaoke. Il pub ne organizzava una alla settimana. Il pub era dei genitori di Amy. Aveva considerato di andare altrove, ma alla fine, per come erano messi i pub di Otter Bay, il Dog & Duck era l'unica opzione decente.

"Cosa ti porto?" chiese, dopo che ebbero trovato un tavolo libero.

Charlie la guardò coi suoi intensi occhi verdi. "Sorprendimi con qualcosa di tipico."

Rosie annuì. "Benissimo."

Andò al bancone del bar e salutò il barista, Dave, che le fece subito un sorrisetto allusivo. *Oh, grandioso. Cominciamo già.*

Ordinò i drink e non disse nulla a proposito della sua accompagnatrice. Il fatto che lei ed Amy, quando stavano ancora insieme, avessero passato fin troppo tempo appollaiate sugli sgabelli, proprio lì al bancone, non significava che gli dovesse delle spiegazioni.

Dave le mise di fronte due bicchieri di sidro della Cornovaglia. "Offre la casa, Rosie. Accetta per una volta, no? E buona fortuna!" disse, facendole l'occhiolino.

Ma Dave sapeva benissimo che, da quel pub in particolare, Rosie non avrebbe mai accettato niente. E infatti pagò come al solito, prima di tornare al tavolo.

"Cos'abbiamo qui?" Charlie studiò il liquido nel suo bicchiere.

"Sidro della nostra zona. Lo stesso che ho preso al pub sulla spiaggia all'inizio di questa settimana. Spero che ti piaccia."

"Ora vediamo. Il capitombolo di prima mi ha fatto venire sete."

Rosie la guardò portare il bordo del bicchiere alle labbra e bere un piccolo sorso. Gli angoli della bocca si abbassarono.

"Mmh," disse Charlie.

Rosie fece un risolino. "Forse per apprezzarlo ci vuole un po'."

"Al secondo sorso andrà meglio, lo sto ancora assaggiando." Ma anche dopo il secondo sorso era evidente che facesse fatica a berlo.

"Ti prendo qualcos'altro. Dovrebbe essere una serata piacevole."

"Lo è." Charlie incrociò brevemente il suo sguardo. "Davvero." Poi volse la testa. Rosie guardò nella stessa direzione. "I giochi da pub! A Londra sono andati fuori moda."

"Vuoi giocare?" Rosie inarcò le sopracciglia.

Charlie annuì e si alzò. Poco dopo tornò con una scatola di birilli.

"Mi hanno detto di provare questo. È il più richiesto in paese." Si morse il labbro. "Insegnami come si gioca."

Rosie inclinò la testa. "Non hai mai giocato ai birilli?"

"Come dicevo prima, i giochi da pub sono terribilmente fuori moda dove sto io."

"Ma tu, pur essendo una donna all'ultima moda, ci vuoi comunque giocare."

"Esatto." Charlie sorrise anche con gli occhi.

Rosie mise da parte i bicchieri di sidro e iniziò a preparare il gioco.

"È un bowling in miniatura!"

"Eh sì." Si chiese, non per la prima volta, se Charlie fosse di un altro pianeta.

Poi le spiegò come funzionava e in che modo avvolgere la corda intorno alla palla e lanciarla ai birilli. Giocarono alcune partite. Rosie le vinse tutte.

"Dovresti lanciare una petizione per riportare i giochi come questo nei pub di Londra. Molti tuoi concittadini che vengono qui nel weekend sono delle schiappe ai birilli."

"A dire la verità, io sono più un tipo da wine bar."

"L'avevo capito." Rosie indicò il gioco. "Un'altra partita?"

Charlie si guardò intorno. "E se invece giocassimo a biliardo? Anch'io vorrei vincere a qualcosa."

"Okay! Che la sfida abbia inizio." Rosie balzò in piedi.

"E sfida sia!" Charlie la seguì al tavolo da biliardo. Fu lei a iniziare, e sapeva il fatto suo, poiché mandò subito la prima palla in buca. "Ti ho stupita?" Sorrise, ancora con la stecca in mano.

"Un tantino di più rispetto a prima." A Rosie prudevano le mani perché arrivasse il suo turno.

Poi, poco ci mancò che si perdesse la seconda palla in buca: il suo sguardo si era spostato sul fondoschiena fasciato dai jeans di Charlie, che si era chinata in avanti per fare il suo tiro.

"Mi sa che sono più brava con le palle che coi birilli," disse con aria trionfante.

Rosie non rispose. Stava ancora elaborando il fatto che stesse benissimo coi jeans attillati. Ai suoi occhi ormai non era più la tizia con la giacca Paul Smith che le era andata addosso alla stazione dei treni.

Finalmente Charlie mancò la buca.

Toccava a lei. Scacciò l'immagine dei jeans attillati e pensò al da farsi. Osservò la posizione delle palle sul tavolo. Se fosse riuscita a concentrarsi – il che non era scontato in quelle circostanze – avrebbe fatto una bella giocata. O forse doveva lasciar vincere Charlie, che aveva già perso ai birilli? No, sarebbe stato sleale. Senza contare che, prima, Charlie le aveva sorriso un po' troppo piena di sé.

Mandò in buca quattro palle di fila. La quinta non finì in buca per un pelo, ma fu comunque un tiro che dimostrava tutta la sua abilità. Se fosse riuscita a mantenere la concentrazione, la vittoria sarebbe stata sua.

"Mi stai proprio sfidando." Charlie la guardò da sopra il bordo degli occhiali. "Sei una valida avversaria."

Rosie si impose di non guardarla spostarsi intorno al tavolo. Prestò attenzione solo al piano di gioco.

"Che ne dici se rendiamo la cosa più interessante?" Charlie si fermò di fronte a lei. "Ho visto sulla lavagna che più tardi fanno il karaoke. Chi perde canta una canzone per chi vince." Fece un sorriso a trentadue denti.

Povera te! Rosie pensò alla fila di trofei che aveva vinto giocando a biliardo all'università. D'accordo, era un po' arrugginita, ma le quattro palle in buca di prima erano state solo il suo riscaldamento.

"Andata!" Tese la mano. Charlie gliela strinse e indugiò un secondo, prima di sciogliere la stretta. Con quel contatto prolungato di pelle contro pelle, Rosie rischiò ancora di distrarsi. "Sei in ballo, Miss Londra," disse poi.

"Per tua informazione, il biliardo è ancora un gioco molto diffuso nella capitale." Charlie si voltò e prese a studiare il piano di gioco. Mandò in buca tre palle di fila senza fatica. La quarta rimbalzò contro il bordo del tavolo. "Solo per non farci mancare il divertimento," scherzò.

"Grazie tante per questa favolosa opportunità di prenderti a calci." Rosie non era mai stata così impudente quando giocava a biliardo all'università. Ma era anche vero che di rado aveva giocato contro donne come Charlie. A distrarla, oltre al bel fondoschiena nei jeans attillati, erano l'intensità del suo sguardo quando le parlava, e la perfetta linea delle spalle che si intravedeva sotto il maglione.

"Giochi ancora? O aspettiamo tutta la notte che trovi la posizione giusta per il tiro?"

"Mi sto concentrando."

"Mmh…" Charlie andò all'altra estremità del tavolo e fece come per appoggiarsi alla stecca.

Rosie avrebbe giurato che stesse così – con una mano

a reggere la stecca in verticale e l'altra infilata nella tasca posteriore dei jeans – giusto per distrarla.

Assottigliò lo sguardo, tornò a concentrarsi e mandò la palla dritta in buca. Ancora tre tiri e sarebbe stata incoronata vincitrice. Così Charlie avrebbe dovuto cantarle una canzone sul palco. E lei avrebbe avuto tre minuti buoni per mangiarsela con gli occhi. Ora però doveva mantenere l'attenzione sul gioco.

Si incurvò sul tavolo e si preparò a mandare in buca la palla blu. Aveva appena tirato indietro la stecca, quando si aprì la porta del pub. Ed entrò Amy.

Rosie non riuscì a fermare lo slancio della stecca. La palla bianca fu colpita dall'angolo sbagliato. La blu non fu neanche sfiorata. La nera invece sì, e rotolò pian piano, con esasperante lentezza, cadendo infine nella buca dall'altro lato del tavolo.

"Ma cazzo!" E non era neanche colpa di Charlie, la quale colpì l'aria con un pugno in segno di vittoria.

"Quindi, sei in debito con me di una canzone." Fece un sorriso sbilenco. "Non vedo l'ora di sentirla."

* * *

Avevano appena finito di mangiare il *fish and chips* e ordinato altro sidro per Rosie e vino bianco per Charlie, quando Amy venne dritta al loro tavolo.

"Buonasera, signore." Fortunatamente per Rosie, non le diede un bacio sulla guancia. "Stasera presento io il karaoke. Posso mettervi in lista?"

"Rosie sì. Mi deve una canzone," rispose Charlie.

"*Davvero?*" Amy si mise una mano sul fianco. Guardò Rosie, poi si soffermò su Charlie. Si acciglio. "Non ti ho già vista da qualche parte? Mi sembra di conoscerti."

Charlie si spinse gli occhiali sul naso. "Non penso. Forse è perché ho una faccia comune." Distolse gli occhi da Amy.

"Avrei giurato di averti già vista." Poi Amy la lasciò perdere e si rivolse a Rosie. "Allora ti metto in lista. Okay?"

Rosie annuì con riluttanza. Charlie aveva vinto senza barare. "Dammi solo il tempo di… ehm… riscaldare le corde vocali." Afferrò il bicchiere.

Con un sorriso subdolo, Amy si allontanò.

"Non ti è molto simpatica, vero?"

Rosie guardò nel bicchiere. Per quanto bevesse, le sue corde vocali non si sarebbero mai riscaldate abbastanza, né sarebbe mai riuscita a racimolare abbastanza coraggio da salire sul palco davanti a Charlie *e ad Amy*. Tra l'altro, di sidro ne aveva già bevuto fin troppo. "È la mia ex." Si sporse avanti. "La sua famiglia sta facendo di tutto per far chiudere il mio locale." Bevve un altro sorso, così era meno difficile parlare. Si sentiva già abbastanza compatita.

Charlie sgranò gli occhi. "Quella che mi dicevi?"

"Sì. Sembra proprio che non riesca a sfuggirle. È dappertutto. La mia vita andrebbe molto meglio, se non me la ritrovassi davanti ogni momento."

"L'unica lesbica in paese a parte te." Charlie sorrise.

Lo stridio della prova microfono le mise a tacere. Poi la voce di Amy si diffuse forte e chiara dall'impianto audio ultra moderno del pub.

"Gente! È ora!" Non le passò neanche per l'anticamera del cervello di scusarsi per il fastidioso rumore del microfono. "È arrivato il momento del buon vecchio karaoke di Otter Bay!"

Tre persone a lato del palco applaudirono.

"Sono Amy, la conduttrice della serata. Quasi tutti mi conoscete già, vero?"

Altri applausi e gridolini. Sembrava che si presentasse al Wembley Stadium, anziché in un pub di Otter Bay.

"Come vuole la tradizione, la prima a cantare sono io." Ridacchiò nel microfono. In momenti come quello, Rosie si domandava cosa ci avesse mai visto in lei.

Amy fece un cenno col capo a Dave, ancora dietro il bancone del bar. Era lui che metteva la musica. Un istante dopo si udirono le prime note di *I Will Always Love You*.

Ti amerò per sempre. Rosie voleva nascondersi sotto il tavolo. Sprofondare. Sparire.

Arrischiò un'occhiata al palco: Amy fissava lei e solo lei, mentre si lanciava in un'accorata imitazione di Whitney Houston. Chiuse gli occhi, fece un respiro profondo e cercò di far finta che non stesse succedendo davvero.

Quando li riaprì, Amy era arrivata al ritornello. Sentì la mano di Charlie appoggiarsi al suo avambraccio. "Magari un altro po' di questo?" Charlie le agitò davanti agli occhi il bicchiere vuoto.

Rosie annuì, perché davvero non sapeva in che altro modo superare l'imbarazzo e affrontare il resto della serata.

Capitolo 9

In piedi al bancone del bar, Olivia ripeteva mentalmente il suo nome in incognito.

Charlie. Charlie. Charlie.

Col cervello ormai annebbiato dal sidro e dal vino, un paio di volte aveva rischiato di dire la cosa sbagliata. Aveva quasi rivelato dei fatti da cui si poteva risalire alla sua vera identità. Se fosse successo, si sarebbe scatenato l'inferno. Rosie non sarebbe mai stata così spigliata con lei, se avesse saputo chi era veramente. Olivia si stava godendo ogni istante della loro reciproca compagnia. Si erano rilassate, si erano sentite totalmente a loro agio, almeno finché non era comparsa l'ex di Rosie.

Pagò i drink al barista, che la fissò con occhi penetranti. "Come sta andando?"

Lo sguardo fermo dell'uomo la colse alla sprovvista. "Sta andando… *bene*." Era la risposta giusta?

"Ottimo." Afferrò la leva della Peroni; Olivia notò le sue nocche bianche sotto la pelle delle dita. "Qui tutti quanti vogliamo un gran bene a Rosie. Ora lo sai anche tu."

Olivia sgranò gli occhi. Merda! Si era appena fatta *sgridare* da un barista?

"Sì. Capisco perché le siete affezionati. Grazie per i drink."

Mise in tasca il resto e riattraversò la sala per tornare al tavolo. Il fastidio per essere stata ripresa aumentò quando vide Amy cantare a squarciagola, a Rosie, l'ultima strofa del classico di Whitney Houston. L'intero pub sembrava dirle di lasciar perdere Rosie, ma non era facile far desistere Olivia. Quel giorno era cambiato qualcosa tra lei e la bionda. E la suo alter ego, Charlie Smith, non era donna da ignorarlo.

Quando si sedette, la gente si mise ad applaudire Amy – più per una forma di cortesia che per altro – e Olivia lesse sul grande schermo del karaoke il titolo della canzone successiva: *Royals* di Lorde.

Ebbe un sussulto. Il pub le sembrò troppo pieno di gente; la sala, troppo piccola. Odiava quella canzone per ovvie ragioni, il che tuttavia non aveva mai impedito ai suoi amici di cantargliela regolarmente. L'aveva fatto persino Jemima l'ultima volta che erano andate insieme a un karaoke, un paio di anni prima. Era stata un'ironia della sorte anche allora?

"Mi sa che è arrivato il mio turno," disse Rosie, facendole l'occhiolino.

Cosa?! Doveva proprio cantargliela anche Rosie? La serata stava diventando sempre più surreale.

La guardò salire sul palco, vide Amy approfittarne per sussurrarle qualcosa all'orecchio e Rosie risponderle con un'occhiataccia e scuotendo la testa.

I suoi occhi divennero due fessure: aveva appena conosciuto Amy, e già non era una sua fan.

Rosie diede dei colpetti al microfono prima di parlare. "Sono in debito di una canzone con una persona che è nuova di qui. Glielo ripago adesso." Poi intonò la strofa iniziale.

Quella canzone Olivia non la sopportava proprio, ma

per la miseria, Rosie non gliel'aveva raccontata giusta! Era una vera cantante, con quei suoi vocalizzi morbidi, vellutati, da brividi lungo la schiena. E quando si unì al coro, persino Olivia non riuscì a trattenere un sorriso. La sua voce roca, una voce di miele, lo eseguì alla perfezione. Al termine, Olivia era folgorata. Rosie era un talento naturale da palcoscenico.

La bionda tornò al tavolo come se nulla fosse. Olivia deglutì, cogliendo lo sguardo color zaffiro, le curve dei fianchi, il rapido movimento della lingua sul labbro inferiore.

Tutto di Rosie aveva colori vividi quella sera.

Si alzò ad applaudirla, lentamente. "Hai dei talenti nascosti, Miss Perkins. È stato incredibile. Con una voce come la tua, dovresti essere sempre sul palco. Conosco qualcuno che..." Si interruppe appena in tempo, abbassando gli occhi sul calice di vino.

No.

Charlie Smith non conosceva nessuno.

Charlie Smith era un ex soldato che ora si occupava di pubbliche relazioni e marketing.

Le risuonò in testa la voce del padre: *"E mi raccomando: niente sbronze al pub"*.

Rosie però non ci aveva fatto caso. Le rivolse un sorriso teso, poi afferrò il bicchiere di sidro e ne tracannò la metà in tre sorsate.

Olivia sgranò gli occhi. "Hai sete?"

Rosie scosse la testa. "Colpa della mia ex." Fece spallucce e bevve ancora. "Ho bisogno di tenere le mani occupate e distrarre la mente, altrimenti vado lì e la strozzo. E chi se ne frega se certe persone avrebbero qualcosa da ridire."

Olivia non era una di quelle.

Ebbe un brivido caldo, al pensiero di tutte le cose che sarebbe stata felice di inventarsi per tenere occupate le mani di Rosie.

Poi bevve un altro sorso di vino.

In effetti, il padre la conosceva benissimo.

Donne e alcolici erano sempre stati la sua rovina.

Accennò con la testa al tavolo da biliardo. "Un'altra partita per tenere le mani occupate? Niente canzoni in palio. Facciamo solo che chi perde paga il prossimo giro."

Rosie sorrise, percorrendo con gli occhi il corpo di Olivia dalla testa ai piedi. "Che la sfida ricominci!"

* * *

Mezz'ora e un altro drink più tardi, la loro bravura al gioco del biliardo aveva subito un calo vertiginoso: adesso erano tutte e due ufficialmente ubriache e ufficialmente terribili.

"L'ho sempre detto io! Più bevi, meglio giochi!" esclamò Olivia, aggrottando le sopracciglia.

Rosie la fissava con occhi inespressivi e un sorriso da furbetta. "E se giocassimo a strip biliardo? Tanto per alzare la posta in gioco. Allora sì che dovremmo concentrarci!"

Un fremito di desiderio travolse Olivia. Tossicchiò, cercando di allontanare il pensiero di Rosie senza maglietta, con le tette al vento. Mica era facile. "Tutto il contrario! Se ti svesti, la mia concentrazione va subito a farsi benedire." Chiuse gli occhi, sentendosi le guance in fiamme.

Charlie Smith era distante anni luce dalla raffinatezza di Olivia Charlton. La prova: Charlie Smith si era ubriacata con vino scadente e stava biascicando parole senza pensarci prima.

Maledizione. Doveva controllarsi.

Solo che, quando riaprì gli occhi, Rosie le sorrideva ancora col chiaro intento di stuzzicarla. O forse era così audace solo perché ubriaca fradicia? Olivia andò nel pallone.

"Vero, uno spogliarello non ci farebbe concentrare di più, ma di certo renderebbe la serata *molto* più interessante, non pensi anche tu?"

Olivia avvertì una sensazione al basso ventre. Molto in basso. Fece un respiro profondo e premette i piedi a terra.

Si fissavano l'un l'altra, Olivia era tutta un fremito su e giù per la schiena, quando una voce scorbutica ruppe il loro momento magico. Come una mazzata su un lago gelato scozzese. *Anzi, peggio.*

"Allora, signore! Chi sta vincendo? Chi avrà l'onore di cantare, stavolta?" Amy si mise apposta tra le due, volgendo la schiena a Olivia, con le mani infilate nelle tasche dei jeans blu scuro. Da così vicino, Olivia notò che aveva delle ciocche di capelli grigi e pensò che presto avrebbe dovuto iniziare a tingerseli: Amy infatti non era tipo da ingrigire con grazia. O meglio, la grazia non sembrava collocarsi in cima alla lista delle sue virtù.

"No, stavolta giochiamo solo per divertirci," rispose Rosie con un tono brusco, totalmente diverso da pochi secondi prima. "E tu sei, come dire, di troppo."

Amy si girò a guardare Olivia in malo modo. "Non vorrei mai essere di troppo in un momento così bello fra te e la sosia della Principessa Olivia." Le afferrò il mento con le dita di una mano e la scrutò in viso. "Ecco chi mi ricordi. Mi è venuto in mente mentre cantavo. Le assomigli *veramente tanto*, a parte i capelli più corti e più scuri e gli occhiali.

Non credo che alle principesse sia permesso avere i capelli corti. È contro le leggi delle favole." Detto questo, le mollò il mento.

"Ehi! Giù le mani dalla nostra ospite." Rosie la prese per un braccio e la fece voltare in modo che fossero faccia a faccia. "Solo perché siamo nel tuo pub, non puoi fare quello che ti pare. Te l'ho già detto prima."

"Va tutto bene," intervenne Olivia, cercando di calmare le acque, anche se non andava per niente bene. Se non fosse stato per le parole del padre che le risuonavano nelle orecchie, avrebbe già preso Amy a calci in culo. Come aveva osato quella buzzurra strattonarle il mento? Molto poco intelligente da parte sua. "Sono certa che Amy non l'ha fatto con cattive intenzioni, vero Amy?"

Non appena Amy si girò per rispondere, Olivia faticò a non prenderla anche lei per il mento.

Sii una persona matura. Non abbassarti al suo livello.

"Lo so io che intenzioni ho. Tu puoi solo tirare a indovinare." La sicurezza che ostentava le ricordò quella di Alexandra, ed ebbe l'impressione che Amy non fosse abituata a sentirsi dire no. Forse Rosie era stata l'eccezione alla regola; per quello la buzzurra non si dava pace.

"Però non puoi darmi torto," insisté Amy con Rosie. Poi gesticolò con una mano. "Mettile una parrucca marrone e un vestito da snob, e ti esce l'immagine sputata della principessa lesbica. Solo che dubito una principessa verrebbe a giocare a biliardo al Dog & Duck, vero mia cara?" Diede a Olivia un colpetto col gomito. "Dovevi cantarla tu la canzone di Rosie. Sarebbe stato più divertente," concluse sghignazzando.

Chissà come ci era finita Rosie con Amy, pensò Olivia.

Per essere bella, Amy era bella. Era quando apriva bocca che iniziavano i problemi.

Forse doveva presentarla a Jemima.

"Al contrario," rispose Olivia. "Nessuno saprebbe cantarla meglio di Rosie." Poi rivolse un caldo sorriso all'avversaria di biliardo, sicura di mandare in bestia Amy.

Come previsto, la bionda sorrise raggiante, mentre la sua ex si incupì.

"Rosie ha una voce fantastica," proseguì Olivia. "Ma lo saprai già, visto che stavate insieme." Fece una pausa. Si appoggiò alla stecca ed ergendosi in tutta la sua statura, fu felice di constatare di essere un po' più alta di Amy. "So solo che mi è scivolata dentro come il miele."

Amy sbatté le palpebre incredula, raddrizzò la schiena e guardò Olivia in cagnesco. "Ti va di fare la spiritosa, eh?"

"Amy, non…" disse Rosie.

Ma Amy non le diede retta. "Tu! Vieni qui da Londra col tuo accento snob, coi tuoi modi arroganti. Ti compri le nostre case. Ci provi con le nostre donne. Sai che ti dico? Coi soldi non si compra tutto. Dovresti saperlo! La classe non si compra. E tu chiaramente non ne hai!"

Per poco Olivia non scoppiò a ridere. "Perché tu sì? Ma ti vedi? Stai ancora correndo dietro alla tua ex, quando invece è chiaro che lei ha chiuso con te. E poi cos'era quel *Ti amerò per sempre?*"

"Basta, voi due!" gridò Rosie.

Troppo tardi. Ormai le due erano partite.

"Tu, snob che non sei altro!" riattaccò Amy. "Sei proprio sicura di volermi sfidare? Possiamo farlo, sai?" La sua faccia era a pochi centimetri da quella di Olivia. Aveva le guance chiazzate di rosso. Era brilla anche lei. "Ce la vediamo fuori?" Quando pronunciò l'ultima parola, uno schizzo di saliva atterrò sul labbro superiore di Olivia.

Stai calma, stai calmissima.

"Amy, tu non stai dicendo sul serio," disse Olivia, gelida. "Fidati." Sentì la rabbia repressa premere per venire a galla. Guardò Rosie scuotendo la testa. "Va tutto bene," la rassicurò sopra la spalla di Amy.

"Non va tutto bene…" iniziò Rosie.

"Come?! Te la fai sotto?" Amy diede uno spintone a Olivia, costringendola a indietreggiare. "Hai paura, damerina? Perché da queste parti noi lottiamo per tenerci quel che è nostro! Non è solo una questione di soldi, come per voi."

Poi assottigliò lo sguardo e sferrò un pugno mirando alla guancia destra di Olivia.

Ma Olivia lo vide arrivare.

Rosie cacciò un urlo.

Olivia oscillò all'indietro senza perdere minimamente l'equilibrio e afferrò al volo la mano chiusa a pugno. Con un rapido movimento fece girare Amy su sé stessa, le torse il braccio dietro la schiena e la fece piegare a pancia in giù sul tavolo da biliardo, con una guancia premuta sul panno verde. L'urto della colluttazione mandò le palle da gioco in ogni direzione.

Ascoltò un istante il proprio battito accelerato. Chiuse gli occhi.

Immobilizzata sul piano del tavolo, Amy boccheggiava.

Intorno a loro, un silenzio improvviso.

Poi la testa di Olivia si abbassò all'altezza dell'orecchio di Amy. "Prima te l'ho detto gentilmente, ma non hai voluto ascoltarmi. Te lo ripeto adesso: tu *non vuoi* fare a pugni con me. Ma soprattutto: tu *non vuoi* disturbare Rosie, perché, se lo fai, disturbi anche me."

Si tirò su, mollò la presa e si girò verso Rosie. "Mi dispiace, non mi ha lasciato altra scelta," disse con tono esitante. Espirando, si tenne il braccio destro, mentre guardava Amy rimettersi in piedi.

Tremava tutta. "Vado fuori a prendere un po' d'aria." Corse verso l'uscita del pub, spalancò la porta e si immerse nella serata estiva.

Aveva detto la verità. Amy non le aveva lasciato altra scelta. Olivia non aveva reagito con violenza; aveva solo cercato di fermarla. Ma era comunque a disagio con sé stessa per aver abboccato all'amo. Per aver perso il controllo.

Non poteva permettersi di attirare l'attenzione, ma avrebbe rischiato tutto pur di difendere Rosie.

Perché, in sole due settimane, Rosie le era entrata nel cuore.

Capitolo 10

Rosie aveva ancora davanti agli occhi l'immagine di Amy con la faccia premuta sul tavolo da biliardo. Sicuramente era più interessante della vista e del rumore di Amy che le cantava a squarciagola *Ti amerò per sempre*. Ma la sua ex cosa credeva di fare?

"Stai bene?" domandò a Charlie. Erano andate via dal pub incamminandosi in direzione di casa. "Scusa per Amy. Non avrebbe dovuto farlo. Se l'è presa con te, ma di fatto ce l'ha con me. Non riesce ad accettare che non stiamo più insieme."

"Sì, sto bene," rispose Charlie, drizzando le spalle.

Rosie sospirò. "Come avrai notato, può essere molto insistente."

"Altroché se l'ho notato!" Charlie inspirò. "Ma non avrei dovuto abbassarmi al suo livello."

"Stai scherzando?" Rosie la guardò prima di sottecchi, poi girandosi verso di lei. "Adesso sei la mia eroina." Non riuscì a trattenere un sorriso. Era ancora ubriaca? Col trambusto della colluttazione era po' rinsavita, ma si sentiva ancora con la testa per aria.

Charlie ridacchiò. "Non esageriamo."

"Chiaramente," sottolineò Rosie, "Amy non sapeva con chi aveva a che fare". Sfiorò la spalla di Charlie con la propria.

"Merito dell'addestramento militare. Alla fine tutte le ore estenuanti al centro reclute mi sono tornate utili, se sono diventata la tua eroina. Felice di essere al tuo servizio," disse prendendola a braccetto.

Più di una volta Rosie era tornata a casa dal Dog & Duck un po' brilla, ma mai con un ex ufficiale dell'esercito a braccetto, che per di più l'aveva difesa in quel modo.

"Per quanto tempo sei stata nell'esercito?"

"Otto anni. Poi i miei genitori mi hanno chiesto di entrare nell'attività di famiglia."

"Dall'esercito alle relazioni pubbliche. Hai proprio cambiato carriera." Rosie aveva passato gran parte della serata parlando di sé. Ora voleva scoprire qualcosa di più sulla sua eroina.

Charlie fece spallucce.

"Ti sarebbe piaciuto restare nell'esercito?" Glielo chiese perché aveva percepito nostalgia nella risposta di prima. Si strinse al suo braccio.

"Diciamo pure che non mi sarebbe dispiaciuto."

Erano arrivate in fondo alla via. Era la fine di maggio ed era una bella serata. Rosie aveva voglia di gironzolare un altro po' per le strade di Otter Bay a braccetto con Charlie.

"Ti accompagno a casa?"

"Mi sa che siamo molto più vicine a dove abiti tu," fu la brusca risposta di Charlie; il suo braccio si irrigidì contro il corpo di Rosie. "E se ti accompagnassi io, invece? Ero nell'esercito, ricordi? Io posso arrivare a casa sana e salva per conto mio." Fece un bel sorriso.

Rosie lo ricambiò. "Anch'io posso arrivare a casa sana e salva. Questa è Otter Bay."

"E qui tutti si prendono cura di te."

Erano ancora ferme all'incrocio. Era ovvio che Charlie non volesse essere accompagnata. Chissà perché, si chiese Rosie. Forse non voleva farle sapere dove alloggiava. O forse non voleva sentirsi in obbligo di invitarla a entrare.

"È un paese, Charlie. È molto diverso che abitare a Londra, o almeno credo." Riprese a camminare verso casa. L'ex ufficiale non si staccò da lei.

"Sì, molto diverso." Charlie inclinò indietro la testa. "Qui si vedono le stelle."

Anche Rosie guardò in alto. Vide le stelle brillare tra le nuvole che scivolavano via leggere. Da tempo non osservava più il cielo stellato. Le ricordava troppo i suoi genitori. Erano soliti sedersi fuori con lei all'imbrunire e indicarle gli astri e le costellazioni. Ma Rosie non intendeva parlare ancora dei suoi genitori, quindi abbassò gli occhi e rimase in silenzio per un po'.

Svoltarono l'angolo e imboccarono un'altra via. "Dev'essere dura abitare in un paese quando ci abita anche la tua ex," rifletté Charlie ad alta voce.

Ormai erano arrivate, ma Rosie voleva che quella passeggiata durasse molto di più. Charlie non sapeva il suo indirizzo esatto, quindi potevano anche fare un altro giro dell'isolato.

"Non è poi così male. Ci sono abituata."

"Forse è un po' come quando sei nell'esercito. Lì, in sostanza, è come vivere in un piccolo paese." Charlie rallentò il passo, adeguandosi a quello di Rosie. "Sai, mi ero innamorata di un'altra ufficiale. L'amavo davvero. Ma tra noi due non ha funzionato." Le lanciò un'occhiata. "Devo ammettere però

– e non intendo offenderti – che la mia ex era molto più… ehm… educata della tua.”

“Non mi offendo, figurati.” Anche per Rosie era difficile giustificare il comportamento di Amy. “Nell'esercito non la troveresti mai, una come Amy. C'è troppa disciplina.” Si strinse ancora al suo braccio. Sentiva il profilo dei bicipiti sotto il soprabito leggero. “È l'ex che dicevi l'altro giorno? Quella che piace tanto alla tua famiglia?”

Charlie scosse la testa. “No. Non potrebbero essere più diverse.” Un'altra risposta brusca. Poi tacque.

Rosie capì l'antifona e non volle indagare ulteriormente.

“Hai un sacco di ex,” disse poi scherzando. Forse era più alticcia di quanto pensasse.

Charlie rimase in silenzio.

Non ne stava azzeccando una, diceva tutte le cose che non doveva dire, eppure non riusciva a fermarsi. Di Charlie sapeva così poco! Forse cambiando discorso avrebbe ottenuto di più. “Dev'essere bello avere un'attività di famiglia, se puoi permetterti di andare via un paio di settimane così.” Aveva cercato di sembrare disinteressata. “Che lavoro fai di preciso?”

“È monotono, non vorrei annoiarti coi dettagli.” Charlie sembrava ancora a disagio. Sospirò. “Dio, quanto mi piace qui!” Inspirò profondamente ed espirò lentamente. “Questa è vita, Rosie.”

“Cosa? Avere un'ex che viene a rompermi le scatole tutte le sere? Non penso proprio.” Rallentò ancora il passo. “Se invece intendi 'avere un affascinante ufficiale dell'esercito che viene in mio soccorso', allora sì, ti do ragione.”

Si fermarono. Vedeva la porta di casa a qualche metro di distanza. Per strada non c'era nessun altro. Guardò un momento le stelle. Con Charlie al suo fianco, si sentiva di farlo ancora.

Charlie ritirò il braccio, staccandosi da lei. Erano faccia a faccia. Lei si mise a giocherellare col bordo del soprabito. "Sono felice di averti conosciuta."

"Anch'io," sussurrò Rosie. Guardò Charlie negli occhi, splendidi occhi verdi che brillavano alla luce del lampione. "Quando e perché riparti?"

Charlie sorrise con aria tormentata. "Non sono certa né dell'una né dell'altra cosa." Le prese entrambe le mani.

Da quel contatto pelle a pelle scaturì come una scossa, Rosie la percepì lungo la colonna vertebrale, la sensazione di un qualcosa di caldo a lungo dimenticato. Per la prima volta desiderò che Paige fosse già all'università, per avere l'appartamento tutto per sé e poter chiedere a Charlie di restare. Al momento però era fuori questione.

"Abito qui." Indicò con la testa la sua porta d'ingresso.

"Allora sarà meglio che torni a casa anch'io," disse Charlie senza lasciarle andare le mani.

"Passi al caffè domani?"

"Devi solo provarci a tenermi lontana." Stavolta il suo fu un sorriso vero. Si chinò leggermente in avanti.

Rosie avvertì la sensazione calda di prima aumentare ed espandersi rapidamente in tutto il corpo. Sperò tanto che Charlie non facesse caso alle sue mani sudaticce.

Si sporse avanti anche lei. E Charlie la baciò. Un bacio dolce ma istantaneo, *sulla guancia*. Poi si tirò indietro.

"Sono stata bene, oggi." Sorrise ancora, districò le mani dalla stretta di Rosie e se ne andò.

Rosie la guardò allontanarsi. Tenne gli occhi incollati alla sua schiena, ammirando l'andatura dritta e il bel posteriore, anche mentre raggiungeva la porta d'ingresso. Prima di inserire la chiave nella toppa aspettò che svoltasse l'angolo.

E fece bene. Perché Charlie si girò poco prima per farle un saluto con la mano.

Per quella sera, doveva bastarle così.

* * *

Rosie guardò ancora una volta le stelle, prima di entrare in casa. Le sembrava di non ricordare nulla di quello che le avevano insegnato i genitori. Forse perché era stato tanto tempo prima: lei non aveva ancora dieci anni e Paige non era neanche nata. O forse era perché, dopo la loro morte, ricordarsene era diventato troppo doloroso.

Di sopra, trovò Paige che dormiva davanti alla televisione. La coprì con una coperta e spense la TV. Cher sonnecchiava ai piedi della ragazza.

Guardandola in viso, si pentì di aver desiderato che non fosse in casa. Probabilmente a settembre avrebbe desiderato l'esatto contrario. Charlie non sarebbe stata più a Otter Bay a tenerle compagnia.

Eppure, il pensiero di lei le faceva venire la pelle d'oca. Con la punta delle dita toccò la guancia sfiorata dalle sue labbra.

Anche se avevano trascorso buona parte della giornata insieme – e che giornata! – Rosie di Charlie ne sapeva quanto prima. Aveva ricevuto risposte vaghe a tutte le domande. L'unica cosa che aveva scoperto, ma solo perché l'aveva visto coi suoi occhi, era che Charlie se la cavava egregiamente in una rissa.

Lei, al contrario, le aveva confidato un bel po' di cose. Che fine aveva fatto il *quid pro quo*? Ma non era stato un appuntamento galante. Si erano solo incontrate per caso – un'altra volta – ed erano state bene insieme. Quindi Charlie non le doveva niente.

Le sue dita indugiarono ancora sul punto dove era stata baciata. Fosse stato per lei, avrebbe baciato Charlie sulle labbra. Miss Londra le piaceva davvero. Ma era solo di passaggio. Ben presto se ne sarebbe andata da Otter Bay, e allora Rosie sarebbe rimasta di nuovo sola. E avrebbe ricominciato a incontrare ovunque Amy, che dopo la rissa con Charlie avrebbe potuto, *ma anche no*, smetterla di correrle dietro. Rosie era del tutto a favore della prima ipotesi, ma temeva che il *ma anche no* sarebbe prevalso, una volta che Charlie non fosse stata più nei paraggi. Lei sarebbe stata vulnerabile ed Amy ne avrebbe approfittato.

Diede un'ultima un'occhiata a Paige e spense la luce del salotto. Poi andò in camera sua, che non era proprio il tipo di stanza in cui invitare una donna sofisticata come Charlie, e pensò che non ne poteva più di perdere ogni cosa e ogni persona che per lei era importante. Prima i genitori. Ora Paige, che sarebbe partita a settembre. E a dir la verità anche il Mark & Maude's, l'ultimo ricordo tangibile della mamma e del papà, era a rischio. E infine Charlie, la sconosciuta piombata all'improvviso nella sua vita. Charlie, che le faceva provare ancora sensazioni da tempo dimenticate, ma che sarebbe scomparsa altrettanto rapidamente di quanto era comparsa.

Che razza di vita era per una ventottenne? Bisognava cambiare qualcosa.

Sprofondò nel letto. Se solo avesse potuto ricevere consigli dai genitori, chiedere loro che cosa aveva sbagliato! Perché in quel momento sembrava andarle tutto storto. Fatta eccezione per il bacio sulla guancia di dieci minuti prima. Quello era stato più che giusto.

Fissò la foto dei genitori sul comodino. Era di pochi mesi prima dell'incidente. Il papà rideva, come al solito. La mamma, invece, guardava dritto nell'obiettivo della macchina fotografica cercando di sorridere. Sebbene fosse stata la donna più affettuosa del mondo – e la miglior madre che Rosie potesse desiderare – era sempre stato impossibile catturare in una fotografia la sua natura gentile e il suo buon cuore.

Ogni tanto Rosie si chiedeva se cose come la precoce scomparsa dei genitori succedessero per un motivo. Aggrapparsi a quel tipo di credenza dopo la terribile notizia, quando era stata devastata dal dolore, sarebbe stato bello. Ma ormai era arrivata alla conclusione che non ci fosse un significato profondo nella morte dei genitori. Era stato solo un tragico incidente. Tutti i passeggeri a bordo dell'aereo erano morti. La vita di molte persone era andata in frantumi – non solo la sua, quella di Paige e quella di zia Hilary.

Era contenta di aver parlato di loro a Charlie, anche se Charlie in cambio era stata tutt'altro che disponibile ad aprirsi. Ed era contenta anche per il bacio sulla guancia.

Se aveva imparato qualcosa dalla morte dei genitori, era di godersi i momenti di meraviglia come quello. *Perché non ce ne sono tanti, se vivi a Otter Bay.*

Capitolo II

Olivia aveva un disperato bisogno di liberarsi dai pensieri che le sferragliavano nel cranio. In cucina, davanti al lavello, riempì d'acqua per la terza volta il bicchiere da whisky e la tracannò come se non bevesse da giorni. Si preannunciava una giornata torrida, in Cornovaglia, e lei era decisa a tenersi impegnata, decisa a non soffermarsi troppo sugli eventi destabilizzanti del giorno prima. Perché, se indugiava su quei pensieri, si sentiva scoppiare la testa.

Eppure, ogni volta che cercava di disperderli, quelli non facevano che riconcentrarsi su Rosie.

Dio, Rosie! Lei sì, che era una donna consapevole dei suoi desideri, una che inseguiva ciò che voleva.

Inoltre indossava meravigliosamente le magliette. E il suo sorriso? Illuminava ogni stanza in cui entrava. Olivia avrebbe potuto restare seduta a fissare quel sorriso tutto il giorno.

E poi era in gamba. Dannatamente in gamba. Sarebbe stata un ottimo ufficiale dell'esercito. E quanto sarebbe stata sexy in uniforme! Ma non era quello il punto.

Rosie si era caricata di così tante responsabilità quando era poco più di una ragazzina, eppure se l'era cavata alla grande. Era da ammirare. Cos'avrebbe fatto Olivia al suo posto? Non ne aveva idea, perché la vita le era sempre stata imposta: fai questo, vai lì, di' quello. Per quanto ci avesse provato, non si era mai fatta strada nel mondo.

Aveva fatto ciò che le era stato possibile: dichiarare di essere gay, entrare nell'esercito e rendersi utile. Ma col passare degli anni si era resa conto che, alla fine, avrebbe dovuto cedere ai doveri di famiglia. Con nessun'altra prospettiva all'orizzonte – persino il padre voleva che si fidanzasse – Jemima, resasi subito disponibile, era stata la soluzione perfetta.

Questo finché Olivia non aveva tenuto la conferenza stampa per dichiararlo al mondo. Pensare di poter fare qualcosa e *farlo* erano due cose completamente diverse. La conferenza stampa l'aveva spaventata: da allora si stava prendendo a calci da sola. Era tutto vero, non era un gioco.

Rosie non avrebbe mai accettato una cosa del genere. Rosie aveva del fegato. A Olivia piaceva per questo. Le piaceva la sua energia. Caspita se le piaceva, la bionda!

E quello era il problema.

Rosie le piaceva davvero.

Il che non era ammissibile, perché Olivia era fidanzata e prossima al matrimonio.

Il cellulare vibrò. Il suono metallico la fece agitare ulteriormente.

Forse le servivano delle compresse per il mal di testa. Ne aveva? Di quelle efficaci con la codeina, non le solite. Aprì e chiuse alcuni armadietti della cucina, ma non ebbe fortuna. Aprì il cassetto vicino alle posate e trovò un paio di forbici, lo scotch, delle candeline del compleanno e i fiammiferi. In qualsiasi posto andasse, un cassetto della cucina conteneva sempre quegli oggetti.

Fece scorrere il messaggio, mentre il terrore si insinuava in lei.

Quando cazzo torni a casa? C'è la cena da Giles, questo weekend, e gli avevamo detto che ci saremmo andate. Hai chiesto un paio di settimane. Va bene, ti ho lasciata fare. Ma adesso stai esagerando!

Sussultò e si strofinò le tempie; il mal di testa aveva ingranato una marcia in più. Il problema era che si trovava d'accordo con Jemima. Non voleva fare la stronza, ma si stava proprio comportando da stronza. In fin dei conti, aveva detto sì al matrimonio con lei, quindi le doveva qualcosa.

D'altro canto, non riusciva a ignorare il fatto che sei settimane prima non si stessero neanche frequentando, e che si fossero fidanzate di punto in bianco, per poi sposarsi un po' alla svelta. Ogni volta che aveva immaginato il suo matrimonio, non aveva mai pensato a un matrimonio combinato, a un accordo d'affari. Ma alla fine si era ridotta proprio a quello. Ed era un pensiero insopportabile.

Fece una smorfia, riempì un altro bicchiere d'acqua e lo bevve a grandi sorsi. Quando la sua vita era diventata così incredibilmente complicata? Quando aveva chinato il capo davanti alla madre e alle sue prediche sui doveri di famiglia, ecco quando.

La madre le aveva comunicato con un messaggio che avrebbe mandato del personale a sistemare il giardino, ma Olivia le aveva risposto di non preoccuparsi. Stava cercando di mantenere un profilo basso, e se gli operai del paese fossero andati lì a lavorare, le probabilità di non farsi scoprire si sarebbero drasticamente ridotte.

Fino a quel momento era riuscita a restare nell'ombra,

ma la sera prima c'era mancato poco che facessero saltare la copertura. Aveva dovuto eludere più volte le domande di Rosie con risposte vaghe, ed Amy, pur senza rendersene conto, era arrivata spiacevolmente vicina alla verità. Olivia era grata che il loro diverbio al tavolo da biliardo fosse passato inosservato. O forse episodi del genere non erano insoliti al Dog & Duck. Forse Amy aveva l'abitudine di provocare i clienti. Olivia non lo escludeva.

Non riusciva a raccapezzarsi sui suoi sentimenti per Rosie.

Oltre che essersi spinta al limite, il giorno prima si era fatta un'idea di quanto potesse essere facile vivere. *A pensarci bene, la vita è semplice.*

Passare del tempo con una persona con cui si sentiva a suo agio, bere un drink, cenare, sedersi a parlare in spiaggia… Non sapeva com'era successo, ma le sembrava che lei e Rosie fossero in sintonia. E quel pensiero la spaventava molto.

Per molti aspetti, Rosie le ricordava Ellie. Era splendida, divertente, intrepida come la sua ex. Ellie era stata la prima donna che Olivia aveva amato davvero, e la prima che aveva perso davvero. Tutte le altre erano state solo di passaggio. Ellie l'aveva travolta, aveva lasciato il segno; quando poi la faccenda della famiglia reale si era rivelata eccessiva per lei, si era tirata indietro. Non era stata educata a vivere tutta la vita con una camicia di forza, e pensava che neanche Olivia dovesse farlo.

Ovviamente aveva ragione, ma Olivia se n'era resa conto troppo tardi, quando ormai Ellie non c'era più.

Se fosse successo qualcosa con Rosie, l'esito sarebbe stato lo stesso? Olivia avrebbe preteso condizioni diverse?

La madre glielo avrebbe permesso? Stava correndo un po' troppo. Non si erano nemmeno baciate. La sera prima ci aveva pensato, ma all'ultimo momento aveva dato a Rosie un bacio sulla guancia.

I brividi lungo il corpo le avevano fatto capire che aveva una pazza voglia di baciarla, ma farlo non le avrebbe di certo reso la vita più facile.

Il suono del cellulare interruppe i suoi pensieri. Olivia sbatté le palpebre. Sollevò lo schermo. Aveva proprio bisogno delle compresse per il mal di testa.

La chiamata era di suo cugino Sebastian. Gay non dichiarato, Sebastian era un conte; la moglie, Helena, gay anche lei, era una contessa. Ecco un altro matrimonio che Olivia non voleva emulare.

"Come va, cugina piccola?" Sebastian era nato tre giorni prima di Olivia, quindi lei era sempre stata la "cugina piccola".

"Alla grande." Olivia aprì un ultimo cassetto e intravide una confezione di ibuprofene. Controllò la data di scadenza: due mesi prima. Andava bene lo stesso.

"Bugiarda," la contraddisse Sebastian con una risatina. "Per quanto tempo intendi restare lì a nasconderti?"

"Non mi sto nascondendo."

"Altroché. Non che io ti biasimi. Ma ascolta, l'altro giorno sono stato a palazzo, e tua madre non era contenta. Ti farà piacere sapere che la nonna ha preso le tue difese: ha detto a tua madre esattamente quello che pensa della messinscena che è il tuo imminente matrimonio."

Una messinscena. Esatto. La testa di Olivia pulsava ancora. "Voglio tanto bene alla nonna."

"Chi non gliene vuole?" Sebastian fece una pausa. "Ma tornando a tua madre: ha insistito a dirmi tutte le cose che hai fatto e che lei non ha approvato, come se io potessi farci qualcosa. Come se avessimo un qualche strano codice gay."

"In un certo senso è così, ma non cambia niente." Olivia mise in bocca due compresse e le mandò giù con l'acqua.

"Fossi in te, farei un colpo di telefono ai tuoi genitori. Cerca di appianare le cose. Jemima non ti sta aiutando. Non è molto discreta, se capisci cosa intendo dire. Racconta le sue pene d'amore a chiunque l'ascolti."

Grazie Jemima, tu sì che mi aiuti! "Qualcuno che lo spiattellerà alla stampa?"

Sebastian fece una pausa. "No, non penso. Ma è solo questione di tempo. Sai come sono certi giornalisti."

Sarebbe stato troppo chiedere a Jemima di mantenere un profilo basso. Olivia sospirò. Non poteva controllarla, non c'era mai riuscita: probabilmente era l'unico aspetto del loro abbinamento che la madre aveva trascurato. Jemima era sempre stata una mina vagante.

"Cosa fai lì? Non ti annoi?" chiese Sebastian. "Vivi di *cream tea* e *Cornish pasty*?"

Olivia ripensò ai fagottini deliziosi al caffè di Rosie e le brontolò lo stomaco.

"Non proprio."

"Pensavo che a quest'ora fossi già tornata a Londra."

Olivia rimase in silenzio. Doveva dirlo a Sebastian, il cugino più fidato, l'unica persona che la capiva veramente? Quasi a voler smentire questa teoria, non lo ritenne necessario.

"Ah, vecchia volpe. Hai conosciuto qualcuno lì, vero? Oddio, se tua madre lo sapesse…"

"…ma non lo saprà, giusto?"

"Non da me!" Sembrava compiaciuto del suo intuito di investigatore. "Dai, racconta."

Olivia espirò, sentendosi ardere al pensiero di Rosie. "Ho conosciuto qualcuno, ma non è successo niente, né se ne può far niente. Lei gestisce un caffè in paese, è splendida, indipendente, energica… Ha tutte le qualità che adoro. Non le interessano la fama e la ricchezza. E vuole viaggiare, che è, come tu ben sai, il motivo per cui sono entrata nell'esercito."

"E allora? Qual è il problema?"

Olivia fissò il cellulare. Certe volte Sebastian era veramente ottuso. "A parte il mio imminente matrimonio?"

"Sì, sì, a parte quello. Sai che potresti farne la tua amante, se iniziassi una storia con lei. Vieni da me, così ti insegno a trovare il giusto equilibrio."

Olivia si sentì contorcere lo stomaco. "Non sono tipo da avere l'amante. E so per certo che non lo è neanche lei." Fece una pausa. "Il fatto è che lei è così… vera! Capisci? Io le piaccio per quella che sono. E poi, sì, l'altro problema è che pensa che io lavori nelle pubbliche relazioni e che sia un'ex soldatessa. Quindi non sono del tutto me stessa con lei. E scommetto che se scopre la verità, scappa via di corsa."

"Non puoi saperlo finché non gliela dici. Potrebbe sorprenderti."

Davvero? Olivia immaginò di dire a Rosie di essere la quarta nella linea di successione al trono, ma un frastuono di sirene nel cervello la indusse a dissolvere subito quel particolare scenario. "Boh. Ha coraggio da vendere, ma ha anche dei problemi. Voglio aiutarla, ma non so bene come. Le servono soldi per tenere aperto il caffè. L'unica cosa che mi viene in mente è farle un assegno." Poi mise al corrente Sebastian della situazione del Mark & Maude's.

"Se lei è come dici tu, non sarà disposta ad accettare i tuoi soldi. È troppo orgogliosa. E poi sembra che la sua ex stia cercando di fare lo stesso. Senza contare che, dandole soldi, potresti far saltare la tua copertura."

Eh già. Tutto quello che aveva detto Sebastian era vero. Forse non era poi così ottuso.

"Se davvero vuoi aiutarla ed entrare nelle sue grazie, devi fare qualcosa che sia accettabile per lei. Qualcosa che faccia la differenza per lei. Dalle una mano a risolvere il problema, dedicale il tuo tempo, dimostrale che ti importa di lei. Qualunque idiota sa affrontare un problema mettendoci dei soldi, ma non tutti sanno risolverlo essendo presenti nel momento del bisogno."

Ma certo! Perché non ci aveva pensato da sola? Doveva dare una mano a Rosie. E sapeva esattamente come. "Sebastian, non lo dico spesso, ma sei un cazzo di genio."

Lui farfugliò qualcosa. "Ah sì?"

"Sì, ma non dirlo in giro."

Si mise a ridere. "E... Olivia?"

"Sì?"

Fece una pausa. "Non so se spetta a me dirtelo, ma... non restare lì troppo."

Le si rizzarono tutti i peli sulla nuca. "Perché?"

"Per Jemima." Un'altra lunga pausa. "Quando dico che non è molto discreta, non è solo perché sta dicendo a tutti che te la sei svignata." Fece un respiro profondo. "Vedi, ero al club nel weekend, e be', senza fare giri di parole, Jemima ha cacciato la lingua in bocca a un'altra donna."

Le venne la nausea. A che cazzo di gioco stava giocando la fidanzata? "La conosciamo?" Si interruppe. Ma certo che la conoscevano. "Fammi indovinare: Tabitha Middleton."

Ci fu una lunga pausa. "Sì, Tabitha," disse infine Sebastian.

Le venne quasi da ridere: si trovava in una situazione sempre più assurda. Tabitha era la donna con cui Jemima aveva giurato di aver chiuso per sempre.

Avrebbe dovuto arrabbiarsi di più, invece si sentiva solo triste. Al momento, lei e Jemima vivevano vite separate, dopotutto.

"Ho fatto bene a dirtelo?" chiese Sebastian con voce esitante.

Lei sospirò. "Sì, cugino grande. Non preoccuparti. Poi chiarisco le cose con Jemima e chiamo mia madre. Oggi sarà una giornata di conversazioni molto faticose."

"Per te, non per me. A presto allora. Chiamami quando torni a casa, così ci vediamo."

"Va bene." Terminò la chiamata e aprì la porta sul retro. Rimase sulla soglia, col viso rivolto al sole di mezzogiorno.

Vaffanculo Jemima e vaffanculo tutto.

Lei era lì, e aveva intenzione di aiutare Rosie, anche se non fosse mai successo niente tra loro. Almeno se ne sarebbe andata sapendo di aver fatto la differenza per qualcuno. Era ciò che contava di più. La madre e la fidanzata potevano aspettare.

Un altro motivo per aiutare Rosie era che da lei si mangiava benissimo. E in quel momento, per Olivia riempirsi lo stomaco era la cosa più urgente.

Capitolo 12

Quando suonò la sveglia, Rosie aveva già aperto gli occhi da un pezzo. Mise una mano sul petto per sentire il battito cardiaco. Il cuore rimbombava come se volesse fuggire dai confini della cassa toracica.

La passeggiata verso casa l'aveva fatta tornare sobria, ma tutti i sintomi della sbornia erano ancora molto presenti.

Toccò la guancia sfiorata dalle labbra della sua eroina. *Charlie.* Durante la notte si era agitata nel sonno: il viso di lei era comparso nei suoi sogni più volte.

Sapeva benissimo che Charlie se ne sarebbe andata da Otter Bay di lì a una settimana, eppure aveva sempre una gran voglia di rivederla. Stare con lei equivaleva ad abbattere dei muri dentro di sé. Non era solo il desiderio di un bacio sulle labbra, anziché sulla guancia; era anche il desiderio di un cambiamento, di qualcosa di diverso. Passare del tempo con Charlie le aveva fatto cambiare prospettiva. Le aveva fatto capire che voleva cose diverse dallo svegliarsi presto ogni mattina per passare la giornata in un caffè malmesso.

Quel pensiero era emerso in Rosie grazie alla particolare lucidità che si ha dopo il tipo di notte che aveva trascorso. I momenti di sonno agitato alternati ai lunghi intervalli di veglia le avevano dato modo di riconsiderare tutta la sua vita.

La risposta finale si era presentata forte e chiara intorno alle quattro del mattino. Il saldo del conto corrente, i ricordi della mamma e del papà, le speranze per Paige e, forse per la primissima volta, i progetti che riguardavano solo lei si erano avvicendati come un film nella sua mente, convergendo nella decisione che finalmente era pronta a prendere.

Rosie sapeva cosa fare. Lo sapeva da tanto tempo, ma aveva aspettato che il segnale giusto incrociasse il suo cammino. Posò di nuovo il dito sulla guancia e premette con delicatezza.

* * *

"Guardati intorno." Estese il braccio con fare drammatico, poi riportò il palmo della mano sulla tempia. Il sidro che aveva bevuto così volentieri la sera prima poteva anche essere un prodotto locale, ma quel mattino non era affatto gentile nei suoi confronti. "È uno schifo."

"Non è uno schifo, Rosie," ribatté Hilary. "È vero, si potrebbe abbellirlo un po', ma questo locale non è questione di bello o brutto."

Rosie fissò la porta. Charlie non era ancora arrivata. Probabilmente era ancora a letto a smaltire la sbornia. Ma aveva detto che sarebbe venuta. Gettò un'occhiata all'orologio sul muro di fronte, che era messo male come il resto del caffè. Era solo mezzogiorno. Probabilmente Charlie sarebbe venuta a pranzo anziché a colazione.

Aprì la cartellina che si era portata da casa. Dentro c'era una cosa sola: un foglio che aveva raccolto per strada un po' di tempo prima, quando gli eventi avevano iniziato a volgere al peggio. Mostrò alla zia il cartello *Vendesi* lasciandolo all'interno della cartellina.

Hilary scosse la testa. "Sicura che vuoi venderlo? Questo locale è la tua vita."

"No, di venderlo no. Ma sono assolutamente sicura che non dovrebbe restare aperto così com'è. E che non posso più tergiversare, mentre perdo soldi in continuazione. Devo prendere una decisione." Guardò la zia. Colse la sua stanchezza, gli occhi affossati, la crescita dei capelli grigi bene in vista. E si rese conto di non avere un aspetto migliore.

Ci aveva pensato e ripensato un milione di volte. Sapeva già tutti i pro e i contro. La sua era solo paura di decidersi, perché quella decisione le avrebbe cambiato la vita completamente.

Forse c'entrava la serata con Charlie. Senza il caffè di cui occuparsi, sarebbe potuta andare a trovarla a Londra. Scacciò subito il pensiero dalla mente: non era una ragione valida per convincere zia Hilary. Era solo... Non lo sapeva di preciso. Solo una sensazione che aveva ripensando a Charlie e ai suoi modi sicuri e sexy.

"Capisco. Guarda, però, che è una decisione importante. E scusa se te lo dico, ma stamattina ti vedo un po' esaurita. Forse non è una decisione da prendere quando non si è al cento per cento."

"Sono così stanca perché stanotte sono rimasta sveglia a pensarci. E la conclusione è questa. È la sola possibile." Emise un sospiro. "Ho bisogno di soldi per pagare l'università a Paige."

"Paige può ottenere un prestito per studenti."

Rosie scosse la testa. "La mamma e il papà hanno pagato le mie rette. Voglio pagarle io a Paige, così quando inizierà a lavorare non avrà debiti da estinguere."

"Se metti il cartello *Vendesi*, lo sai chi saranno i primi a farsi avanti, vero?"

"Greg e Linda Davies, molto probabilmente tramite la loro graziosa figliola."

Hilary assottigliò lo sguardo. "A proposito della graziosa Amy, ho sentito che ieri sera al pub c'è stato un piccolo, come dire, diverbio tra lei e la nostra nuova cliente."

La mascella di Rosie si allentò. Doveva aspettarselo, che la zia ne sentisse parlare così presto. A Otter Bay non si poteva starnutire senza che tutti lo sapessero. Se avesse venduto il caffè avrebbe potuto andarsene di lì, almeno per un po'. Le serviva una pausa dall'atmosfera soffocante del paese.

"Sì, be', sai quanto sa essere fastidiosa Amy." Stava per precisare che Amy se l'era cercata, ma ci ripensò. Non erano cose da dire alla zia.

"Lo sai tu più di tutti." Hilary inclinò la testa. "Vuoi davvero che il Mark & Maude's entri nel conglomerato dei Davies?"

"*Conglomerato*?" Le venne da ridere. "Non userei quel termine per descrivere due B&B, un pub e un caffè-barra-bar in centro." Ma dicendolo ad alta voce, sembrò anche a lei proprio un conglomerato.

"Dimentichi il wine bar. Se aggiungono un altro caffè – il tuo – saranno di un passo più vicini a essere i padroni di Otter Bay."

"Forse sì, ma non è un buon motivo per lasciare le cose come stanno." Prese un tovagliolo. Non sarebbe riuscita a tener testa ad altre osservazioni. Perché non solo gran parte della sua vita si svolgeva nel Mark & Maude's, ma al locale erano anche legati tanti bei ricordi dei genitori: il papà in cucina, con l'immancabile grembiule bianco, e la mamma in sala, a fare quattro chiacchiere con ogni singolo cliente, compresi quelli che non avevano molta voglia di parlare.

"Se decidi di venderlo, andrà a finire così."

Rosie lasciò di nuovo vagare lo sguardo sul caffè. Cosa ne avrebbero fatto i genitori di Amy, se lo avessero comprato? Probabilmente un'imitazione di un caffè alla moda di Londra… con tanto di quinoa e toast all'avocado nel menù.

"Forse lo comprerà qualcun altro." Aveva cercato di imprimere una briciolo di speranza nella voce, ma invano, perché non ne aveva.

"Vorrei poterti aiutare. Questo posto significa molto anche per me."

Rosie fece un respiro profondo. "Forse abbiamo permesso ai nostri sentimenti per il Mark & Maude's di mettersi tra noi e la decisione giusta. L'attività è in perdita da più di un anno. Io non ho soldi da parte. Non posso restare ancora con le mani in mano in attesa che accada qualcosa di straordinario. Non è realistico."

"Forse saremo fortunate anche quest'estate."

"Come l'anno scorso? Può darsi." Rosie chinò la testa. "Pioveva quasi ogni weekend."

"Appunto. È già successo. E quando fuori diluvia, si mangia volentieri un *Cornish pasty*."

"Sì, ma molti preferiscono mangiarlo in un locale più bello." Allungò il collo per sbirciare in cucina dalla porta aperta. Non vide Gina. Quando era tutto tranquillo – cioè spesso – Gina usciva sul retro e si sedeva sulla panchina fuori a parlare al telefono coi parenti in Argentina. "Ed è probabile che Gina non possa rimanere."

Hilary annuì. "Diciamo che riesci a venderlo. Poi cosa vuoi fare?" chiese, preoccupata.

Bella domanda. Forse era stata proprio quell'incertezza ad averle impedito di prendere la sua decisione per tanto, troppo tempo. "Di sicuro non voglio lavorare per i Davies," rispose con un sospiro. "Non li sopporto."

"Questo locale vale molto. In teoria, dovresti ottenere una buona somma." Hilary si guardò intorno con l'aria di chi sta facendo una stima mentalmente. "Così tiri avanti per un po', almeno finché non ti sei riambientata."

"Mi piacerebbe andare in America. Guidare sulla Pacific Coast Highway, come avevano fatto la mamma e il papà prima di avere me."

"Se vai via, sentirò la tua mancanza." Hilary sollevò un angolo della bocca. "Ma se vuoi partire, ti capisco. Intanto, non eri obbligata a tornare. Hai fatto anche troppo, prendendoti cura di Paige." Inclinò la testa. "Forse è ora di mettere te stessa al primo posto." Si sporse avanti. "Non è che Otter Bay pulluli di ragazze nubili che fanno al caso tuo."

Cosa?! La zia le aveva anche fatto l'occhiolino. Sorrise. Apprezzava la sua comprensione, ma trovava comunque un po' sconcertante avere *quel* tipo di conversazione con lei.

Prese il cartello *Vendesi*. "Allora, che dici? Lo attacco?"

"Ne hai parlato con Paige?"

"No, non ancora." Aveva sempre cercato di nascondere a Paige i problemi di soldi, ma Paige era una ragazza sveglia, sapeva fare due più due. "Gliene parlo quando torna da scuola."

"Che reazione ti aspetti?"

Increspò le labbra. Fino a qualche giorno prima, voleva

tenere il caffè e restare a Otter Bay, così la sorella avrebbe avuto una casa cui fare ritorno tra una sessione di studio e l'altra. "Paige parte a settembre. Passerà dal piattume di Otter Bay ai tanti stimoli dell'Università di Bristol. Ci tiene al caffè, lo so, ma la sua vita sta per cambiare talmente tanto che penso accetterà la mia decisione."

"Sicura di volerlo esporre prima di parlarle?"

"Ho paura che, se non lo attacco adesso, finirò per cambiare idea un'altra volta." Stava giocherellando coi bordi del cartello.

La zia annuì lentamente. "Sarà la fine di un'epoca."

Rosie si sentì un peso sullo stomaco grande quanto un pallone da calcio. *Tra il dire e il fare c'è di mezzo il mare,* si disse. Dubitava di essere davvero capace di prendere il cartello ed esporlo in vetrina. Quel semplice gesto implicava un monumentale cambiamento. Ma lei aveva bisogno di cambiare. Quella era la sua unica possibilità. E aveva bisogno di soldi.

Prese in considerazione l'idea di farlo attaccare alla zia. Invece no. La scartò subito. Era importante che lo attaccasse lei. Era un atto di transizione. Il suo primo passo verso una nuova vita.

Si alzò e andò alla vetrina vicino alla porta. Esponendolo di fianco al menù, il cartello sarebbe stato più visibile. Pescò un rotolino di scotch dalla tasca posteriore dei jeans. L'aveva infilato lì quel mattino, quando si sentiva ancora estremamente decisa a vendere.

"Ecco fatto," disse, dopo averlo esposto. Quindi, il Mark & Maude's era ufficialmente in vendita. Fissò il cartello. Per una frazione di secondo, pensò di toglierlo. Il peso sullo stomaco non si era ridotto minimamente. Lei però aveva superato il primo ostacolo. Era stato difficile, ma era pur vero che al di là dell'ostacolo c'erano nuove opportunità. Cercò di concentrarsi su quelle anziché sui ricordi legati al caffè.

Un'ombra passò accanto alla vetrina. Qualcuno fuori si fermò a guardare il cartello. Visto come giravano le voci a Otter Bay, ben presto l'intero paese avrebbe saputo la novità. Rosie cercò di distinguere il viso dietro la parte di vetro smerigliato, ma non ci riuscì. Chiunque fosse, era certa che avrebbe diffuso la notizia in lungo e in largo.

Stava per voltarsi, quando la porta si spalancò. La persona che aveva guardato il cartello stava entrando. Le domande stavano già per iniziare.

Preparandosi a rispondere, raddrizzò la schiena... e si ritrovò faccia a faccia con Charlie.

Capitolo 13

Quando Olivia arrivò in vista del Mark & Maude's, Connie era già sulla soglia della boutique. Non appena la vecchia si accorse di lei, il simbolo della sterlina balenò nei suoi occhi e la sua mano indicò la camicetta in vetrina. Sì, sempre la stessa. Olivia ebbe un attimo di panico, sorrise e allungò il passo per infilarsi nel caffè prima di essere intrappolata in una futile conversazione. Quando però raggiunse la porta, si fermò di botto.

Qualcuno all'interno stava attaccando il cartello *Vendesi*. Un cartello fatto a mano, con gli angoli spiegazzati, che sicuramente aveva visto giorni migliori.

Il Mark & Maude's era in vendita? Rosie aveva detto che l'attività andava male, ma Olivia non pensava fino a quel punto.

Era troppo tardi per aiutarla? No, se riusciva a scongiurare la vendita.

Si passò una mano fra i capelli ben pettinati. Prima di uscire si era fatta la doccia. Più un bel discorso di incoraggiamento allo specchio del bagno. Quando spinse la porta per entrare, si ritrovò faccia a faccia con Rosie. Lo sguardo della bionda era incerto, nervoso. Con la mano destra stringeva un rotolino di scotch.

"Cos'è?" chiese Olivia indicando il cartello *Vendesi*. "Non volevi pensarci su ancora un po'?"

Rosie sospirò. "A volte, la risposta si presenta da sola e sai subito che è la cosa giusta da fare."

"Ma questo è il locale di tua mamma e tuo papà."

Rosie posò una mano sull'avambraccio di Olivia e la guardò negli occhi. "Appunto. È il loro posto. Come stavo dicendo a zia Hilary, apparterrà sempre a loro, mai a me. E anche se potrebbe non avvenire dall'oggi al domani, io ho bisogno di andare avanti, di ricominciare." Le diede una leggera stretta. "Un bricco di tè e colazione all'inglese?"

Olivia annuì con un'espressione vagamente corrucciata. "Più grassa è, meglio è."

Si guardò intorno: il caffè era quasi vuoto. E dato che mancava poco all'ora di pranzo, capiva perché per Rosie fosse una causa persa. Quando la bionda si girò per andare in cucina, la trattenne. "Hai tempo di bere una tazza di tè veloce con me?" Visti gli eventi del giorno prima e la novità del momento, voleva accertarsi che stesse bene.

Rosie storse la bocca, poi annuì. "Sì. Vado a dirlo a Gina."

Olivia andò a sedersi al solito posto. Hilary la raggiunse poco dopo con un bricco grande di tè e due tazze. "Ti dispiace se mi siedo un momento?"

Lei annuì e raddrizzò la schiena. Quando la matriarca di una famiglia chiedeva udienza, era abituata ad ascoltare. "Prego, si sieda pure."

"Ti rubo solo un momento." Hilary tamburellò con le dita sul tavolo, poi la guardò negli occhi. "Questo è sempre un periodo difficile. Rosie pensava di vendere già l'anno scorso.

Stavolta fa sul serio." Fece una pausa. "Puoi dirle tu qualcosa? Mi pare che ti ascolti. Non voglio che commetta un errore di cui pentirsi in futuro."

Olivia annuì. "Neanch'io." Allungò una mano per darle un colpetto rassicurante sul braccio. "Lasci fare a me."

Soddisfatta della risposta, Hilary si alzò.

Quando Rosie fu di ritorno, la zia le diede un abbraccio, e dopo aver riempito le loro tazze di tè le lasciò sole.

"Sono successe tante cose da ieri sera," esordì Olivia – e intendeva sia a lei che a Rosie. Ripensò alla bomba sganciata da Sebastian a proposito del matrimonio e della mancanza di discrezione di Jemima. Rosie neanche se l'immaginava, né lei avrebbe mai avuto il coraggio di dirglielo.

Avvertì un senso di impotenza, ma non se ne lasciò travolgere.

Rosie le rivolse un'occhiata rassegnata. "È un mortorio, vero? Altro che vivace punto di ritrovo! Siamo in perdita. Non posso continuare a raccontarmela. A parte questo, il comportamento di Amy, ieri sera, e averti conosciuta, averti sentita parlare di tutti i posti in cui sei stata… Ecco, tutte queste cose mi fanno sentire molto… provinciale. Come se avessi bisogno di andare via, di vivere un po'. Non posso restare qui ad arrancare per sempre."

Olivia, invece, era convinta che abitare in un paese o in una piccola città fosse l'ideale. In quel momento però, le venne in mente che *l'erba del vicino è sempre più verde*. Entrambe volevano una vita più semplice, ma le loro situazioni non potevano essere più diverse di così. La proprietaria del caffè in difficoltà e la principessa: un soggetto perfetto per una commedia romantica di quelle che trasmettono in TV.

"Ti capisco, ma guardala anche dal mio punto di vista." Scivolò avanti sulla sedia e bevve un sorso di tè. "Tra parentesi, il tè che fate qui è favoloso. Un buon tè è fondamentale per noi inglesi, ma non è detto che l'alta qualità si trovi ovunque."

Rosie sorrise con fare cospiratorio. "Yorkshire Tea. È il nostro ingrediente segreto."

Olivia ricambiò il sorriso. "È il tè preferito di mia madre." Mentalmente si diede uno schiaffo: non erano lì per parlare della sua famiglia.

Rosie si riappoggiò allo schienale. "Allora, dimmi: come la vedi tu? Perché io la vedo così: 'allestimento vecchio' più 'niente clienti' uguale 'vendi il locale'."

"Ma tu hai il potere di cambiare le cose." Olivia inclinò la testa. "Hai un'ottima chef, giusto?"

"La migliore."

"Ma non le dai modo di esprimersi al massimo." Sperò di non aver esagerato. Voleva solo aiutare Rosie.

"Ah no?" fu la gelida reazione.

"No. Sono d'accordo che devi rinnovare il locale. Non è difficile. Bastano dei colori vivaci, stoviglie e posate nuove, un nuovo branding."

"*Branding?*" Rosie alzò gli occhi al cielo. "Adesso sei *molto* Miss Londra."

Olivia sorrise. "Non intendo mancarti di rispetto, ma forse ti serve un po' di stile londinese per sopravvivere, visto che gran parte dei turisti che vengono qui, soprattutto d'estate, sono di Londra." Tacque alcuni secondi. "Comunque, stavamo dicendo di dare una sistemata, poi… Ah sì, ecco il mio grande piano: un nuovo menù estivo e," fece una pausa a effetto, "apertura serale con un menù piccolo ma geniale. E con le candele sui tavoli, puoi anche aumentare i prezzi. Tra l'altro, Gina sarà felice di non dover più cucinare solo fritti e fagottini." Sussultò. "Anche se i fagottini sono buonissimi."

Rosie incrociò le braccia sul petto e la guardò con aria scettica. "Ma chi sei? Gordon Ramsay in incognito che vuole rifarmi il ristorante?"

"Spero proprio che la mia mascella sia meno vistosa della sua!"

Rosie scoppiò a ridere. "Sei anche molto meno odiosa." Fece una pausa. "Sul serio, perché ci tieni tanto ad aiutarmi? Cosa ci guadagni?"

Olivia trasalì, ritraendosi.

Rosie allungò una mano e la posò sul suo braccio. "Non volevo essere brusca." Diede una stretta. "Scusa."

Già, cosa ci guadagnava Olivia? Niente. Voleva aiutare Rosie solo perché… Perché? Non sapeva rispondere con certezza. Forse perché, grazie a Rosie, aveva guardato la sua folle vita da un'altra prospettiva. Rosie le aveva ricordato che c'era un altro modo di vivere, che il modo di vivere dei reali – cioè suo, della sua famiglia e di tutti i suoi amici – non era l'unico esistente, nonostante loro ne fossero convinti.

Si ricentrò prima di darle una risposta. "Voglio solo aiutarti." Scosse la testa. "Mi sembra che ci sia un legame tra noi. So che tra pochi giorni torno a Londra, ma volevo solo… Non so, lasciarti un ricordo tangibile di me." *Gesù. Ma che stordita sono?!* "Ehm, scusa, non dico cose molto sensate."

La sua confusione, forse, aveva a che fare col modo in cui Rosie la stava fissando. Uno sguardo caldo, dolce, pieno di gratitudine e di qualcosa che non riusciva ad afferrare.

"Apprezzo molto il tuo aiuto." Lo sguardo di Rosie

scese alle sue labbra e risalì agli occhi. "Credo di non esserci abituata."

Olivia sorrise. "Ti sto solo dicendo… Togli il cartello, almeno per adesso. Fai un tentativo. Ti aiuto io. E ci aiuta anche Gina, se glielo chiediamo." Si guardò intorno. "Possiamo dare una sistemata al locale e riaprirlo entro pochi giorni. Poi vediamo che succede."

Rosie ci stava pensando, quando Gina arrivò con due piatti colmi di pancetta, uova, salsicce, pomodori, fagioli stufati, funghi e *black pudding*.

Olivia fece spazio sul tavolo. Il profumo della pancetta l'aveva già mandata in estasi. Prendendo le posate, sollevò gli occhi su Rosie. "Mangi anche tu?"

Rosie fece una smorfia. "Inutile prendere una fila di compresse per farmi passare i postumi della sbronza di ieri. A volte l'unico, vero rimedio è un piatto di roba fritta."

"Vi serve altro?" chiese Gina, pulendosi le mani col canovaccio bianco che aveva su una spalla.

"Solo tu," rispose Olivia, sollevando l'indice. "Se torno quando finisci di lavorare, alle quattro, ti va di sederci a studiare per il test per la cittadinanza?"

Gina la fissò con aria a dir poco sorpresa. "Tu e io?"

L'accento argentino della donna fece venire in mente a Olivia un calice di Malbec in una calda serata estiva. Annuì. "Così la prossima volta passi il test, e Rosie non dovrà più preoccuparsi di perdere la sua chef." Gettò un'occhiata alla bionda, che ora la fissava perplessa.

"Va bene, ti ringrazio tanto," rispose Gina.

A quel punto, Olivia non ebbe occhi che per il suo brunch.

"Ma tu, da dove vieni?" le chiese Rosie.

Poi scosse la testa, rivolgendole di nuovo il suo caldo sorriso. "Una misteriosa sconosciuta che piomba nel mio locale, mette al suo posto la mia ex, e adesso mi aiuta anche col caffè. Senza contare che sei alta, mora e bella. La botta in testa quando arriva?"

Olivia trattenne il respiro. Una frase in particolare le era andata dritta al cuore.

Rosie pensava che lei fosse bella? Non se lo sentiva dire da tanto, *tanto* tempo.

"Nessuna botta in testa. Voglio solo aiutarti. Dopo tutto quello che hai passato, te lo meriti." Fece una pausa. "E poi, se c'è qualcuno che può aiutare Gina a ripassare le regole della lingua inglese, sono io. In Afghanistan aiutavo gli afghani a imparare l'inglese. E se non riesco a preparare bene Gina per il test, mia madre mi stresserà per sempre."

Accidenti! Perché continuava a tirare in ballo la madre? Forse perché la madre non faceva che pensare a lei?

"Allora va benissimo, grazie." Rosie la fissava ancora come se fosse appena sbarcata sulla Terra dallo spazio.

Olivia mise giù le posate. Con quella mangiata aveva fatto il pieno di energie. E si sentiva particolarmente audace: se Rosie pensava che fosse bella, era il caso di approfittarne.

"Oltre al rinnovo, prenderesti in considerazione anche il mio piano dell'apertura serale? Vuoi provare per qualche settimana? Giusto per vedere se funziona."

Rosie storse la bocca da una parte, poi dall'altra. "Non so…"

"Non c'è nessuna fretta," disse subito per tranquillizzarla. "Non decidere adesso. Questa settimana possiamo dare una sistemata al locale e studiare una strategia di sviluppo del marchio. Poi, se ti va di uscire con me nel weekend, farò di tutto per convincerti del mio piano. Vedremo insieme cosa si potrebbe fare. Che dici? Ti va?"

Rosie inarcò un sopracciglio perfetto. "Vuoi uscire con me?"

Olivia deglutì. Sì, le aveva chiesto proprio quello. "Esatto."

"Tipo un appuntamento galante?"

Iniziò a batterle forte il cuore. "Più o meno." Si morse il labbro, nervosa. "Ma sì! Proprio così. Mettiti elegante." Si sporse, rivolgendole lo sguardo più sexy del suo repertorio. "Esigo che indossi un vestito da festa." Fece una pausa. "Ce l'hai?"

Rosie la guardò storto. "Guarda che non siamo così retrogradi! Abbiamo occasioni per metterci in tiro anche a Otter Bay."

"Allora indossalo. Sabato sera usciamo insieme."

Rosie sorrise. "Va bene, Miss Londra. Affare fatto." Fece una pausa. "E tu? Ce l'hai il vestito della festa?"

Olivia cambiò espressione. "Mi sa di no."

La sua mente si mise in moto. Doveva contattare la segretaria privata e farsene spedire alcuni col corriere. E dirle di non farlo sapere a nessuno, altrimenti ci sarebbero state domande. "Ma vedrai che troverò qualcosa."

Rosie finì di masticare un boccone prima di dirle la sua. "Se proprio non hai niente da metterti, c'è sempre la boutique di Connie!"

Sicuramente, pensò Olivia, ridendo di gusto.

Capitolo 14

"È come un episodio combinato dei tre reality *A te le chiavi* e *A caccia di tesori* per te, più *Vado a vivere in campagna* per me."

"Per una che fa un lavoro a tempo pieno, ne conosci parecchi, di programmi televisivi diurni." In ginocchio per terra, Rosie si rialzò in piedi. Aveva rivestito i battiscopa col nastro protettivo per poter imbiancare le pareti l'indomani.

Charlie non le aveva rivelato nient'altro a proposito della sua vita a Londra. Di fatto, Rosie non sapeva neanche come faceva di cognome, quindi era praticamente impossibile cercare sue notizie su Google. Ma non erano pensieri da farsi, visto quanto si stava dando da fare la sconosciuta per il caffè.

Con un ampio sorriso, una serie di sguardi intensi negli occhi e un paio di frasi di marketing convincenti, Charlie le aveva fatto cambiare idea: Rosie aveva tolto il cartello *Vendesi* neanche un'ora dopo averlo attaccato.

Charlie fece spallucce. Era seduta a un tavolo a far scorrere le immagini sul suo cellulare, che aveva già segnalato più volte dei messaggi in arrivo. "Vieni a vedere questi," le disse con un cenno.

Dopo quasi un'ora in ginocchio, Rosie accettò subito di sedersi su una sedia per un minuto.

"Che ne pensi? Andrebbero bene per il caffè?"

Rosie si ritrovò a fissare un piatto con una complessa decorazione azzurra. Era decisamente diverso dai sobri piatti bianchi in cui servivano la colazione all'inglese al Mark & Maude's. Buona parte dei piatti in uso nel locale erano sbeccati in più punti. Ma un piatto, secondo Rosie, era una di quelle cose che si usavano sempre, perché, per quanto sbeccato o continuamente lavato in lavastoviglie, serviva comunque al suo scopo.

"Bello, vero?" chiese Charlie con la testa inclinata.

"Bello anche il cartellino del prezzo!" *Trentacinque sterline al piatto?* Ma era matta? Non aveva proprio il senso della misura.

"Se vuoi attirare la clientela giusta, sono i dettagli come questo che contano."

"Sul serio mi stai dicendo che la decorazione sul piatto migliora l'esperienza del gusto?"

"Ma certo. E guarda." Mosse le dita sul cellulare, che era uno degli ultimi modelli, con uno schermo gigantesco. Rosie invece usava ancora l'iPhone che aveva comprato di seconda mano da Dave, tre anni prima. "Queste posate si abbinano bene," proseguì Charlie.

Rosie le fece la cortesia di guardare con attenzione per alcuni secondi. *Diciotto sterline una forchetta?* In che mondo viveva Charlie? "Prima di considerare i 'dettagli che contano', meglio se pensiamo a imbiancare il locale." Increspò le labbra.

Charlie prese la bottiglia di vino che aveva portato e – in mancanza di un calice, perché al caffè non ce n'erano – riempì un bicchiere per l'acqua. "Ecco." Lo passò a Rosie. "Con questo, forse apprezzerai di più le mie proposte per cambiare le stoviglie."

Rosie accettò il vino. Non si ricordava già più la sbornia di un paio di giorni prima. Da allora erano successe tante cose. Aveva deciso di vendere il caffè, poi si era concessa un'altra possibilità, almeno per poche settimane. Un bicchiere se lo faceva volentieri. Bevve un sorso, poi avvicinò la bottiglia e lesse l'etichetta. "Dove l'hai preso? Non è della cooperativa di qui."

I lineamenti di Charlie si irrigidirono per una frazione di secondo. "A casa della mia amica."

"La tua amica." Rosie bevve un altro sorso. "Mi piacerebbe conoscerla, questa tua amica. Me la presenti?"

"Non è di qui. Ha solo una casa qui." Riportò l'attenzione sul cellulare, poi girò lo schermo verso Rosie. "Non mi hai ancora detto cosa ne pensi delle posate."

Prima di dirle ciò che pensava sinceramente, Rosie tracannò dell'altro vino. "Apprezzo molto il tuo aiuto, ma la pittura per interni che dobbiamo comprare domani costa già più di quanto posso permettermi. Non posso comprare anche i piatti e le posate nuove. E se devo scegliere tra le due cose, scelgo la pittura." Le rivolse un caldo sorriso. "Oltre alla manodopera gratis che mi stai generosamente offrendo."

Charlie alzò le mani. "Va bene. Allora iniziamo a imbiancare le pareti." Poi tenne il cellulare in modo che Rosie potesse guardare lo schermo. "Ma ti piacciono le cose che hai visto?"

"Non nego che hai buon gusto." Il vino l'aveva fatta rilassare. Lanciò un'altra occhiata alla forchetta da diciotto sterline. E pensò ancora che il prezzo fosse assurdo. Poi il cellulare si illuminò con un messaggio. Prima che Charlie lo ritirasse, Rosie vide il nome *Jem*.

Charlie alzò gli occhi al cielo. "Non si può mai stare in pace! Da Londra mi perseguitano."

"Un'amica?" chiese Rosie.

Charlie si morse il labbro inferiore. "La mia ex." Poi fece un cauto sorriso. "Adesso non scolarti tutto il vino. Oggi abbiamo ancora del lavoro da fare. Rinnovare il caffè in una settimana è una bella sfida." Si alzò in piedi. "Ora che si fa?"

Rosie la guardò. Indossava una maglietta con le maniche corte e dei jeans attillati. La sua perfetta linea delle spalle era bene in vista. Respinse il pensiero che forse Charlie non sarebbe rimasta a Otter Bay dopo il weekend. Dopotutto, era riuscita a ritardare la partenza già una volta. Sembrava che potesse decidere lei la sua agenda. O forse no. Forse i messaggi che stava ricevendo – e che leggeva con un'aria colpevole – erano della sua famiglia, che pretendeva che tornasse subito a Londra a lavorare.

Si alzò anche lei, pensando che ancora una volta Charlie aveva abilmente cambiato discorso non appena si era detto qualcosa della sua vita privata. D'altra parte, Rosie non era affatto ansiosa di saperne di più di quella *Jem*.

"È ora di mettere alla prova i tuoi muscoli, ex ufficiale! Vieni, spostiamo la credenza."

"Evviva il *girl power*. Non ho dubbi che possiamo farcela."

"A che servono gli uomini, quando hai due lesbiche pronte a fare il lavoro pesante?" Rosie si avvicinò alla credenza, che avrà avuto circa un milione di anni, e sperò tanto che non andasse a pezzi durante l'operazione.

"Fa' vedere come sei messa." Charlie circondò un bicipite di Rosie con una mano e strinse leggermente. "Mmh…"

"Sarebbe a dire?" Rosie si mise le mani sui fianchi.

Charlie allora fletté il braccio, facendo gonfiare il suo, di bicipite. "Non c'è paragone, eh?"

Rosie deglutì a fatica. "Non posso esprimermi solo guardando." Si avvicinò di un passo. "Fammi toccare un attimo, poi ti dico."

Anche Charlie si avvicinò di un passo. Adesso erano a pochi centimetri l'una dall'altra. Charlie fletté di nuovo il muscolo.

Lentamente, Rosie sollevò una mano. La tenne un istante sospesa per aria, poi sfiorò con un dito l'avambraccio di Charlie. Le venne il respiro corto. Il profumo di Charlie le solleticò il naso. Tastò bene col dito il gonfiore dell'avambraccio. La pelle era liscia; il muscolo sotto duro come il marmo.

Smise di guardare il braccio e fissò Charlie negli occhi. Erano di un colore particolarissimo. Verde con pagliuzze dorate. Rosie non conosceva altre persone con occhi così.

Inclinò la testa. Non riusciva a fermarsi. Già voleva farlo la sera precedente. Invece si era dovuta accontentare di un bacino sulla guancia. Voleva un bacio sulle labbra. Lo voleva adesso. Chiuse gli occhi, inalò ancora il profumo di Charlie. Posò tutte le dita della mano sul suo bicipite. Si preparò a toccare le sue labbra con le proprie...

Ma la porta del caffè si aprì. Entrambe saltarono per aria. Ciascuna schizzò indietro di diversi passi. E poi fecero finta di niente.

"Ciaooo! Ho pensato che vi servisse una mano," le salutò Paige, candida. Spostò lo sguardo da Rosie a Charlie e poi da Charlie a Rosie. "A meno che voi due non vogliate sbrigarvela da sole."

"Non essere sciocca, un paio di braccia in più fa sempre comodo." Charlie le si avvicinò. "Ciao, Paige. Come stai?"

"Tutto bene." Paige guardò ancora Rosie.

Rosie si sentiva avvampare ed era rossa come un peperone. Quanto aveva visto Paige? Ah, se solo fosse arrivata un minuto dopo! O due. O dieci.

Cercò di riprendersi. "Allora, questa credenza, la spostiamo o no?" Tamburellò con le dita sul mobile. "Adesso che siamo in tre, non ci dovrebbe essere nessun problema."

Spostarono la credenza dal muro con relativa facilità. Poi Rosie incaricò Paige di applicare il nastro sul battiscopa, dove prima c'era il mobile, e stendere un telo per non sporcare il pavimento.

Charlie intanto guardava ancora il cellulare. Che avesse ricevuto un altro messaggio da *Jem*?

Rosie si domandò se dovesse portarla di là un attimo, per dirle qualcosa. Ma cosa? *Vogliamo riprovare a darci il primo bacio?*

Poi Charlie infilò il cellulare nella tasca posteriore dei jeans e si guardò intorno. "Cosa facciamo con questi tavoli? Li ricicliamo, vero?"

"Sì! Va di moda," disse Paige da dietro la credenza.

Rosie cercò di incrociare lo sguardo di Charlie, ma Charlie guardava altrove. Forse, con l'ultimo messaggio, le avevano dato l'ultimatum per tornare a Londra. Forse la sconosciuta alta, mora e bella se ne sarebbe andata l'indomani. Forse non ci sarebbe stata alla grande riapertura del Mark & Maude's rimesso a nuovo.

Solo a pensarci, sentì un nodo allo stomaco. Andò da lei e le fece cenno di seguirla in cucina. "Va tutto bene?" le chiese poi, badando che Paige non sentisse.

Charlie annuì. "Tua sorella ha un pessimo tempismo."

Fece un sorriso sbilenco che le illuminò gli occhi – gli stessi occhi in cui Rosie si era quasi persa alcuni minuti prima.

"Eh, le sorelle minori!"

"Non dirlo a me." Charlie sembrò ritrarsi ancora.

"Ne hai una anche tu?" *Dai, almeno rispondi a questa semplicissima domanda.*

"In realtà, sono io la minore." Si strofinò il braccio. "Ho una sorella maggiore."

"Quindi, in famiglia sei tu la più coccolata. Questo spiega tutto."

"Spiega cosa?" Di nuovo il sorriso sbilenco.

Rosie ignorò la domanda. "Come si chiama tua sorella?"

Charlie ci mise qualche secondo a rispondere. "Alex," disse poi.

"Può essere che i tuoi genitori desiderassero dei maschi, anziché delle femmine?" Rosie sorrise, contenta di averle strappato almeno un'informazione.

Charlie ridacchiò. "Ora che mi ci fai pensare, può darsi benissimo di sì." Raddrizzò la schiena e si erse in tutta la sua altezza, torreggiando un po' su Rosie. "Torniamo al lavoro?"

Capitolo 15

Le dita scivolarono nella fessura bagnata e Olivia venne subito con un gemito. L'orgasmo si irradiò nel suo corpo facendola tremare. Se ne procurò rapidamente un altro, l'estasi trasparì dai suoi lineamenti, poi rimase immobile. Contrasse e decontrasse i muscoli dei polpacci. Con un sorriso languido indugiò ancora sull'immagine di Rosie sopra di lei, col seno prosperoso nudo premuto contro il proprio corpo, e si sentì pervadere da un'altra ondata di desiderio.

Doveva smetterla di pensare a Rosie.

Di lì a pochi giorni doveva tornare a casa, dove l'aspettava una fidanzata con cui doveva sposarsi. A quel pensiero, la sua fronte, di solito liscia, si corrugò. Allungò le braccia sopra la testa, rilassandosi, mentre l'energia dei suoi orgasmi rientrava.

Doveva alzarsi e rendersi presentabile: la regina voleva udienza.

Guardò fuori dalla finestra della camera. La pioggia scrosciante picchiettava contro il vetro. Difficilmente sarebbe mai riuscita a trovare una logica nel meteo inglese: sole abbagliante un giorno, pioggia sferzante il giorno dopo. Sperò che non fosse il segno di un'imminente catastrofe.

Appoggiò le dita sopra gli occhi chiusi, mentre il respiro

tornava normale. Poco dopo, mise le gambe giù dal letto e si fiondò nella doccia.

Quello sarebbe stato il suo ultimo giorno a Otter Bay, se la madre l'avesse avuta vinta.

Mezz'ora più tardi, aveva su una camicia verde che metteva in risalto i suoi occhi, i capelli vaporosi ben pettinati, e un trucco perfetto, neanche dovesse recitare col ruolo di protagonista in una produzione di Hollywood. Quando c'era di mezzo sua madre, le apparenze contavano, eccome.

Non le restava che levarsi di testa l'immagine di Rosie seminuda, e sarebbe stata pronta a dare battaglia.

Aprì Skype sul tablet e premette il pulsante di chiamata. Nell'attesa, si impose di ignorare le farfalle nello stomaco e i nervi tesi.

I genitori risposero quasi subito. Olivia raddrizzò la schiena e sistemò lo schermo in modo che potessero vederla bene. Quando scorse Jemima, seduta su una terza poltrona nel salone del palazzo, si sentì sprofondare.

Merda, fanno sul serio.

Jemima sembrava nervosa, come sempre, davanti alla regina.

Non era la sola. Olivia le manifestò la sua comprensione con un sorriso.

"Olivia," esordì la madre, accavallando le gambe con aria decisa. Indossava una gonna blu navy con giacca abbinata e una camicia giallo limone. Non era tipo da vestirsi casual. "Come stai?"

Lei si schiarì la voce. "Sto bene, grazie. E voi?"

"Staremmo meglio se tu fossi già a casa. È qui che devi stare."

Okay, non si stava attenendo alle formalità.

"Papà ha detto che potevo restare un'altra settimana," la contraddisse, sentendo di aver già perso il controllo. La madre le faceva sempre quell'effetto.

"E cioè, fino a quando? Fino a domani?" La voce della regina si era alzata di un'ottava. "Dimmi, cosa c'è di tanto affascinante a Otter Bay? Ti sei dimenticata che hai una fidanzata e che devi sposarti?"

Jemima la salutò con una mano. "Ciao, Olivia. Bello rivederti, finalmente."

"Idem per me," rispose con tono inespressivo. Jemima indossava una gonna lunga rossa abbinata a un top striminzito color crema, che metteva fin troppo in mostra la pelle abbronzata. Aveva un'aria stanca, abilmente nascosta dal trucco pesante. Bastava conoscerla un po' per accorgersene. E lei la conosceva.

"Olivia, non intendo fare giri di parole," continuò la madre. Un sorriso di scherno affiorò contemporaneamente sulle labbra di Jemima e di Olivia. "Torni a casa domani, punto. Ti abbiamo dato del tempo per riflettere, ma a dire il vero ti stai approfittando della generosità di tuo padre. Converrai con noi che abbiamo avuto un'enorme pazienza. Abbiamo persino rinunciato a mandarti le guardie del corpo, anche se gli addetti alla tua sicurezza non sono molto felici che tu sia lì da sola."

Olivia annuì. "Sì, e ve ne sono grata." Non doveva fare muro contro muro, se voleva restare ancora un po'. E lo voleva disperatamente. Aveva ancora una lista di cose da fare a Otter Bay. Nello specifico, far passare il test a Gina e ultimare i lavori di rinnovo del caffè per lanciarlo nella sua nuova era.

Un flash del quasi-bacio con Rosie le fece mancare il respiro.

A essere sincera, nella sua lista c'era anche Rosie. Ma non sarebbe stato giusto nei suoi confronti, né nei propri. Sarebbe stato sexy, soddisfacente, appagante, ma non giusto. Rosie si meritava qualcuno con cui poter realizzare i suoi sogni, che sapesse apprezzarla per la persona che era. E quel qualcuno non era lei, come avevano appena sottolineato la madre e Jemima.

A ogni modo, prima di andarsene, Olivia voleva finire ciò che aveva iniziato. Era il minimo che potesse fare.

Scivolò avanti sulla sedia e assunse un'espressione disarmante. "Siete stati molto buoni, tutti e tre. Perdonami per l'assenza, Jemima, so che vuoi fare delle foto ufficiali insieme a me." *Quando non sei troppo impegnata a slinguazzare Tabitha.* "Prometto che quando torno faccio tutto: le foto, un'intervista, i preparativi per il matrimonio, tutto quello che c'è da fare. Ma prima devo finire un paio di cose. Ho già detto ad alcune persone che abitano qui che le avrei aiutate nel weekend, e loro contano su di me."

Un'espressione contrariata saettò sul viso della madre come un fulmine prima del tuono.

"In pratica, vi sto dicendo che sì, verrò a casa," proseguì Olivia, "ma prima devo sistemare alcune questioni in sospeso. Vi chiedo solo un'altra settimana, poi sarò tutta vostra". Fece un sorriso luminoso, preparandosi al predicozzo della madre.

"Un'altra settimana?" sbottò la regina alzando le braccia al cielo. "Non pensi che anche a me piacerebbe sparire per un mese? Andare a nascondermi in qualche posto di campagna? Far finta di non avere vincoli e responsabilità? A tutti noi piacerebbe! Sicuramente a tuo padre." Lanciò un'occhiata al marito, che sorrise, ma non commentò. "La vita non va così, Olivia. Prima lo impari e meglio è. *Specialmente* la vita di un membro della famiglia reale. Noi facciamo le cose per gli altri senza mai pensare a noi stessi."

Olivia cercò di reprimere una smorfia, ma il risultato non fu quello sperato.

Il viso della madre si indurì. "Non prendermi in giro, Olivia, è un'abitudine molto sgradevole."

Lei sussultò. "Mi dispiace, madre. So di chiedere molto, ma per favore, ho bisogno di altro tempo. Appena torno facciamo le foto: Jemima, non puoi aspettare ancora un po'?"

A sentire il proprio nome, Jemima sobbalzò. "Scusa?"

Olivia capì che non la stava nemmeno ascoltando. "Dicevo, un'altra settimana, e poi facciamo tutto, okay?"

Jemima fece spallucce. "Se non proponi nient'altro, non mi resta che adeguarmi," disse con aria rassegnata.

"Hugo, questo non è accettabile. Per favore, parla con tua figlia."

Il padre raddrizzò la schiena e si sporse avanti, finché la testa occupò lo schermo intero. Non aveva mai capito come si usassero le videocamere. "Olivia, tua madre ha ragione. Sei stata via per quasi tre settimane. È ora di tornare a casa. Devi occuparti dei preparativi del matrimonio. E hai lasciato la tua fidanzata in un limbo. Non pensi di aver esagerato?"

Con la madre, la prima reazione di Olivia era sempre di alzare la guardia e prepararsi a combattere; col padre, l'esatto contrario.

Fissò lo schermo, poi annuì. "Che ne dite di un

compromesso? Diciamo che verrò a casa giovedì. Cinque giorni."

La madre tossì. "Cinque giorni invece di sette? Non lo chiamerei 'compromesso'. Voglio che torni qui per un servizio fotografico sabato, o niente."

"Lunedì?" contrattò Olivia con leggerezza. In realtà, avvertiva una morsa sempre più forte al petto. Resistette all'impulso di contare sulle dita. Sabato significava che le restavano solo due giorni.

Era impensabile.

Come al solito, fu il padre a venirle in soccorso. "Lunedì va bene. Non c'è niente di prenotato, Cordelia," disse alla moglie, sfiorandole una mano. "Ma fa' in modo di essere qui per mezzogiorno, va bene?" precisò, poi, alla figlia.

Olivia smise di trattenere il fiato. "Va bene."

La madre sbatté le palpebre. "Almeno mi hai ascoltata riguardo al taglio di capelli. Il colore non è troppo chiaro e sembri quasi presentabile, non un avanzo di galera come quando eri nell'esercito."

Olivia ricacciò indietro la risposta che aveva già sulla punta della lingua. "Ci vediamo lunedì." Li salutò e terminò la chiamata.

Si alzò e andò al lavello in cucina per riempire un bicchiere d'acqua e berlo. Tre settimane a Otter Bay, ed era quasi riuscita a non pensare più alla sua realtà. Era quasi riuscita a dimenticare i suoi doveri, la sua famiglia, il suo imminente matrimonio.

Quasi.

Ma la videochiamata aveva bruscamente riportato tutto in primo piano. Una volta che fosse tornata a Londra, il ritmo di vita tranquillo e le serate piacevoli con Rosie sarebbero appartenuti al passato. Presto sarebbe stata di nuovo immersa nella sua realtà, e quel pensiero le fece male al petto. Strano, ma nel poco tempo che aveva passato a Otter Bay, aveva iniziato a sentire il paese e Rosie come ciò che di più autentico potesse esserci nella sua vita.

Era giovedì, per cui aveva quattro giorni prima di dover rientrare. Intendeva sfruttarli al massimo. I lavori di ristrutturazione del caffè procedevano; con qualche sforzo in più, li avrebbero finiti entro la scadenza prevista. E le piacevano molto i colori che aveva scelto Rosie per le pareti: giallo limone e blu sfumato. Lo stesso abbinamento dei vestiti della madre. La consegna delle sedie nuove era prevista per sabato. E poi c'era il loro appuntamento. Olivia intendeva portarla fuori per farle vivere una serata meravigliosa. Una serata per cui Rosie non si sarebbe mai dimenticata di lei.

Il segnale acustico del cellulare interruppe i suoi pensieri. Guardò il messaggio. Era di Jemima.

Vedi di essere a casa per lunedì, perché sono stufa di fare la fidanzata felice per far contenta tua madre. Io sono dalla tua parte, non dimenticarlo. Ci vediamo lunedì.

Olivia lasciò il cellulare sul tavolo e fissò la pioggia.

Dopo una tazza di tè e un toast si sarebbe sentita meglio. Riempì il bollitore e accese la radio, proprio quando il DJ stava iniziando a parlare al termine di una canzone.

"Oggi grandi novità sul matrimonio reale: Kensington Palace ha annunciato che la torta nuziale reale per la Principessa Olivia e la sua sposa, Jemima Bradbury, sarà coi fiori di sambuco e le rose, per enfatizzare il tema estivo della cerimonia. Restate sintonizzati su Radio One per ricevere altri aggiornamenti in tempo reale. Mancano solo nove settimane!"

Olivia spense la radio, aggrappandosi al banco della cucina.

Nove settimane.

Cazzo.

La realtà da cui stava fuggendo la rincorreva e guadagnava terreno. Doveva sfruttare al massimo i suoi ultimi quattro giorni a Otter Bay.

Capitolo 16

Rosie sbirciò nell'armadio. Non aveva idea di dove l'avrebbe portata Charlie. Doveva vestirsi elegante e aveva promesso di indossare, fra le tante cose, un abito. Chissà come stava Charlie con un abito. Fino ad allora l'aveva vista solo coi jeans attillati e non riusciva a immaginarsela vestita diversamente. Non sembrava proprio il tipo di donna che ama vestirsi elegante.

Qualcuno bussò alla porta, anche se era già aperta. Rosie sobbalzò.

"Non sai cosa mettere?" chiese Hilary. Quella sera la zia e Paige avrebbero guardato *Casablanca*. E anche Rosie, se non avesse avuto un appuntamento galante. Stentava ancora a crederci. Un sabato sera non passato davanti alla televisione o al Dog & Duck. Caspita, la sua vita era in ascesa.

"Non è che abbia l'imbarazzo della scelta." Rosie si allontanò dall'armadio.

Hilary si schiarì la voce. "Il Mark & Maude's è venuto benissimo."

"Grazie. Merito di Charlie. È fantastica."

"Così sembrerebbe." La zia si appoggiò allo stipite della porta. "Non per essere indelicata, ma cosa sai di questa Charlie?"

Rosie lanciò un'occhiata all'orologio vicino al letto. La zia avrebbe potuto scegliere un momento migliore per parlare di Charlie. Ma era anche vero che avevano trascorso poco tempo da sole, da quando aveva cambiato idea sulla vendita del locale. Charlie era sempre stata nei paraggi, contagiandola col suo entusiasmo per il rinnovo del caffè – anche se le sue abilità di imbianchina lasciavano molto a desiderare.

"So che non è Amy. E questo per ora mi basta."

"È solo che… un minuto prima del suo arrivo hai attaccato il cartello *Vendesi*, e un minuto dopo l'hai staccato. Questa Charlie deve avere una grande influenza su di te." La zia si spinse gli occhiali sul naso.

Rosie si sedette sul bordo del letto. "Non so come spiegarlo." Non se la sentiva di raccontarle dei due quasi-baci con Charlie né dei tanti bei momenti tra l'uno e l'altro. "Non è che tutti i giorni ti capiti qualcuno gentile come lei, una persona che ti dà una mano e ti propone tante idee fantastiche per il caffè. Lei mi dà l'ispirazione che io da sola non riesco più a trovare da tempo. Mi fa sentire ancora viva." Fece spallucce. "E mi piace davvero."

"Quello è chiaro, ma… Non vorrei vederti soffrire, dopo tutto quello che hai passato."

Rosie annuì. "Ma guardala anche da un altro punto di vista: io credo di meritarmi di uscire una sera con qualcuno come Charlie, dopo tutto quello che ho passato." Fece spallucce. "E sì, è vero, non ho idea di cosa accadrà dopo. Charlie non è di qui e di lei non so quasi nulla. Eppure, in queste ultime settimane, mi ha fatto star bene come non mi succedeva da anni."

Hilary entrò nella camera. "Dovresti metterti l'abito che ti ho regalato l'anno scorso per il tuo compleanno."

Meglio di no, pensò Rosie. Per i suoi gusti, faceva molto tenda di Laura Ashley. "Io, invece, stavo pensando a questo." Tornò all'armadio e tirò fuori l'unico abito da sera che aveva. Era un vestito azzurro con un delicato motivo floreale ricamato in diagonale sul busto.

"Ah sì. Forse è più adatto per l'occasione." Hilary posò la mano sulla spalla di Rosie. "Ti lascio sola, così puoi prepararti."

Rosie le rivolse un caldo sorriso. Sapeva che la zia aveva buone intenzioni. Aspettò che fosse uscita, poi si tenne il vestito lungo il corpo e si guardò allo specchio. Andava benissimo.

* * *

Charlie le aveva detto di aspettarla davanti a casa alle otto in punto. Rosie guardò fuori dalla finestra per mezz'ora, decidendosi a uscire quando mancavano due minuti alle otto. Nel momento stesso in cui mise piede fuori casa, una limousine nero lucido girò nella sua via. Solo quando la macchina si fermò davanti a lei, e l'autista scese ad aprirle la portiera, si rese conto che era Charlie. Dall'interno, la mora alta e bella le rivolse un sorriso abbagliante.

Rosie prese posto sul sedile di fronte e notò subito che, per l'occasione, aveva rinunciato ai soliti jeans attillati, indossando invece dei pantaloni blu navy con una camicetta di un bianco immacolato.

"Non ho parole."

"Forse con questo ti tornano." Sempre sorridendo, Charlie le offrì una coppa di champagne.

Rosie la prese e sostenne il suo sguardo per un istante.

"Al nostro appuntamento," brindò Charlie e sollevò la propria coppa verso quella di Rosie.

"Mi sento come una principessa delle favole." Ma le riusciva difficile ambientarsi in quella magica atmosfera.

"Ogni donna merita di sentirsi come una principessa almeno per una sera," disse Charlie e sorseggiò lo champagne.

"Sei davvero strepitosa." Rosie inclinò la testa. "Vestita elegante, in effetti sembri un po' la Principessa Olivia, ma coi capelli corti."

Charlie ridacchiò e bevve un altro sorso.

"Il clamore mediatico del fidanzamento dei reali non mi tocca più di tanto," continuò Rosie. "Ma devo ammettere che c'è stato un momento della mia vita in cui una principessa lesbica sarebbe stata in cima ai miei pensieri, fino a esserne ossessionata. Adesso sono troppo vecchia per cose del genere." Bevve un sorso di champagne. Era fresco al punto giusto e meravigliosamente secco. "Però ho visto le foto del fidanzamento di Olivia e tizia-come-si-chiama. Non ricordo il nome. È un nome snob. E non ci ho creduto neanche per un secondo. È tutta una messinscena, si vede lontano un miglio, ed è un peccato. Sarebbe stata una grandiosa opportunità di fare un po' di pubbliche relazioni positive sulle lesbiche." Rosie lanciò un'occhiata a Charlie. "Ma chi lo sa, eh? Cosa possiamo saperne noi, di quello che succede tra i reali!"

Charlie fece spallucce e le sorrise ancora. "Ti ho già detto quanto sei bella? Ti sei davvero messa in tiro."

"Me l'hai chiesto tu." Rosie accavallò le gambe. Charlie si stava davvero facendo avanti quella sera. "Dunque, mi hai rapita per portarmi dove?"

"Vedrai."

Quindici minuti dopo, Rosie si ritrovò nel ristorante più raffinato in cui fosse mai stata. Un addetto all'accoglienza prese le loro giacche, un altro le condusse al loro tavolo, e un cameriere in tenuta impeccabile porse a entrambe un menù. Rosie notò che non c'erano i prezzi accanto ai nomi delle portate.

Si guardò intorno. "Sono molto colpita, ma scusa… dove sono tutti gli altri clienti?"

"Non qui. Stasera siamo solo tu e io."

"M-m-ma…" Scrutò Charlie in viso. "Com'è possibile? In un posto così?"

"Non fare domande, Rosie. Per stasera, sei una principessa."

Rosie strinse gli occhi. "E tu chi sei?" Sorrise. Stentava a credere che un'altra persona si desse così tanto da fare per lei. Era da anni che doveva arrangiarsi da sola.

"Qualcuno a cui tu piaci tantissimo," rispose Charlie, facendole venire le vertigini. "A proposito del menù, non c'è bisogno di scegliere. Ci portano un assaggio di tutto."

Rosie fissò l'elenco delle portate: ostriche francesi, zuppa di pesce thailandese, sashimi giapponese, carne argentina e couscous marocchino. "Molto… vario." Sollevò lo sguardo, solo per perdersi negli occhi verdi di Charlie.

"Se non viaggi tu per il mondo, il mondo viene da te."

La mascella di Rosie si allentò. La serata si stava rivelando ben più che un sogno. Non si sarebbe mai immaginata una cosa del genere. Ma ciò che le piaceva di più in assoluto era la donna seduta di fronte a lei.

Charlie fece un cenno al cameriere, che prontamente andò in cucina e tornò pochi minuti dopo, insieme a una faccia conosciuta.

"Gina?" Rosie non riusciva più a stare al passo con le sorprese.

"Ho chiesto a Gina di cucinare per noi, stasera," disse Charlie. "È una chef fantastica."

"Al tuo servizio, capo," disse Gina, facendole l'occhiolino. "Devo tornare subito in cucina. Gli *amuse-bouche* sono quasi pronti." Si scusò e le lasciò col cameriere.

Rosie era rimasta a bocca aperta. "*Amuse-bouche*," ripeté. "Gina non cucina gli *amuse-bouche*."

"Stasera, sì." Charlie si sporse avanti, offrendole una nuova visuale della propria scollatura.

"Del vino bianco, madame?" chiese il cameriere a Rosie. In effetti, del vino l'avrebbe aiutata a elaborare ciò che le stava succedendo. Erano solo le otto e mezzo, e aveva già avuto più sorprese piacevoli in mezz'ora di serata galante con Charlie che in tutta la sua vita.

Quattro portate di degustazione e alcuni calici di vino più tardi, Rosie dovette ammettere che, pur non rimpiangendo i fritti e i fagottini di Gina, forse si era preoccupata troppo di tenere in piedi il Mark & Maude's con la vecchia formula, invece di dare modo alla cuoca di manifestare tutto il suo potenziale.

"Hai ragione. Gina è fantastica," disse a Charlie.

"È una chef da tenersi stretta. Proprio come il tuo locale."

"Dovrei essere io a offrirti la cena. Non fai altro che aiutarmi. E i bei momenti con te non finiscono mai."

"Devi solo essere la persona speciale che sei, Rosie." Il suo sguardo si addolcì. "Per me questo è più che sufficiente."

A sentire il complimento, Rosie avrebbe voluto schernirsi, ma non ci riuscì. Perché quelle parole suscitarono in lei un'emozione intensa, calda e avvolgente. Si rese conto che si stava innamorando perdutamente di Charlie. Non le interessava che avesse una vita a Londra. Non in quel momento. Le interessava solo godersi la sua compagnia nella luce soffusa del bel ristorante e gustare con lei i piatti prelibati preparati a puntino da Gina.

* * *

Di ritorno a Otter Bay, Charlie aveva preso posto vicino a Rosie anziché di fronte. Erano così vicine che le loro cosce si sfioravano. Rosie sentiva il calore del corpo di Charlie attraverso il tessuto leggero dei pantaloni.

Erano sole sul sedile posteriore della limousine. Non c'era pericolo che venisse qualcuno a interromperle. Avevano trascorso una splendida serata, e lei era un po' brilla. Se doveva esserci un momento giusto per baciare Charlie sulle labbra, si stava avvicinando a tutta velocità.

Charlie le prese una mano. "Su una scala da uno a dieci, quanto ti senti una principessa?"

"In questo momento, sono troppo ubriaca per potermi considerare una principessa." Rosie ridacchiò.

Charlie scosse la testa. "Come se le principesse non si ubriacassero mai." Le diede una leggera stretta alle dita; Rosie si sentì percorrere da un fremito di piacere.

La limousine si fermò. Erano già arrivate? La corsa di ritorno era finita in un lampo, come del resto l'intera serata. Ma Rosie non voleva che finisse.

Charlie si voltò a guardarla.

"Non so come ringraziarti per stasera," disse Rosie. "Difficilmente potrò renderti il favore."

"Non mi devi ringraziare. Sono stata molto bene. Non avrei mai organizzato questa serata, se non ti avessi conosciuta."

Inclinò la testa. "E se proprio ti senti in dovere di ringraziarmi, fallo portando il Mark & Maude's al successo che sono certa potrà raggiungere."

Rosie si fece più vicina. "Sei come un sogno."

"Sono molto reale," sussurrò Charlie e si chinò.

Rosie si sporse avanti ed ecco, alla fine, sentì le labbra di Charlie sulle sue. Si lasciò andare a quel morbido tocco, inspirando profondamente.

Charlie appoggiò con delicatezza una mano alla sua guancia e la trasse a sé; Rosie reagì avvolgendo le proprie mani intorno alla nuca di Charlie.

Le loro labbra si aprirono, la lingua di Rosie scivolò nella bocca di Charlie. Rosie dimenticò di essere in una limousine davanti alla porta di casa. Dimenticò che Charlie doveva partire. Entrambe avevano abilmente evitato quell'argomento doloroso, girandoci intorno per l'intera serata. Si dimenticò di tutto, concentrandosi solo sulle labbra di Charlie, sulla propria lingua avvolta intorno alla sua. Si abbandonò a quel delizioso momento. E se proprio doveva finire tutto lì, almeno avrebbero avuto quel bacio da ricordare per sempre.

Capitolo 17

Il bacio della sera prima era stato tutto ciò che Olivia si aspettava, se non di più. Le labbra di Rosie sapevano di speranza, di desiderio, di tutto ciò che voleva veramente dalla vita, ma che non perseguiva per paura. Avrebbe voluto chiederle di passare la notte con lei al maniero, invece di riportarla a casa. Ma come poteva? Avrebbe finito col rendere più difficile il giorno dell'addio.

Tra l'altro, Rosie aveva mille domande. Come poteva non averne? Olivia glissava ogni volta che la conversazione verteva su sé stessa e sulla propria vita. In quello era un'esperta, visto che si esercitava da anni. Ma ora basta, non voleva più glissare. Voleva essere sincera con lei, rivelarle come si sentiva, spiegarle la sua situazione impossibile. Dirle del matrimonio combinato che voleva disperatamente evitare. Dirle del futuro al quale non riusciva a pensare senza che le venissero le lacrime agli occhi.

Così, al mattino era andata al caffè con l'intenzione di confessare tutto. L'indomani sarebbe comunque tornata a Londra, e non ci sarebbe voluto molto, prima che Rosie facesse due più due e si rendesse conto che faceva quattro. Ma quando era arrivata, c'erano anche Paige e Hilary, e Rosie aveva un sacco da fare: col locale rimesso a nuovo e il menù estivo, i clienti accorrevano a frotte. Olivia aveva mangiato un tramezzino alla pancetta, felice che la famiglia Perkins avesse molto lavoro, e godendosi il profumo del caffè appena macinato e delle arance appena spremute che aleggiava nel locale. In una sola, folle settimana avevano ottenuto tutto ciò che si erano ripromesse: ribaltare la situazione del Mark & Maude's. Sperava che il menù della sera funzionasse altrettanto bene, e che anche in quel caso i loro piani andassero in porto.

Quando si era resa conto che Rosie aveva troppo da fare, l'aveva invitata ad andare a casa sua di sera e le aveva dato l'indirizzo. Non se la sentiva di parlarle altrove; temeva interruzioni o intrusioni. Rosie era rimasta sconcertata, quando aveva capito dov'era la casa, ma Olivia le aveva detto che le avrebbe spiegato tutto più tardi. E di presentarsi intorno alle sette. L'apertura serale del caffè era prevista per la settimana dopo, quindi Rosie aveva accettato. Prima che Olivia uscisse dal locale, Rosie l'aveva trattenuta un istante con un lieve tocco sul braccio: dall'occhiata che si erano scambiate, si era capito che avevano qualcosa in sospeso.

Lo sapeva Olivia, e lo sapeva anche Rosie.

Ma prima di fare qualsiasi cosa, Olivia doveva dire a Rosie la verità. Doveva rivelarle chi era, perché era lì e perché teneva nascosta la propria identità.

Sperava che Rosie avrebbe capito.

Altrimenti, lei non sarebbe stata più capace di guardarsi allo specchio.

* * *

Quando Olivia aprì la porta d'ingresso, erano passate appena le sette. Rosie la guardò, leggermente accigliata. I capelli biondo scuro erano pieni di elettricità statica, segno che se li era lavati da poco. Indossava i jeans e una camicetta nera. Abbozzò un sorriso. Aveva del rossetto su un incisivo, ma Olivia non se la sentì di dirglielo.

Si scostò per lasciarla entrare. Mentre Rosie le passava accanto, inalò il suo profumo floreale. Chiuse gli occhi e fece un bel respiro: doveva mantenere la concentrazione, altrimenti rischiava che le cose le sfuggissero di mano.

Le fece strada in cucina, dove aveva preparato un tagliere di prosciutto spagnolo, olive, mozzarella, fichi freschi e formaggio Manchego. Era rimasta sorpresa di trovare tutto in un supermercato di Otter Bay, circostanza dovuta probabilmente al cosiddetto "influsso di Londra". Prima aveva messo a decantare una bottiglia di Tempranillo. Ne versò due calici. Le batteva forte il cuore. Rosie era visibilmente molto confusa, ma anche molto bella. Olivia era ansiosa, perché ci teneva moltissimo a chiarirsi con lei. Era una questione più importante di Jemima, dei suoi genitori, di tutto.

Nel giro di poco tempo, Rosie era diventata importantissima per lei.

Fu la bionda a rompere il silenzio.

"Allora, Charlie. Hai sempre evitato tutte le mie domande. E adesso scopro che alloggi *qui*." Inclinò la testa, cercando di decifrare l'espressione di Olivia. "Com'è che stai in un posto così? Sei una specie di contessa e non me l'hai detto?"

Olivia si schiarì la voce e ponderò mentalmente ogni parola prima di dirla. "Volevo proprio parlarti di questo," esordì con un tono calmo, anche se lei era tutto fuorché calma. "È un po' complicato… Diciamo solo che ho delle conoscenze altolocate."

Rosie sorrise. "Ovvio che ne hai. Cioè, lo sapevo che vieni

da un ambiente ricco e raffinato – me lo dicono i tuoi modi e il tuo accento – ma non avrei mai immaginato che stessi in un posto così." Fece una pausa. "Come ci sei arrivata? L'hai trovato su Airbnb?"

Olivia faceva una tremenda fatica a far uscire le parole di bocca. "Credo sia solo fortuna. Sono andata nella scuola giusta con le persone giuste."

"Ah sì, la solita vecchia storia: a far la differenza non è cosa sai, ma chi conosci." Rosie la scrutò. "Ma forse è un bene frequentare persone che hanno tutto. Come io che frequento te, e tu che guardi il mio locale: tu non hai visto i problemi, ma solo le opportunità. Può farlo solo una persona speciale." Bevve un sorso di vino. "E sai una cosa?" Raddrizzò la schiena e fece un largo sorriso.

"Cosa?"

"Oggi è stato il nostro giorno migliore. Da non credere! Una mano di pittura, dei menù nuovi, dei fiori freschi e boom! In un giorno solo abbiamo incassato quasi tre volte l'importo dello scorso weekend. Chi l'avrebbe mai detto, che il brunch della domenica e il cocktail Buck's Fizz sarebbero stati tanto richiesti!"

Rosie sembrava davvero perplessa. Olivia invece rideva. "*Cocktail Mimosa*, ricordati. Chiamarlo Buck's Fizz lo fa sembrare da sfigati. Mimosa, invece, fa tanto esotico."

Rosie sorrise. "Ecco, quando si frequenta gente altolocata, questo è il risultato. Ti insegnano queste scemenze. Che ti bevi un Mimosa senza saperlo. Che storia!"

"Be', adesso lo sai." Olivia si sporse avanti e le mise una mano sul braccio. "E sono contentissima per l'incasso. Ve lo meritate tutto. Il Mark & Maude's se lo merita tutto."

Rosie fissò la mano di Olivia e la coprì con la propria. "Non ce l'avrei mai fatta senza di te."

Olivia sentì il cuore in gola e un brivido di desiderio in tutto il corpo. Chiuse gli occhi, e quando li riaprì, Rosie la fissava con uno sguardo adorante.

"Ieri sera sono stata molto bene," continuò la bionda. "Nessuno ha mai fatto una cosa del genere per me. Gina è davvero entusiasta e…" Fece una pausa. "Grazie per avermi ricordato che la vita non è solo una noiosa routine. Che le cose possono essere magiche, che c'è ancora spazio per la meraviglia, per qualcosa che ti toglie il respiro." Deglutì e riprese fiato. "Perché tu, ieri sera, mi hai tolto il respiro."

Olivia guardò Rosie con altrettanto ardore e fissò le sue labbra. E allora il resto fu inevitabile. Come se un regista fuori scena dicesse loro che fare, come se la parola *Azione!* risuonasse nelle loro orecchie, Rosie si alzò in piedi e, assumendo il ruolo di protagonista, prese tra le mani il viso di Olivia e la guardò con passione.

"Sei così bella…" Poi azzerò la distanza che le separava e premette le labbra sulle sue.

Olivia si lasciò sfuggire un gemito. Provò un senso di vertigine. Vide colori intensi. Si sentì inondare di vita. Ogni sua intenzione di dire la verità a Rosie passò in secondo piano. Sentiva le labbra della bionda scivolare sulle sue. Le mani della bionda insinuarsi tra i suoi capelli corti. Il proprio cuore rombare. E il corpo di Rosie sedersi sul proprio, quando istintivamente l'afferrò per i fianchi e l'attirò a sé.

I baci di Rosie sapevano di miele e melassa. Erano lenti, dolci, lunghi. Ma dopo qualche minuto, Rosie si tirò indietro.

Olivia sgranò gli occhi, agitata. "Stai bene?"

La bionda sorrise, mettendosi a cavalcioni su di lei. "Così siamo più vicine." Si chinò, Olivia sentì ancora il suo caldo respiro sulla bocca. "Via questi occhiali." E glieli tolse.

Rosie iniziò a baciarle il collo. Le labbra della bionda si spostavano lente, lasciando una scia di baci roventi.

In cuor suo Olivia sentiva infuriare il duello tra il desiderio e il senso di colpa. Per il momento erano alla pari: lei non sapeva a chi dei due dare retta.

Poi però ci fu uno scatto. Doveva essere sincera con Rosie. Doveva dirle tutto, altrimenti non si sarebbe mai perdonata. "Rosie…" sussurrò, ma non troppo convinta, mentre la bionda le leccava ancora il collo e raggiungeva le sue labbra, insinuando stavolta la lingua all'interno.

Olivia lottò per non lasciarsi andare.

"Mmh…?" borbottò Rosie, senza smettere di baciarla.

"Devo dirti una cosa," insisté, col respiro corto. Non ci credeva di voler interrompere tutto. La ventenne che era in lei l'avrebbe uccisa più che volentieri.

Rosie si tirò indietro. Le sue pupille erano dilatate. "Adesso?" domandò con aria confusa. Poi le diede un altro bacio. Anche se Olivia era già ubriaca di tutti quelli che le aveva già dato.

"È solo che… domani parto." Fece un respiro profondo. "Volevo essere sicura che te ne rendessi conto. Devo tornare a Londra."

Rosie rimase immobile tra le sue braccia. Olivia si preparò alla scena in cui tutto sarebbe finito. Avvertì una stretta al cuore.

"Sì, lo so. L'ho sempre saputo," sussurrò la bionda, tirandosi indietro. "Appunto per questo, faremmo meglio ad approfittare di stanotte."

Si chinò di nuovo, ma Olivia si irrigidì, non le permise di ricominciare e si schiarì la voce. "Non è solo quello... C'è un'altra cosa che devo dirti. Una cosa importante."

Rosie inclinò la testa. "Più importante di noi due, più importante di adesso?" Le rivolse un altro sorriso sexy e iniziò palparle il seno.

Olivia deglutì. "Sì, è molto importante..."

Rosie la fissò con determinazione. Aveva le guance rosse. "Di qualunque cosa si tratti, facciamo che può aspettare." Riportò le labbra sulle sue e ricominciò a baciarla con passione.

Olivia a quel punto crollò.

Il chiacchiericcio che aveva in testa si estinse. Coprì la bocca di Rosie con la propria, giocò con la lingua, l'attirò a sé prendendola per i fianchi. Nella stanza non si udiva altro che l'ansimare del loro respiro e il suono delle loro labbra che si divoravano a vicenda.

Oh sì! Rosie sì che sapeva baciare! Era inebriante. Olivia iniziò a immaginarsi cosa sarebbe successo dopo.

L'urgenza di Rosie aumentò. Aveva perso il controllo da un pezzo. Dopo alcuni minuti le due si separarono. Si fissarono negli occhi. Il mondo si ridusse a quel momento, in quello spazio.

Olivia non poteva più aspettare. Doveva insinuarsi in lei.

Fece un respiro profondo. Poi, lentamente, le slacciò con cura i bottoni della camicetta nera, ne scostò i lembi e, quando posò una mano sulla sua pelle chiara, trattenne il respiro. Col polpastrello del pollice prese a strofinarle un capezzolo sotto il pizzo del reggiseno nero. Lo sentì indurirsi, la vide chiudere le palpebre.

Ne osservò il collo, ne apprezzò la pelle color crema. Voleva vederla tutta nuda.

Con un abile movimento delle dita le slacciò il reggiseno. Rosie inarcò un sopracciglio mentre le sfilava l'indumento intimo e la camicetta. Una volta che il seno fu in bella vista, lo prese tra le mani e mise in bocca e succhiò prima un capezzolo, poi l'altro.

Rosie intanto strusciava le parti basse contro le sue cosce. Olivia notò come si contorceva ogni volta che le afferrava un capezzolo tra i denti per morderlo dolcemente.

Rosie inarcò la schiena gemendo forte.

Olivia sorrise. Fece scorrere le mani lungo la schiena nuda di Rosie, mentre Rosie le toglieva la canottiera e il reggiseno. Poi la bionda la fissò maliziosa e, giusto per avere tutta la sua attenzione, iniziò a stuzzicarle il capezzolo destro fra le dita.

Quel movimento la stimolò fin nelle parti intime. Col respiro accelerato, mosse i fianchi e sollevò gli occhi. "Vuoi farlo qui o in un posto più comodo?"

La bionda si chinò a leccarle il collo e poi danzò ancora con la lingua sulle sue labbra. "Facciamo tutto quello che vuoi, dove vuoi," rispose in un sussurro.

Olivia si scaldò ancora di più. Rosie stava diventando la sua donna ideale proprio davanti ai suoi occhi. E allora seppe dove farlo. Non in camera da letto.

Espirò, la fece alzare e spinse in fondo al tavolo il tagliere e il decanter col vino. Si mossero tra le ombre proiettate dagli ultimi sprazzi di sole attraverso le grandi finestre della cucina.

Nessuna delle due disse una parola. Olivia sollevò Rosie e l'adagiò sul tavolo. Ne ammirò il seno prosperoso, così bello che le venne voglia di divorarlo. E così fece, leccandolo senza ritegno mentre le graffiava la schiena con le unghie corte per stringerla a sé. Inalò il suo profumo, risalì lungo il collo, le solleticò i lobi delle orecchie con la lingua, la riempì di baci.

Rosie gemeva nelle sue orecchie, si spingeva contro i suoi fianchi, non facendo alcun mistero di cosa voleva.

Si udì il suono di una cerniera slacciata, poi Olivia le tolse i jeans. "Sei uno splendore," le disse a bassa voce. Sfiorò con le dita il bordo del tessuto nero che le copriva le parti intime. Poi premette il palmo della mano tra le sue cosce.

Rosie l'avvolse con un braccio, trattenendo il respiro.

Olivia aumentò la pressione. I gemiti di Rosie erano musica per le sue orecchie. Sfiorò di nuovo il bordo degli slip, poi infilò sotto un dito fino a toccare la fessura bagnata di Rosie. Eccitandosi per i suoi gemiti, la percorse su e giù, poi, quando la bionda chiuse gli occhi, Olivia la spogliò del tutto, le allargò le gambe e la trasse a sé.

"È da tanto che ti desidero," disse, mentre la penetrava con due dita, meravigliandosi del suo calore e di quanto le piacesse farla godere.

Rosie ansimò, si aggrappò alla schiena di Olivia e la cucina si riempì dei suoi gemiti.

Olivia affondò nella dolcezza di Rosie, premette di nuovo le labbra sulla sua pelle e ascoltò i suoi mugolii. Essere dentro di lei era più bello di quanto si fosse immaginata. La penetrò come se stesse scrivendo una lettera d'amore nel suo punto più intimo. La strinse a sé, le due divennero un tutt'uno e incrociarono gli sguardi giusto un istante prima che Olivia aumentasse il ritmo.

Rosie emise un gemito gutturale e chiuse gli occhi.

Anche Olivia si sentiva sempre più bagnata. Prese a girare

col pollice intorno al clitoride indurito della bionda, che si agitò tra le sue braccia, scossa da ondate di puro piacere. Il fuoco era acceso: Olivia doveva solo alimentarlo, dando a Rosie tutto ciò che era in grado di darle.

Non era giusto però. Non era giusto che stesse accadendo proprio la notte dell'ultimo giorno. Che non ci fosse più modo di posticipare la partenza. Non voleva altro che restare lì, con Rosie, godersi la loro vicinanza, godersi quella sensazione. Lasciarsi andare, lasciarla crescere, esserne atterrita e al contempo inebriata. Perché cosa sarebbe successo al sorgere del sole? Cosa avrebbe fatto al momento dell'addio?

Respinse quei pensieri, mordicchiando Rosie lungo la clavicola, senza smettere di roteare il pollice e di esplorarla con le dita. Poi Rosie restò immobile, inarcando la schiena.

"Non fermarti!" ansimò e iniziò a tremare tra le sue braccia, mentre l'orgasmo la travolgeva.

Certo che non si sarebbe fermata. Voleva che quel momento durasse per sempre, che l'estasi le avvolgesse per sempre. Non si fermò, proprio come Rosie aveva chiesto, e Rosie venne di nuovo, conficcando le dita nella sua schiena, aggrappandosi a lei con tutta sé stessa. La strinse a sé e Olivia fece altrettanto con lei. Fu un momento dolceamaro, ma Olivia non poteva dirle perché. Voleva che non finisse mai, rimanere Charlie per sempre. Ma era impossibile.

Ciononostante, non poté trattenere un sorriso quando Rosie tornò in sé, pochi secondi dopo. Era rossa in viso. Sudata. Positivamente frastornata.

E insaziabile. Ricominciò a muoversi su Olivia. Le baciò una mano. E poi le slacciò i pantaloni. Olivia non ebbe nulla da ridire.

"È stato magnifico," le disse Rosie in un orecchio. "E non vedo l'ora di rifarlo. Prima però vorrei pasticciarti un po' anch'io." Le abbassò i pantaloni, e quando vide cosa indossava sotto fece un largo sorriso. "Boxer da donna. Non avevo dubbi." La baciò ancora mordicchiandole il labbro inferiore. Olivia tenne gli occhi chiusi. Era tutta un brivido caldo.

Quando li riaprì, la bionda sorrideva. "Ti sei data un gran da fare con me. Vieni." La fece scendere dal tavolo e accomodare su una sedia dopo averle tolto i boxer. Poi si inginocchiò e le aprì le cosce.

"Ora ti assaggio, finalmente." Alitò sulla sua fessura bagnata.

Olivia sentì il suo fiato caldo, ebbe un primo tremito, chiuse gli occhi in attesa che il tocco della lingua di Rosie prendesse il sopravvento.

Non appena la bionda iniziò a leccarla dal basso verso il clitoride, Olivia lasciò andare ogni pensiero, chinò la testa indietro, si aggrappò alla sedia. Le vennero ancora le vertigini, provò un senso di disorientamento, si abbandonò alle continue ondate di piacere. Rosie sì che ci sapeva fare! Con la bionda si sentiva come sotto ipnosi. Sperò ancora che quell'estasi durasse in eterno.

Poi Rosie la penetrò anche con le dita. Olivia mugolò e affondò le dita tra i suoi capelli.

Venne come fosse in caduta libera da un grattacielo, con un sorriso estasiato sul volto, il cuore che le batteva forte. Per la prima volta quel giorno, provò un senso di leggerezza.

Rosie la fece venire una seconda e una terza volta, finché Olivia non la fermò, tirandole leggermente i capelli. Solo allora la bionda si tirò indietro.

Olivia voleva incorniciare quel momento, appenderlo al muro e portarselo anche nel cuore. Era esausta, sazia, ebbra.

Ma mica era finita lì.

"E adesso facciamo sesso a letto?" Rosie si alzò e le porse la mano.

Olivia annuì. Era senza parole.

Se Rosie l'aveva sedotta così abilmente in cucina, chissà cosa le avrebbe fatto in camera da letto.

Capitolo 18

Rosie sbatté le palpebre e aprì gli occhi. Guardò in alto, ma non vide il familiare soffitto della sua camera. Di fatto non vide alcun soffitto. Si ritrovò invece a fissare il tetto bordeaux di un letto a baldacchino. Si tirò un po' su e guardò Charlie accanto a sé. Stava ancora dormendo. I ricordi della sera prima inondarono la sua mente. Si permise di contemplarli per qualche istante, prima di affrontare la fredda e dura realtà del mattino.

Charlie se ne sarebbe andata quel giorno. Sarebbe tornata alla sua vita di Londra.

Si sentì pervadere dall'angoscia. Distolse gli occhi dal viso di lei, così sereno da dare l'impressione che le cose potessero essere molto diverse. Finché non si fosse svegliata, Rosie poteva aggrapparsi all'illusione che Charlie non avesse una vita altrove, una vita alla quale era stata più che felice di sfuggire per qualche settimana.

Ma voleva anche svegliarla, perché di tempo da trascorrere insieme ne era rimasto ben poco. Charlie doveva partire al mattino o poteva restare fino a sera? Avrebbe avuto il tempo per mangiare un'ultima volta al caffè? Era stata abilissima nel trasformarlo in un'attività fiorente. Rosie stentava ancora a crederci.

Si guardò intorno. Quella camera era grande all'incirca quanto l'intero appartamento che condivideva con Paige. La sera prima non si erano curate di tirare le pesanti tende davanti alle finestre. Ognuna era stata troppo presa a lasciar vagare le mani sul corpo nudo dell'altra. Rosie non se ne intendeva, ma il suo istinto le disse che il vaso sulla cassettiera alla sua sinistra costava tanto, e che anche il dipinto appeso poco più in là non proveniva da un negozio dell'usato.

Charlie aveva davvero amicizie altolocate.

Sentì una mano sfiorarle la coscia.

"Buongiorno," la salutò una voce rauca.

"Buongiorno, bella addormentata." Rosie si rannicchiò accanto a lei, così da essere faccia a faccia. "Dormito bene?"

"Come non mi succedeva da anni." Charlie sorrise.

"Anch'io." La baciò sulla punta del naso. *Devi davvero andare via?* Aveva una gran voglia di chiederglielo, ma non riusciva a farsi uscire le parole di bocca. Voleva che quel momento fosse qualcosa di diverso da un addio. E comunque, Charlie non se ne sarebbe andata dall'altra parte del mondo. Centinaia di londinesi facevano avanti e indietro dalla Cornovaglia. Charlie non poteva prendere un treno per venire a trovarla?

"Per favore, dimmi che il locale non devi aprirlo tu, stamattina." Charlie si fece più vicina a lei. "Vorrei tenerti a letto un altro po'."

"Che ora è?" Rosie si tirò su a sedere. "Dovrei chiamare zia Hilary. Può aprire lei, ma non posso lasciarla lì da sola per troppo tempo. Grazie a te, i clienti ci prendono d'assalto."

"Argh," si lamentò Charlie. "Come dire, mi sono tirata la zappa sui piedi." Circondò con un braccio l'addome di Rosie.

"Tanti quadri costosi appesi alle pareti, ma zero orologi." Rosie si addossò al corpo caldo di Charlie. Neanche lei aveva voglia di alzarsi, ancor meno di scendere al piano di sotto a prendere il cellulare. La casa era talmente grande che temeva di perdersi.

"Rilassati. Non è ancora pieno giorno." Charlie la tirò a sé premendo le dita sulla sua schiena.

"Tu sei in vacanza, io no," disse Rosie, restando però a godersi l'abbraccio. Se continuava così, non si sarebbe mai alzata.

Un cellulare iniziò a squillare al piano di sotto. Entrambe si irrigidirono.

"Probabilmente è zia Hilary. Vorrà sapere dove sono finita." Rosie iniziò a districarsi dall'abbraccio. "Se vuoi che rimanga un altro po', devo rispondere."

"Oh, va bene." Charlie la lasciò andare.

Rosie scese dal letto e cercò qualcosa da mettersi.

"Prendi il copriletto," suggerì Charlie e iniziò a tirarlo via dal letto.

Rosie si avvolse in quello e sfrecciò al piano di sotto. Il cellulare continuava a squillare, per cui le bastò seguire il suono molesto per trovarlo. Era in soggiorno – se così si poteva chiamare quella stanza. A lei sembrava di più una sala da ballo.

Il suono molesto finalmente cessò.

Rosie si guardò intorno. Il suo cellulare era appoggiato sui suoi jeans appallottolati. Guardò lo schermo: nessuna chiamata persa. Quindi a squillare doveva essere stato il cellulare di Charlie. A quanto pareva, avevano la stessa suoneria. Già che c'era, poteva portarglielo su. Lo individuò su una credenza; era abbastanza sicura di aver visto valutare quel mobile centinaia di migliaia di sterline in una puntata di *The Antiques Road Show*, un programma di televendite di antiquariato.

Non appena lo raccolse, ricominciò a squillare. Sullo schermo comparve il nome *Alex*. Evidentemente, la sorella di Charlie aveva bisogno di parlarle subito. Rosie controllò l'ora: non erano neanche le sette.

Corse su per le scale facendo due gradini per volta. Forse era successo qualcosa nella famiglia di Charlie. Rosie sapeva per esperienza personale cosa volesse dire ricevere le peggiori notizie quando uno meno se l'aspetta, e sperava, per il bene di Charlie, che *Alex* fosse solo un tipo impaziente.

"Tua sorella vuole parlarti con urgenza," disse a Charlie, entrando in camera e porgendole il cellulare.

Charlie si tirò su. "Cosa?" Esterrefatta, guardò l'apparecchio, che iniziò di nuovo a squillare pochi secondi dopo aver smesso.

Rosie si liberò del copriletto e tornò sotto le coperte. "Non rispondi?"

"Adesso no." Mise il cellulare in modalità silenziosa.

"E se è importante?" Armeggiò col proprio telefono per mandare un messaggio alla zia.

"Cosa c'è di più importante che passare questo momento con te?" Fece sparire il cellulare e la guardò con un ampio sorriso.

In effetti, le cattive notizie di solito non vengono date con una telefonata, pensò Rosie. Se fosse successo qualcosa a un familiare di Charlie, la polizia l'avrebbe rintracciata per informarla di persona.

Finì il messaggio alla zia, promettendole di arrivare entro l'ora di punta della colazione.

"Quasi nient'altro," rispose poi, e le diede un bacio sulle labbra.

* * *

Charlie aveva promesso di passare al caffè più tardi, per un ultimo saluto, prima di andarsene da Otter Bay. Rosie cercò di concentrarsi su quel pensiero mentre andava al Mark & Maude's. Intendeva approfittare della passeggiata per schiarirsi le idee. Voleva riflettere sugli eventi della notte e imprimersi nella memoria ogni tocco della pelle di Charlie sulla sua. Non era stato solo sesso con una persona di passaggio in paese. Era stato molto di più. Rosie aveva completamente cambiato vita grazie a Charlie, pur conoscendola da meno di un mese.

Stava andando a lavorare in un caffè-ristorante pieno di clienti, un posto di cui solo pochi giorni prima era talmente stufa da esporre in vetrina il cartello *Vendesi*. Poi era arrivata Charlie e le aveva fatto cambiare idea, aiutandola a trasformarlo nel locale bizzarro e accogliente che lei non si sarebbe mai immaginata. Almeno non finché non l'aveva guardato con gli occhi di Charlie.

La corsa in limousine, i piatti squisiti che Charlie aveva chiesto a Gina di preparare per loro. Il primo bacio. La notte appena trascorsa. Era stato tutto come un sogno. Ma Charlie doveva partire.

Stava per attraversare la via principale, quando una Jack Russell le venne incontro abbaiando. Rosie la conosceva bene. Si chinò ad accarezzarla con un peso sul cuore: Biscuit era il cane di Amy. La sua ex non poteva essere lontana. Non c'era modo di evitarla. Così era la vita, in un posto piccolo come Otter Bay.

Pochi secondi dopo, eccola arrivare. Rosie sentì i suoi passi che si avvicinavano, ma continuò ad accarezzare Biscuit dietro le orecchie.

"Sei un po' lontanuccia da casa," l'apostrofò Amy.

"Avevo bisogno di camminare. Come questa piccolina." Si alzò, non sentendosi a suo agio con l'ex che la scrutava dall'alto.

"Guarda com'è contenta di vederti." Amy chinò la testa. "Tu sei più un tipo da gatto, ma questo cane è pazzo di te."

Biscuit prese a saltare addosso a Rosie; le sue gambette non le consentivano di arrivare tanto in alto.

Rosie sorrise. "Nel mio cuore c'è posto sia per i cani che per i gatti."

Amy ridacchiò. "Cosa ti succede stamattina? Hai una faccia strana."

Fece spallucce. "Niente."

"Sicura?" Si avvicinò di un passo, quasi a voler annusare Rosie per soddisfare la propria curiosità.

Rosie decise di risparmiarle la fatica. "Ho passato la notte al maniero in cima alla collina. Con Charlie."

Amy rimase impietrita, ma si riprese in fretta. "Una notte con la principessa, eh?"

"Macché principessa. Alloggiare in un maniero non fa di te una principessa."

"Non se lo sei già." Amy inarcò le sopracciglia.

Rosie scosse la testa. "Devo andare. Zia Hilary è da sola al caffè."

"Allora ti lascio. Vieni, Biscuit." Sentendo il suo nome, la cagnolina tirò su le orecchie. "Ce ne andiamo." Amy proseguì nella direzione opposta.

Rosie fu contenta di non dover fare il resto della strada con lei.

Riprendendo a camminare, le venne in mente che, quando aveva portato il cellulare a Charlie, sullo schermo lampeggiava il nome *Alex* a grandi lettere bianche. Cosa sarebbe successo, se avesse risposto lei alla chiamata? Il cellulare aveva continuato a squillare per un bel po'. Cos'avrebbe scoperto? Cosa voleva Alexandra – Rosie supponeva che *Alex* stesse per Alexandra – dalla sorella alle sette del mattino? Alexandra, come la Principessa Alexandra, la prima in linea di successione al trono.

Ma no. Si scrollò di dosso quel pensiero. Alexandra era un nome molto comune. Solo in classe sua, quando andava a scuola a Otter Bay, ce n'erano due. Inoltre, Charlie probabilmente era il diminutivo di Charlotte, ma per quanto ne sapeva, non c'era una Principessa Charlotte. Senza contare che, nonostante i modi misteriosi, Charlie era troppo gentile per non dirle una cosa di vitale importanza come quella. Ometterla non era da Charlie, la donna che le aveva ribaltato la vita nel giro di appena tre settimane.

Arrivò al cancello del cimitero. Considerò brevemente di andare alla tomba dei genitori, ma zia Hilary aveva bisogno di lei. Se l'affluenza al caffè, in quel momento, era anche solo simile all'andirivieni di persone che avevano servito negli ultimi due giorni, la zia, che non era più una giovincella, aveva già fin troppo da fare.

Affrettò il passo per recuperare il tempo che aveva perso a parlare con Amy. Non le serviva andare alla tomba dei genitori per pensare a loro – o meglio, per farsi consigliare da loro. Non in senso reale, ovvio. Ma dialogare nella sua testa con la mamma e il papà spesso le permetteva di chiarirsi le idee in modo che altrimenti le sarebbe stato difficile. Loro l'aiutavano a fare chiarezza, ad arrivare prima al punto.

Rosie era sicura di una cosa. La mamma e il papà sarebbero stati felici per lei, felici che avesse conosciuto qualcuno. Dopotutto, loro avevano sempre creduto nell'amore. Pur essendo stati sposati per molti anni, la loro stima reciproca non era mai venuta meno. Avevano lavorato fianco a fianco ogni singolo giorno, e ogni singolo giorno Rosie li aveva visti dar prova del loro amore.

Cosa le avrebbero detto a proposito della partenza di Charlie? *Almeno hai trascorso dei bei momenti con lei*, avrebbe detto il papà, *ed è meglio di niente*. Era la verità: Rosie lo sapeva appunto perché non aveva più i genitori.

Cos'avrebbero pensato dei sospetti di Amy?

Sciocchezze, tesoro, sentì dire dalla voce della mamma nella sua testa. *La tua ex-ragazza è solo gelosa. È chiaro come il sole.*

Rosie annuì. *Giusto, sono tutte sciocchezze.* Ci volevano ancora cinque minuti per arrivare al caffè, e in quei cinque minuti sapeva già a cos'avrebbe pensato: al corpo deliziosamente tonico di Charlie a contatto col suo.

Capitolo 19

Olivia sorseggiò il caffè e guardò fisso fuori dalla finestra che dava sul giardino sul retro. A vedere quel giardino, per non parlare dell'intera casa, Rosie aveva spalancato gli occhi, la sera prima. Charlie, date le proprie intenzioni, non aveva avuto altra scelta che invitarla lì, pur sapendo che la casa era un indizio importante sul proprio ambiente di appartenenza. Per Olivia era solo un'altra casa. Per Rosie era un maniero dove vivevano i ricchi. Olivia aveva visto gli ingranaggi girare nel cervello di Rosie, ed era stata davvero sua intenzione dirle tutto, confessare. Ci aveva provato una volta, poi una seconda volta, ma Rosie non l'aveva lasciata parlare, e allora la serata le era sfuggita di mano, seppur nel migliore dei modi possibili.

Non rimpiangeva ciò che aveva fatto. Come avrebbe potuto? Quella notte era stata incredibile, e anche il mattino. Svegliandosi accanto a Rosie, aveva provato calma, conforto e sollievo.

Aveva esaminato quel senso di sollievo per l'ultima mezz'ora. Sollievo? Era la definizione corretta della sua emozione? Le venne spontaneo annuire: sollievo era il termine azzeccato. Si sentiva sollevata per aver finalmente conosciuto una persona vera, ma soprattutto con cui anche lei riusciva a essere vera.

Tuttavia, adesso, con un tempismo spettacolare, stava per

rinunciare a tutto ciò che aveva trovato. Stava per tornare nella sua tenuta nel Surrey. Tornare a Londra, dalla sua famiglia. Tornare alla sua vera vita. Già, proprio quella vita che non le permetteva di essere una persona vera. Non era ironico?

Il segnale acustico del cellulare ruppe il filo dei suoi pensieri. Abbassò lo sguardo. Aveva quattro chiamate perse di Alexandra, ma le aveva ignorate. Andava abbastanza d'accordo con la sorella, ma quel mattino non era dell'umore giusto per parlarle. Alexandra prendeva sul serio i doveri reali, essendo la prima nella linea di successione al trono; Olivia, non più di tanto. Lei non era fatta per stare sotto i riflettori; era fatta per una vita tranquilla. Ma il destino aveva altre idee.

Il messaggio appena arrivato non era della sorella. Era della segretaria privata, che l'avvisava che Gina aveva passato il test, e che la domanda di cittadinanza era stata approvata con procedura d'urgenza. Quindi, Gina poteva restare nel Paese a tempo indeterminato. Olivia aveva anche pagato la tariffa del visto, per evitare eventuali attriti quando la chef era nei paraggi. Non vedeva l'ora di dirlo sia a lei che a Rosie. Sorrise. Doveva andarsene, certo, ma almeno avrebbe lasciato Rosie in una situazione decisamente migliore rispetto a come l'aveva trovata.

Di nuovo il segnale acustico del cellulare: stavolta sì, era un messaggio della sorella.

Ho provato a chiamarti stamattina. Mi auguro che tu sia in condizioni decenti, perché sono a quindici minuti da casa e sto morendo dalla voglia di un caffè.

Olivia chiuse gli occhi, sentendosi sprofondare. Alexandra stava arrivando? Le mancava solo quello.

Dire addio a Rosie sarebbe stato già abbastanza difficile. Non era il caso che ci fosse anche un pubblico.

* * *

Le ruote della BMW nero lucido scricchiolarono sul viale del maniero. Olivia fece un respiro profondo. Ormai avrebbe dovuto sapere come affrontare la sorella, ma certe volte Alexandra riusciva ancora a spiazzarla. Olivia sospettava che prendesse lezioni in segreto dalla madre, visto che i loro metodi erano molto simili.

Andò ad aprire la pesante porta d'ingresso, proprio mentre la sorella scendeva dal lato posteriore della macchina. Alexandra aveva i capelli neri, lunghi fino alle spalle, coi riflessi lucidi sotto il sole, occhiali scuri Dolce & Gabbana, scarpe nere coi tacchi alti e jeans blu lindi e puliti. Sistemò il colletto della camicia bianca, raddrizzò il blazer nero e sorrise a Olivia non appena la vide. Quando poi la raggiunse, l'abbracciò di slancio.

Olivia rimase piacevolmente sorpresa: anche se non voleva tornare a Londra, era bello vedere un viso familiare dopo ventiquattro ore di emozioni travolgenti.

Quando Alexandra la lasciò andare e la scrutò a distanza di un braccio, senza togliersi gli occhiali da sole, Olivia cercò di sorriderle fiduciosa. Poteva benissimo comportarsi come se la sorella si presentasse alla sua porta di casa ogni giorno.

Si mise a braccia conserte. "A cosa devo il piacere?"

La sorella sbuffò. "Mi sono offerta come volontaria. La mamma e il papà temevano che tu non onorassi l'accordo di tornare a casa oggi. La mamma voleva mandarti Malcom."

La bocca di Olivia formò una O. Improvvisamente fu grata alla sorella: avere a che fare col segretario privato della madre era l'ultima cosa che voleva, quel giorno.

Alexandra annuì. "Appunto. Le ho detto che ci avrei pensato io a riportarti a casa sana e salva. Dovresti ringraziarmi, perché sono partita a un'ora assurda stamattina per evitare il traffico. C'è di buono che non dovevo guidare, così ho fatto un sonnellino in macchina." Fece una pausa. "E c'è di buono che posso sapere in anteprima tutta la storia sul perché sei rimasta qui così tanto." Tolse gli occhiali da sole e la scrutò in volto. "Perché una storia c'è, ne sono sicura. Voleva venire anche Jemima, ma l'ho scoraggiata." Inarcò le sopracciglia. "Direi che mi devi un grosso favore."

"Direi che hai ragione."

Alexandra entrò in casa e andò dritta nella spaziosa cucina. Spalancò la porta sul retro e fissò il patio e il giardino, prima di rivolgersi a Olivia sorridendo. "Ricordi tutte le volte che siamo state qui da bambine?"

Olivia annuì. "È uno dei motivi per cui mi piace tornarci: i ricordi felici delle vacanze estive senza madre e padre alle calcagna. Solo noi due, Sophia e Nadia." Queste ultime erano le due tate che si erano prese cura di loro più dei genitori.

Un'espressione malinconica attraversò il viso di Alexandra. "Non penso più a Sophia e a Nadia da anni. Comunque, hai messo su il bollitore?"

Olivia eseguì il comando. "Guarda che ho solo il caffè solubile." Le mostrò il barattolo di caffè Kenco. Come previsto, Alexandra fece una faccia schifata.

"Niente personale di servizio e caffè solubile: tra un po' mi diventi una barbona." Mise le mani sui fianchi. "Allora, cosa ti succede?"

Olivia preferì ignorare la domanda, dandosi da fare col caffè.

E ci riuscì, fino a quando, voltandosi, si ritrovò Alexandra di fianco che le chiudeva ogni via di fuga.

"Mi serviva stare nel mio spazio, come ho già detto a nostra madre." Era una tattica per temporeggiare, ma sapeva che non avrebbe retto.

"Sei via da quasi un mese!" sbottò la sorella. "Questo non è stare nel tuo spazio, è proprio trasferirsi in un altro universo." Andò al tavolo e si sedette a tamburellare con le dita sul legno lucido.

Guardando nella sua direzione, Olivia cercò di non ripensare a Rosie sul quel tavolo, nuda e disponibile, la sera prima, a Rosie che si aggrappava alla sua schiena mentre lei la portava all'orgasmo. Ci riuscì solo in parte.

"Cosa ti succede? Qual è la verità? A me puoi dirlo." La sorella aveva messo su la sua faccia preoccupata.

"Come no! Perché tu hai sempre difeso a spada tratta me e le mie relazioni."

"Se non l'ho fatto, è perché sapevo che non potevano funzionare." Scosse la testa. "So che ti piaceva Ellie, ma lei non era adatta a stare con te nel lungo termine, e lo sapevi anche tu."

Olivia alzò gli occhi al cielo. "*Mi piaceva?* Io l'amavo! Ma nessuno in famiglia tollerava che lo dicessi, eh?"

Alexandra la guardò con la stessa compostezza della regina. "L'amore non è sempre ciò che conta, lo sai già."

"E allora dimmi, come sta Miles?"

Alexandra si incupì. "Sta bene, per quanto ne so." Evitò il suo sguardo. "Sai come funziona. Lui ha la sua vita e io la mia. Ci facciamo vedere insieme agli eventi pubblici e davanti alle telecamere. Andiamo abbastanza d'accordo, e abbiamo i nostri patti per quanto riguarda le nostre esigenze." Si inumidì le labbra. "Potrebbe funzionare così anche fra te e Jemima.

Lei ne è al corrente, ma pensa che tu voglia fare marcia indietro, come del resto parte della stampa." Fece una pausa, guardandola negli occhi. "E francamente anch'io."

"Quindi, nostra madre ti ha chiesto di venire a instillarmi un po' di buon senso?"

"Qualcuno deve pur farlo, Olivia. Una cosa è prenderti del tempo. Un'altra è che la stampa inizi a chiedersi come mai non ci sono state più opportunità di scattare una foto a te e Jemima dopo l'annuncio del fidanzamento. Devi stare al gioco, ma non puoi farlo, se sei a duecentocinquanta miglia di distanza."

"Vaffanculo la stampa. Questa è la mia vita."

Alexandra la guardò con occhi di ghiaccio. "Sai quanto me che non è la tua vita da quando sei nata."

Olivia espirò. Sapeva che Alexandra aveva ragione, ma non voleva sentirselo dire. Soprattutto non dopo la notte trascorsa con Rosie. "Andiamo a fare due passi? Ho bisogno d'aria fresca."

Alexandra increspò le labbra, ma si alzò, stiracchiando le braccia sopra la testa. "Sì. E magari dopo andiamo a prenderci un caffè vero, perché questa brodaglia è schifosa."

* * *

Olivia fece mettere ad Alexandra un cappello da sole che aveva trovato nell'armadietto del sottoscala, e quando la sorella si lamentò di dover camminare coi tacchi, le diede un paio di scarpe da ginnastica. "Con queste darai meno nell'occhio. Vedere me con le scarpe da ginnastica è normale, ma la futura regina con un paio di Nike? Nessuno se l'aspetta."

Camminarono intorno al parco del maniero, parlando dei

genitori e dei due figli piccoli di Alexandra. Dopo una ventina di minuti, Alexandra propose di avventurarsi all'esterno per scendere alle scogliere, che da bambina le piacevano tanto.

"Se andiamo, devi tenere la testa china," disse Olivia. "Io sono riuscita a non farmi notare grazie ai capelli corti e agli occhiali, ma tu sei molto più riconoscibile."

"Promesso," rispose Alexandra.

Partendo dal retro della proprietà, imboccarono un sentiero con rovi e ortiche da entrambi i lati. Il sentiero era delimitato da querce e si snodava in mezzo a campi ondulati che si diradavano verso le scogliere. In un campo pascolavano le pecore, nell'altro cresceva il granoturco. Quando erano ancora adolescenti, le sorelle correvano spesso nel pascolo e si sdraiavano supine sull'erba a fantasticare sui loro futuri matrimoni e a confidarsi altri sogni nel cassetto. Né la vita dell'una né la vita dell'altra era andata come si erano immaginate a quei tempi.

"Allora, cosa ti succede? Continui a evitare la domanda, ma se dovessi tirare a indovinare, direi che c'entra un'altra donna." Alexandra guardò alla propria sinistra. "Ho ragione?"

Olivia deglutì a fatica, ma non vide motivo di negare l'evidenza. "Hai ragione," rispose con un fil di voce.

"Chi è?"

Olivia si sentì ardere di passione e sorrise senza rendersene conto. Rosie le faceva quell'effetto. "Gestisce un caffè in paese ed è semplicemente… perfetta."

Alexandra rallentò il passo e la prese per un braccio. "Caspita, hai proprio la faccia da ebete." Appoggiò tre dita sulla tempia di Olivia. "Possibile che non ci si possa fidare di te? Hai avuto il permesso di venire qui per alcune settimane. E per cosa? Per innamorarti?" Scosse la testa, come se innamorarsi fosse la cosa peggiore del mondo. "Olivia, devi iniziare a vivere nel mondo vero, non solo nella tua bolla."

Olivia si acciglió. Di che stava parlando? Ciò che provava *era vero*, altroché se lo era. "Hai mai pensato che, di fatto, siamo noi reali a vivere in un mondo non vero?" Fece oscillare il braccio da sinistra a destra. "Guardati intorno: la vita vera è questa."

"Per le persone normali, sì!" Alexandra si fermò. "Ma tu non sei una persona normale. Quando lo capirai? Sei un *membro della famiglia reale*! Vuol dire che non puoi andartene in giro per conto tuo, come nulla fosse. E che devi sposarti con qualcuno all'interno della tua cerchia. Jemima è la scelta perfetta." Chiuse gli occhi per un istante, prima di rimettersi a fissarla. "Ma va' avanti, raccontami di questa donna."

"Da come lo dici, sembra che io non faccia altro che correre dietro all'amore," disse Olivia, infastidita.

"Ti è già successo una volta."

"Sì, una volta! Scusa tanto se mi concedo di innamorarmi. Sei cattiva come nostra madre, lo sai?"

Alexandra non fece una piega. "Allora? Dettagli?"

Olivia resse il suo sguardo. "Si chiama Rosie, ha ventotto anni ed è una delle donne più gentili e intelligenti che abbia mai conosciuto."

"Rosie," ripeté Alexandra sentendo l'amaro in bocca. "Non proprio il nome di un futuro membro della famiglia reale."

"Se solo la conoscessi, sapresti che è diversa. È forte, è una gran lavoratrice ed è bella. E mi fa ridere. Con lei sto al settimo cielo. E mi viene voglia di salire sul tetto di una casa e di gridarlo al mondo intero."

"Non puoi farlo ancora, Olivia! La mamma andrà in crisi. E sei già impegnata con Jemima. Non rendere le cose più difficili di quanto lo sono già. Sapevi che la situazione è quella che è, quando sei venuta qui. E che mi dici dei sentimenti di questa Rosie? Ti sei fermata a considerarli?" Spostò gli occhiali da sole sopra la fronte, accigliata. "Almeno sa chi sei?"

Olivia arrossì violentemente. "Non proprio," mormorò.

"Sei matta da legare. Lo sai, sì?" Alexandra scosse la testa, ma sorrise. "Devi sposarti fra otto settimane. Fai la cosa giusta: segui il protocollo, poi fatti un'amante, come facciamo tutti. L'amore va e viene, ma per un matrimonio reale ci vuole qualcuno che capisca il nostro mondo, una persona di classe. Sono sicura che Rosie è adorabile, ma ha la classe necessaria per stare tra noi? La risposta è no."

"Non la conosci nemmeno!" Come osava escludere Rosie, senza darle neanche una possibilità?

"Non è necessario. Porca miseria, Olivia! La tua bella passa tutto il tempo in un caffè in un paesino della Cornovaglia!" La scrutò ancora da vicino. "Sei stata a letto con lei, vero?"

Olivia annuì lentamente. Le sue guance erano ancora in fiamme. "Stanotte."

Alexandra sospirò ancora. "Allora preparati ad aggiungere ai tuoi titoli quello di Principessa Spezzacuori. Perché è quello che stai per diventare."

Arrivarono alla fine del sentiero, in cima alla scogliera. Il mare in lontananza era un tappeto luccicante di velluto blu. Tutti i loro pensieri si dissolsero davanti a quel magnifico panorama. Lì la natura offriva il meglio di sé.

"Ora capisco perché questo posto attira tanta gente," disse Alexandra. "È bellissimo."

Olivia annuì. "Lo è." *Proprio come Rosie.*

Un guaito ai loro piedi le riportò al momento presente: era una cagnolina. Una Jack Russell. Olivia si chinò ad accarezzarla. "Ciao," lo salutò. Spesso il bello di una visita a palazzo era vedere il branco dei Corgi della madre.

"Biscuit! Torna indietro!"

Era una voce familiare. Quando sollevò lo sguardo, Olivia vide Amy che le correva incontro col guinzaglio in mano. "Biscuit!"

Un principio di panico la mise in modalità allarme. "Voltati e cammina in fretta lungo il sentiero. Lei non deve vederti. A dopo," sussurrò ad Alexandra, che capì al volo e batté in ritirata proprio quando Amy le raggiunse.

"Ciao, Charlie. E lei è..." Amy fece appena in tempo a sbirciare il viso sotto il cappello da sole.

"...mia cugina che ha urgente bisogno del bagno." Olivia rivolse alla buzzurra un sorriso di plastica. L'ultima volta che l'aveva vista, le aveva tenuto la faccia premuta sul panno verde del tavolo da biliardo. Tra loro non correva ancora buon sangue. "Bella la tua cagnolina," aggiunse.

Amy strinse gli occhi, annuendo. "Sì, è bella. Ed è anche svelta a scappare. Un po' come tua cugina. Potrei giurare che assomiglia tantissimo alla Principessa Alexandra. Ma naturalmente non è lei: perché mai una principessa verrebbe qui, nei bassifondi?"

Olivia serrò i denti, il cuore le rimbombava nel petto e sentiva un ronzio nelle orecchie. Alla fine, la verità stava venendo a galla. Ma preferiva che Rosie ne venisse a conoscenza da lei, e non da Amy, quindi non intendeva darsi per vinta.

"Infatti, non è la principessa." Mantenne i nervi saldi. Se l'avesse ammesso, Amy sarebbe corsa a dirlo a Rosie.

L'avrebbe fatto comunque, rifletté. Ma non se lei avesse raggiunto Rosie per prima.

Amy la guardò con aria trionfante e si chinò a raccogliere la cagnolina. "Mi è venuta fame. Guarda caso, è l'ora di pranzo. Sai che faccio? Vado subito al Mark & Maude's. E se Rosie c'è, le dico chi è *davvero* la sua nuova ragazza. Chi le ha *davvero* raccontato un mucchio di balle, solo per portarsela a letto, prima di tornare in fretta e furia a Londra per sposarsi." Scosse la testa, dando a Olivia un'occhiata di puro disprezzo. "Sapevo che non ce la raccontavi giusta, ma questo è un inganno di proporzioni cosmiche."

"Amy…" esordì Olivia. Chiuse le mani a pugno lungo i fianchi per reprimerne il tremito.

"Risparmiati le scuse. Rosie si merita di meglio. Sarai anche una principessa, ma di classe ne hai zero!" Poi si voltò e corse via, stringendo a sé la sua preziosa cagnolina.

Olivia era rimasta a bocca aperta.

Cazzo, cazzo, cazzo!

Le implicazioni di ciò che era appena successo la paralizzarono per qualche istante. Poi finalmente reagì. Doveva arrivare da Rosie prima di Amy. Rosie non poteva saperlo da Amy; era la botta in testa che in fondo si aspettava. L'avrebbe distrutta. E avrebbe distrutto anche lei.

Fece un respiro profondo, si voltò e iniziò a correre lungo il sentiero verso casa.

Sarebbe riuscita a precedere Amy? Sperava tanto di sì.

Capitolo 20

Rosie non aveva tempo di guardare com'era bello il caffè rimesso a nuovo. Da quando era arrivata, un po' stanca, ma comunque piena di energia, aveva un gran da fare.

"Due panini al pollo per il tavolo tre," disse a Gina. "Probabilmente questo è l'ultimo ordine per il pranzo."

"Arrivano subito, capo." Gina le fece l'occhiolino. Non solo era una cuoca favolosa, ma era anche capace di mantenere la calma nelle ore di punta. Rosie sperava che riuscisse a rimanere a Otter Bay. Lavorando con lei quasi ogni giorno, ormai la considerava una di famiglia.

Si fermò un minuto a riprendere fiato. Dei tavoli che lei e Charlie avevano rimesso a nuovo, ne era rimasto libero soltanto uno. Perché non ci era arrivata da sola? Un minimo di lavori di ristrutturazione e di abbellimento, e voilà: il Mark & Maude's stava già per raggiungere il suo massimo potenziale. Questo anche per merito della posizione fantastica – si trovava sulla via principale di Otter Bay – e del servizio molto cordiale. Rosie si lasciò andare a un sorriso. Forse il suo desiderio di vederlo molto affollato si sarebbe trasformato ben presto nel desiderio di vederlo non troppo affollato, per il troppo lavoro.

"Che ti ridi?" chiese Paige, dandole una leggera spinta

spalla contro spalla. Col locale rinnovato, la sorella andava lì a mangiare per poi tornare a scuola nel pomeriggio.

"È per il locale."

"Solo per quello? Sicura?" Paige la scrutò in viso. "Stanotte non hai dormito nel tuo letto." Fece un sorriso a trentadue denti.

Le guance di Rosie andarono in fiamme.

"Scusi?" Un cliente a un tavolo vicino alla vetrina aveva bisogno di qualcosa.

"Perdonami, sorellina. Il dovere mi chiama." Andò dal cliente, sperando che il rossore scemasse alla svelta, e respinse il ricordo insistente della notte prima.

Quando raggiunse il tavolo, colse un rapido movimento fuori dalla vetrina. Di nuovo la Jack Russel.

"Biscuit!" Era la voce di Amy.

Riportò l'attenzione sul cliente, nella fervida speranza che l'ex non entrasse.

Macché! Non fu così fortunata.

Il cliente fece appena in tempo a chiederle il conto prima che la porta si spalancasse. Amy la cercò con gli occhi. "Devo parlarti!" disse, subito dopo averla individuata. "È urgente." Aveva il fiatone, come se fosse arrivata di corsa.

"Non adesso. Ho da fare." Trattenne un sorriso trionfante, ma solo perché Amy era un po' stralunata.

Andò alla cassa e fece lo scontrino per il cliente.

"Dico sul serio, Rosie. È importante." Intanto Biscuit guaiva ai loro piedi in cerca di coccole.

"Pronto per il tavolo tre," disse Gina.

Rosie entrò in cucina per prendere i piatti, ma non poté tornare indietro, perché Amy le sbarrò la strada. Come sempre, la sua ex le dava del filo da torcere.

"Mi fai passare, per favore?" Rosie raddrizzò le spalle.

Amy scosse la testa. "Non ci crederai mai, se ti dico chi ho appena visto vicino al maniero." Fece una pausa. "La Principessa Alexandra!" Mise le mani sui fianchi. "E indovina con chi stava parlando?" Increspò le labbra. "Con la tua nuova ragazza, Charlie. O forse dovrei chiamarla col suo vero nome: la Principessa Olivia."

"Co… cosa stai dicendo?" Rosie avvertì una gelida stretta al cuore. Iniziarono a tremarle le mani. Mise giù i due piatti e inspirò profondamente. "Se è un altro dei tuoi piani per farmi tornare con te, stavolta è davvero troppo."

"Non si tratta di me, Rosie. Né di noi." Amy la guardò negli occhi. "Ti ha mentito. Com'è vero che sono viva e che respiro, Charlie è la Principessa Olivia. Non lo capisci? Altrimenti perché la Principessa Alexandra sarebbe lì? Altrimenti perché starebbe al maniero?"

"Stai dicendo un sacco di stronzate, come al solito," la contraddisse Rosie con la voce rotta. "Vuoi creare scompiglio tra Charlie e me perché sei gelosa."

Dietro di lei, Gina si schiarì la voce. "Li porto io i piatti al tavolo tre." Uscì dalla cucina e si chiuse la porta alle spalle.

"Avanti, Rosie. Non voglio che lei ti faccia stare male. Sai cosa provo per te."

"Non è come dici… Va' via!" Aveva alzato la voce. "Sei tu che mi fai stare male con le tue stupide bugie." Non sopportava più la faccia compiaciuta di Amy. "Vattene."

"Va bene. Ma per favore sappi che io ci sono se hai bisogno di parlare." Ebbe anche l'audacia di appoggiarle una mano sul braccio.

Rosie se la scrollò di dosso. Com'era possibile che un tempo le piacesse farsi toccare da quella donna?

Amy le scoccò un'ultima occhiata, poi girò sui tacchi e uscì dalla cucina.

Rosie si appoggiò al bancone. Le parole di Amy vorticavano nella sua mente. Fece un respiro per riordinare le idee. Ricordò il nome comparso sullo schermo del cellulare di Charlie al mattino: *Alex*. Possibile che fosse davvero la Principessa Alexandra?

No, non era possibile. Altrimenti voleva dire che Charlie le aveva mentito per tutto il tempo. Avevano anche dormito insieme. Charlie non si sarebbe mai presa gioco di lei in quel modo. Era impossibile. Ma ormai il seme del dubbio aveva attecchito.

Paige apparve sulla soglia. "Stai bene? Amy è andata via."

Rosie la guardò. "È venuta a dirmi che secondo lei Charlie è la Principessa Olivia."

Gli occhi della sorella divennero grandi come piattini da caffè. "Ma figurati! Se lo sarà inventata."

"Non lo so." Sbuffò. "Non so cosa pensare. Amy è disposta ad abbassarsi parecchio pur di riavermi, ma non è stupida. Non direbbe mai una cosa del genere, se non fosse vera. È convinta di aver visto la Principessa Alexandra che parlava con Charlie."

"Ma la Principessa Olivia è fidanzata con..." Paige si grattò la testa. "Jemima Bradbury."

"Cos'hai detto? Con chi è fidanzata?" Rosie si aggrappò di più al bancone.

"Jemima Bradbury. Una gallina snob col pedigree."

Rosie si spremette le meningi. Aveva letto quel nome da qualche parte. Dove? Probabilmente su un giornale, se era davvero la fidanzata della Principessa Olivia. No, non lì. Il nome *Jem* era comparso sul cellulare di Charlie quando le aveva mostrato i piatti per il locale che costavano un occhio della testa. Era forse l'abbreviazione di Jemima?

"Merda." Guardò la sorella. "Mi sa che Amy dice la verità." La gelida stretta intorno al cuore era aumentata. Charlie le aveva mentito. Per tre settimane aveva finto di essere qualcun altro.

"Hai lì il cellulare?" le domandò.

Paige annuì e lo tirò fuori dalla tasca.

"Mi cerchi su Google un'immagine della Principessa Olivia?

Paige annuì e iniziò a dare colpetti sullo schermo.

Se era tutto vero, come aveva fatto a non accorgersene?

"Eccola qui." Paige le passò il cellulare.

Rosie osservò lo schermo. Non c'erano dubbi. Bastava togliere a Charlie gli occhiali con la montatura spessa e immaginarla coi capelli più lunghi e la messa in piega, e voilà. Era la stessa donna del ritratto ufficiale del fidanzamento. Rosie avrebbe riconosciuto quegli occhi ovunque, dopo averli guardati così intensamente la notte prima. Ma dei capelli ricci che aveva afferrato tra le dita, quando era stata all'apice del piacere, non v'era traccia. E il sorriso nella foto era solo un accenno del sorriso che le aveva rivolto Charlie poche ore prima, quando si erano salutate.

"È lei." Restituì il cellulare alla sorella. Chinò la testa indietro e fece un respiro profondo. Non c'era da meravigliarsi che Charlie dovesse per forza tornare a Londra. Era per il matrimonio.

Se seguiva la logica del cervello, Rosie doveva credere ad

Amy. La donna che aveva appena visto in fotografia era Charlie. E a far suonare il cellulare che lei aveva portato su di corsa per le scale era stata la Principessa Alexandra, che chiamava la sorella minore, la Principessa Olivia. Se invece dava retta al cuore, non ci credeva che Charlie le avesse mentito così.

Le bastava guardare il caffè rimesso a nuovo, per ricordarsi della gentilezza di Charlie, guardare Gina, che pigiava febbrilmente i tasti della cassa per fare gli scontrini ai clienti, mentre lei era lì impietrita a fissare Paige. Le bastava pensare alla notte precedente per convincersi del buon cuore di Charlie. Eppure, buon cuore o no, Charlie le aveva mentito spudoratamente.

Paige si avvicinò e le mise una mano sulla spalla. "Sei sicura?"

"Guarda la foto e dimmi che non è Charlie." Lanciò un'occhiata disperata alla sorella nella speranza che, osservando la foto della Principessa Olivia, Paige riuscisse miracolosamente a dimostrarle che non si trattava di Charlie. Ossia che Charlie non era fidanzata e non doveva sposarsi. Perché era *quello* che le faceva più male di tutto. Charlie – la Principessa Olivia – non era una single che cercava un po' di pace nelle campagne della Cornovaglia e che, senza volerlo, aveva fatto innamorare di sé una sciocca paesana. Charlie stava insieme a un'altra! Era fidanzatissima. Altro che dirle che Jemima era la sua ex! Aveva mentito non solo a lei, ma anche alla fidanzata.

"È Charlie. Non c'è dubbio." Paige le diede una leggera pacca sulla spalla. "Ci ha abbindolati tutti."

Proprio allora Gina varcò la soglia della cucina. "Rosie, c'è qui una persona che vuole parlarti."

Dietro di lei comparve Charlie.

Vedendola, Rosie sentì formarsi una lacrima. Sbatté le palpebre per ricacciarla indietro. Non intendeva piangere di fronte alla donna che le aveva mentito a sangue freddo, facendosi passare per un'altra. Che aveva cambiato argomento ogni volta che si tirava in ballo la sua famiglia. Che aveva mantenuto un alone di mistero intorno al suo lavoro. Ora tutto quadrava alla perfezione. E lei si era fatta incantare come un'idiota.

"Vuoi che resti qui?" le chiese Paige.

"No, sto bene." Rosie stentava a far uscire le parole di bocca. Aveva un nodo in gola per il dolore. E per la rabbia.

Paige le lasciò sole.

E così, Rosie si ritrovò faccia a faccia con la donna davanti alla quale aveva messo a nudo il proprio cuore. Le aveva parlato dei genitori, di cosa voleva fare della propria vita. Aveva fatto l'amore con lei. Ma in quell'istante, nulla di tutto ciò che era stato aveva più senso.

Capitolo 21

"Rosie, posso spiegarti tutto," esordì Olivia, pur dubitando che fosse davvero possibile. Aveva le guance in fiamme e la mano destra stretta a pugno lungo il fianco.

"Ah sì?" Col tono di voce basso, controllato, Rosie sembrava così diversa rispetto a poche ore prima, quando era ancora tutta nuda addosso a Olivia. Si aggrappò al banco della cucina come per sostenersi. "Allora dimmi. Spiegami tutto, *Olivia*." Sibilò il nome tremando dalla rabbia.

La principessa chinò la testa. "Immagino che Amy sia arrivata prima di me." Si ritrasse involontariamente: il volto di Rosie si era indurito più della pietra.

"È per quello che vi siete precipitate qui, tutte e due? Era una corsa per vedere chi riusciva a dire alla piccola Rosie, la scema di turno, che la donna di cui si è innamorata, la donna con cui ha fatto l'amore ieri notte, in realtà non è chi le ha detto di essere?" Ora stava gridando. "Ma soprattutto, che in realtà è *fidanzata e deve sposarsi?*"

Olivia ebbe un tuffo al cuore. Detto così, sembrava una cosa brutta. Perché, in effetti, era una cosa brutta.

"Rosie, non è come sembra."

"Ah no?!" Ormai aveva perso il controllo, le sue emozioni

trapelavano da ogni singola parola. "Allora, dimmi com'è, *principessa*."

Olivia sussultò. Odiava essere chiamata "principessa".

"Ascoltami, Rosie. È vero, ti ho mentito. Mi dispiace. Ma devi vederla anche dal mio punto di vista. Io non lo voglio, questo matrimonio. Mi serviva del tempo per pensare, per capire…"

"…e per rotolarti un'ultima volta nel fieno, con una scema ignara di tutto, prima di vincolarti col matrimonio!" Il suo sguardo tagliente squarciò le difese di Olivia.

"No, non è così. Sono venuta qui per allontanarmi dalla follia che è la mia vita in questo momento."

"*Uee uee!* La povera ragazzina ricca che soffre tanto. Ma smettila!"

Okay, se lo meritava. "Non ti chiedo di metterti nei miei panni, solo di ascoltarmi. Quando sono arrivata qui, se mi fossi presentata con un 'Ciao, sono la Principessa Olivia', nessuno avrebbe mai parlato con me, e la stampa mi sarebbe stata addosso nel giro di poco tempo."

"Così hai preferito mentire spudoratamente, dicendomi di essere qualcun altro."

"Se non l'avessi fatto, tu non avresti mai parlato con me! Era il solo modo che avevo per starti accanto." Olivia fece un respiro profondo, cercando di stare calma, ma non era facile. Nelle zone di guerra aveva sempre mantenuto il controllo. Non si era mai lasciata turbare dalle bombe. Ma la delusione di Rosie, quella sì, la stava destabilizzando.

Correva il pericolo di crollare lì, davanti a tutti. "Volevo essere una persona comune, così ho usato il soprannome che mi hanno dato nell'esercito, Charlie. E ha funzionato. Tu hai parlato con me. Mi sei piaciuta subito. Mi piaci ancora, mi piaci davvero. Ogni altra cosa che ti ho detto è la verità. Tutto, Rosie, devi credermi."

Rosie strinse gli occhi, guardando Olivia come se fosse sudiciume sotto le sue scarpe. Come se volesse solo liberarsi di lei, scacciarla fuori dalla sua vita e non rivederla mai più.

"Devo crederti? Hai una bella faccia tosta. Mi hai mentito per un mese intero, mi hai illusa, mi hai lusingata e alla fine hai pure fatto sesso con me, ieri sera." Stava tremando, aveva le pupille dilatate. "Di' un po'... Era una scommessa coi tuoi amici snob? Magari con la tua fidanzata? Che ne so io, di come funziona il tuo mondo..."

"Come funziona il mio mondo? Cosa intendi dire? Funziona come il tuo."

Rosie fece una smorfia. "Sappiamo entrambe che non è vero." La fissò. "Vuoi dire davvero che *questo* mondo," proseguì, indicando con una mano ciò che avevano intorno, "è tale e quale a quello da cui provieni? Ti capita spesso di stare in cucina con la plebaglia?"

Olivia abbassò la testa. Sapeva di avere già perso. Perché Rosie avrebbe dovuto ascoltarla? Non se lo meritava.

"Era una scommessa? Rispondi."

Olivia strinse i denti. "Non so che intendi dire." Perché Rosie insisteva con la scommessa?

"Un'occasione per spassartela come fanno i reali? Un'occasione per portarti a letto qualcuno prima del gran giorno? Per giocare un'ultima volta con una plebea, prima di sistemarti nell'aristocrazia?"

Olivia scosse tristemente il capo. "Sai che non è così."

Davvero Rosie lo sapeva? O dubitava di tutto? "In queste ultime settimane ho capito che potrei vivere diversamente. Ero venuta qui per fuggire dalla mia realtà, per stare sola. Non avrei mai immaginato di conoscere qualcuno come te. E se ti avessi detto la verità, non mi avresti mai trattata come una persona comune." Si schiarì la voce, il cuore le martellava nel petto. "Mi sono innamorata di te, Rosie. È vero, credimi."

Proprio allora Gina si affacciò dalla porta. "Scusate per l'interruzione," disse, esitante, "ma ho bisogno della cucina per preparare degli ordini".

"Non preoccuparti. Lei sta andando via," disse Rosie, senza prendere minimamente in considerazione cosa le aveva appena detto la principessa.

"E se non te ne vai alla svelta, ti butto fuori io," disse un'altra voce. Olivia si girò e vide Hilary con le braccia conserte sulla soglia della cucina, con Paige accanto. L'intera famiglia cui si era affezionata la stava guardando con profondo disprezzo.

Ben fatto, Olivia! Da brava reale, aveva incasinato tutto alla grande.

Alzò le mani coi palmi rivolti verso Rosie, come se la bionda le stesse puntando una pistola. "Me ne vado, ho capito che non sono più la benvenuta. Ma pensa a quello che ti ho detto. Non sono mai stata più felice che in quest'ultimo mese. E so che avrei dovuto dirti chi sono, ma non potevo. Tutto il resto – quello che ti ho detto, che abbiamo condiviso – è la verità." Sostenne lo sguardo di Rosie, sentendosi le lacrime agli occhi. "In questo mese mi hai mostrato com'è la vita vera, e non sono mai stata più felice. Io non voglio sposare Jemima. Voglio restare qui."

Rosie sgranò gli occhi. "E dimmi, intendi farlo? Intendi

andare a casa, dirlo ai tuoi genitori, e poi tornare a vivere a Otter Bay?"

Olivia chinò la testa. Non osava guardare Rosie negli occhi. Alexandra aveva ragione. Viveva nella propria bolla. Solo adesso capiva che con Rosie non avrebbe mai funzionato.

"Appunto. Non lo faresti mai." Rosie emise un lungo respiro, ricomponendosi. "Quindi, dici una cosa, ma per quanto tu ne sia convinta, la realtà è un'altra. Sei già fidanzata e sei una principessa. E da lì non si scappa. Torna a casa, Olivia. Tu e le tue bugie, via di qui. Torna alla tua vita e dimentica che ci siamo conosciute. È ciò che intendo fare io."

"Davvero?" Olivia scosse la testa. Le mancava il respiro. "Non possiamo riprovarci? Vedere se riusciamo a stare insieme? Non puoi concedermi del tempo per sistemare le cose?

Ma Rosie non ne voleva sapere. "Sappiamo entrambe che non succederà. La principessa e la proprietaria di un caffè." Tirò indietro la testa. "Non ho neanche una laurea, per la miseria."

"Ce l'hai invece. Sei capace di affrontare il mondo."

"Ce l'hai anche tu. Sei capace di mentire. Il che dovrebbe metterci sullo stesso piano, o quasi, non credi?"

Colpita e affondata. Olivia raddrizzò la schiena e si voltò per andarsene. Quando mosse il primo passo verso la porta, Rosie si schiarì la voce.

"Sai, ho avuto giorni bui nella mia breve vita. Quando mi è arrivata la notizia sui miei genitori è stato particolarmente straziante. Ma questo? Questo è anche peggio. Brava, bravissima. Hai detto che volevi lasciarmi qualcosa che mi ricordasse di te. Mi hai spezzato il cuore e mi hai mentito, come non ha mai fatto nessun'altra. Hai raggiunto il tuo obiettivo."

* * *

Uscire dal caffè era stato un vero incubo, per Olivia: ogni singolo cliente impugnava il cellulare e aveva immortalato il suo viso affranto mentre lei correva via, incapace di sopportare la condanna di Rosie. Le parole della bionda le avevano straziato l'anima come fendenti di una lama affilata.

Il problema era che se lo meritava. Pur sentendosi a posto col cuore, sapeva di avere torto marcio. Se fosse stata nei panni di Rosie, probabilmente avrebbe reagito nello stesso modo. Il che non rendeva le cose più facili.

Quando si era fiondata fuori dal Mark & Maude's, Connie era sulla soglia della boutique e per l'ennesima volta aveva cercato di venderle la camicetta. Olivia non l'aveva degnata di uno sguardo. Aveva superato di corsa il negozio di surf in cui non era mai entrata, il caffè-bar dei genitori di Amy, il macellaio e il supermercato. Tutti posti a cui si era abituata, al punto da considerare Otter Bay una casa provvisoria. Ma senza dubbio, dopo quello che aveva fatto, sarebbe stata bandita da lì, per sempre. Perché mentire a Rosie e spezzarle il cuore significava mentire a tutto il paese.

Ormai il suo nome era infangato.

Continuò a correre fino al maniero, sia per scaricare tutta la tensione che aveva in corpo, sia per fuggire da quell'incubo il prima possibile. Perché adesso tutto il paese lo sapeva, ed era solo questione di tempo prima che lo sapesse anche il mondo intero. Al solo pensiero provò una morsa allo stomaco.

Quando imboccò la via che portava al viale di accesso del maniero, vide una fila di macchine parcheggiate.

Merda.

Avvicinandosi, riconobbe che erano giornalisti.

Evidentemente, le notizie viaggiavano più rapide di quanto lei riuscisse a correre.

Due uomini in jeans e camicia le misero il microfono davanti alla bocca: lei alzò una mano, coprendosi la faccia in modo che non potessero riprenderla bene. Si rifugiò nella proprietà, sbattendo l'alto cancello di ferro nero alle sue spalle. Corse lungo il viale di ghiaia, ma a metà strada inciampò e cadde a terra, lasciandosi sfuggire un grido di dolore. Aveva preso una botta al ginocchio sinistro. Quando abbassò lo sguardo, vide una macchia di sangue trasparire dai jeans. Dietro di lei, le macchine fotografiche ronzarono furiose, inquadrandola attraverso le sbarre. Le mancava solo quello: di lì a pochi minuti sarebbe stata su tutti i social media. E pensare che il mattino stesso si era svegliata con Rosie tra le braccia. O forse era stato in un'altra vita.

Ora piangeva senza ritegno, rendendosi conto dell'enormità di ciò che aveva fatto. Anche se il ginocchio protestava, si alzò e proseguì, senza mai voltarsi a dare retta agli uomini e alle donne che la chiamavano a gran voce. Quando arrivò alla porta di casa, Alexandra, che la stava aspettando, le rivolse un'occhiata che lei non seppe decifrare.

Se avesse iniziato a sgridarla, Olivia sarebbe crollata. Lo sapeva già, di aver combinato un gran pasticcio. Non c'era bisogno che Alexandra glielo ricordasse. Ma Alexandra era ligia al dovere, mentre Olivia l'aveva trascurato. Si preparò all'inevitabile strigliata.

E invece no. Alexandra la tirò dentro nel corridoio, chiuse la porta e l'abbracciò in silenzio.

Fu un gesto tanto comprensivo, tanto inatteso da coglierla del tutto alla sprovvista. Tenendola tra le braccia, la sorella si scostò un poco e le diede un bacio su una guancia. E fu allora che Olivia crollò. Finalmente si lasciò andare a un pianto a dirotto, e i suoi singhiozzi riecheggiarono nel lungo corridoio e nelle stanze adiacenti. Avvolta in quell'abbraccio, sentì il cuore frantumarsi in mille pezzettini. Il mese appena trascorso sfrecciò nella sua mente: la spiaggia, il karaoke, la cena, il caffè, la notte precedente.

Tutto riguardava Rosie. Tutto era ormai passato.

Era stata tutta una bugia, vero? Una fantasia in cui aveva voluto credere. Ora sapeva che Alexandra aveva ragione.

E a giudicare da come l'aveva guardata, Rosie faceva sul serio: intendeva davvero sradicarla dalla propria memoria, dimenticarsi di tutto ciò che avevano vissuto insieme.

Ci sarebbe riuscita anche lei?

Fece un respiro profondo e indietreggiò, posando le mani sugli avambracci della sorella.

Lo sguardo di Alexandra era carico di compassione. Nella mente di Olivia, affiorò un vago ricordo di una situazione analoga nella vita della sorella. La Rosie di Alexandra era stato un uomo di nome Dean. Allora, l'improvviso slancio di empatia e di amore di Alexandra derivava da lì? Stava pensando anche lei al suo amore perduto? All'uomo che aveva amato alla follia prima di doversi accasare con Miles?

"Tu non la fai mai facile, vero?"

Olivia scosse la testa. Aveva l'aria esausta. Tirò sul col naso e si stropicciò gli occhi. "Sembra proprio di no."

"Ho già chiamato l'Ufficio Stampa del Palazzo. Si faranno venire in mente una strategia per limitare i danni, che però vale per il resto del mondo, non tra le mura del palazzo."

Olivia annuì, impassibile. "Lo so." Avrebbe affrontato la

madre e Jemima quando sarebbe arrivato il momento. Adesso non aveva la testa per farlo.

Alexandra si strofinò un braccio e si morse un labbro. "Ti va di fare i bagagli, così ce ne andiamo di qui?"

Olivia annuì. Dopotutto, non aveva più motivo di restare. "Dammi mezz'ora, poi vediamo come superare la barricata di giornalisti."

Capitolo 22

Rosie passò un dito sul bordo sottile del menù nuovo. Le cadde l'occhio su una voce alla quale non era ancora abituata: *Insalata di halloumi con cipollotti e pane piatto.* L'ultima volta che era venuta lì a pranzo, Charlie se l'era gustata. Aveva schioccato le labbra in modo decisamente poco, anzi per nulla, principesco. Era stata lei a suggerire di inserirla nel menù nuovo del Mark & Maude's. E ora eccola lì, su quel pezzo di carta plastificata, quasi a voler schernire Rosie. Persino il suo stesso caffè le ricordava Charlie, la principessa bugiarda e spezzacuori.

"Sono proprio belli," disse Hilary e prese un menù per esaminarlo, neanche fosse la prima volta che lo vedeva. "Hai fatto un gran bel lavoro, Rosie." Appoggiò una mano sulla spalla della nipote.

Lei sospirò. *Giusto perché sono andata a letto con una principessa.* Ma doveva smetterla di piangersi addosso. Charlie – anzi no, Olivia – se n'era andata. Il sogno poteva anche essere diventato un incubo, ma almeno era finito. Non le restava altro che lasciarselo alle spalle e andare avanti. Godersi il locale rimesso a nuovo.

Più facile a dirsi che a farsi.

"Ti va un bel cappuccino?" La mano della zia indugiava ancora sulla sua spalla.

"Sì, grazie." Cercò di sorridere, ma non ci riuscì.

La zia le diede una leggera pacca, poi si diresse alla macchina del caffè.

In quel mentre, dalla porta d'ingresso entrò un addetto alle consegne. Aveva parcheggiato il furgone davanti al locale.

"Ci sono due pacchi per Rosie Perkins."

Lei non aspettava consegne per quel giorno.

"Rosie sono io," disse all'uomo.

"Mi fai un po' di posto, tesoro? Ho della merce fragile per te."

Merce fragile? Rosie si grattò la testa, poi tolse i coperti dal tavolo più vicino alla porta.

Pochi minuti dopo, l'uomo portò dentro due scatoloni e li mise lì, uno di fianco all'altro.

"Puoi firmare qui, per favore?"

Rosie firmò la bolla di consegna, anche se non sapeva cosa ci fosse nei pacchi.

"Cosa sono?" domandò Hilary, dandole il cappuccino.

"Ne so quanto te."

"Vado a prendere un taglierino, così vediamo."

Rosie sorseggiò il cappuccino mentre osservava gli scatoloni. Vide un'etichetta sul fianco. *Cooking Up A Storm*, c'era scritto, con sotto un indirizzo e un numero di telefono. Non le diceva niente.

"Ecco qui." Hilary praticò un taglio lungo il nastro adesivo del primo scatolone. Scostò le due ali e sbirciò dentro. "Caspita, che belli!" Rovistò all'interno e, facendo frusciare il materiale da imballaggio, estrasse un piatto con una complessa decorazione azzurra.

Rosie si sentì sprofondare. Appoggiò la tazza di cappuccino

sul tavolo, perché le tremavano le mani. "Non ti ci affezionare troppo. Dobbiamo rimandarli indietro."

"Li hanno portati qui per sbaglio?" Hilary premette le labbra a formare una linea sottile e guardò meglio il piatto che aveva in mano. "Sembrano un po' costosetti, devo dire."

"Deve averli mandati Charlie… cioè, *la Principessa Olivia*. Non possiamo tenerli."

"Ah."

Rosie fissò la zia che stava ancora esaminando il piatto. Era stata una magnifica giornata, quella in cui Charlie le aveva mostrato il sito web coi piatti che costavano trentacinque sterline l'uno. Quando li aveva ordinati? Rosie credeva di averle detto chiaro e tondo che erano troppo cari e che non li voleva. Ma forse le principesse non erano abituate ad ascoltare le opinioni altrui e facevano sempre e solo quello che volevano loro.

"Allora, dobbiamo proprio rimandarli indietro?"

Rosie annuì. Avrebbe lasciato che se ne occupasse la zia, perché lei non voleva nemmeno toccarli. Erano solo un altro ricordo dell'inganno di Charlie.

In quel momento, arrivò Gina. Era tutta sorridente e sventolava una grande busta marrone. "Indovinate cos'è?"

Dunque, era il mattino delle sorprese. Quella di Gina era facile da indovinare. Ma Rosie sperava che non ne arrivassero altre.

"Hai passato il test per la cittadinanza." Stavolta sorrise, e fu un sorriso spontaneo, perché le faceva un immenso piacere che ci fosse riuscita… e quindi che restasse a lavorare al caffè.

La cuoca non riusciva a contenersi dalla gioia. Saltellava

su e giù, con la busta stretta al cuore. Non che riuscisse a sollevarsi molto da terra – con la sua mole era impossibile. Guardandola, Rosie si sentì un po' meglio. "Sì, l'ho passato! E quindi ho anche un nuovo permesso di lavoro," disse Gina, avvicinandosi e abbracciandola forte. "È un miracolo."

"Mmh…" Rosie si sentiva combattuta tra la gratitudine e il disprezzo nei confronti di Charlie. *A quanto pare, per una reale è facile ottenere tutto ciò che vuole!*

"Sono contenta per te," disse, quando Gina la lasciò andare.

"So che adesso non vuoi neanche sentirla nominare, ma io lo devo a Charlie."

"Alla Principessa Olivia, vorrai dire," la corresse Hilary.

"Per me è Charlie. Ho conosciuto lei, non la principessa. E Charlie è una donna generosa, sincera e con un cuore grande."

"Sì, soprattutto sincera," la schernì Rosie. "Per come l'ho conosciuta io, è bugiarda e fedifraga."

Gina inclinò la testa. "Non nego che ti ha fatto stare tanto male, ma questo," e indicò la busta, "per me è molto importante. Mi cambia davvero la vita. Charlie mi ha aiutata, è successo grazie a lei. Una bugiarda e fedifraga non si comporta così. Una brava persona sì."

Rosie fece spallucce. "Probabilmente ha solo dovuto fare una telefonata."

Gina prese un menù nuovo da un tavolo. "E questo, allora?" Poi indicò le pareti imbiancate da poco. "Guarda tutte le cose che prima di lei non c'erano, e dimmi ancora che è una persona senza un briciolo di bontà nel cuore."

Rosie chiuse gli occhi un momento. Vero, Charlie aveva lasciato segni tangibili della sua bontà d'animo. Non poteva negarlo. Ma le aveva anche calpestato il cuore, raccontandole un mucchio di bugie.

"È fidanzata e sta per sposarsi, Gina. Non ci sono scuse per non avermi detto cose così importanti."

Hilary tornò al suo fianco. Prese la tazza di cappuccino e gliela porse. "Si raffredda, cara." E riappoggiò una mano sulla sua spalla, come per consolarla. Quando percepiva il dolore suo o di Paige, diventava fin troppo affettuosa nei loro confronti. Rosie notò che non le aveva toccato le spalle così tanto da quando i genitori erano morti.

"Puoi telefonare tu al negozio da cui arrivano questi piatti, per favore?" le domandò. Per lei era impossibile fare quella chiamata. "Di' loro che facciamo il reso. Paghiamo noi i costi di spedizione."

"Consideralo già fatto," disse la zia.

"Rosie, senti, lo so che stai male, e una festa è fuori questione. Ma io vorrei comunque fare qualcosa per festeggiare."

Rosie scosse la testa. "Ma certo, Gina, certo che possiamo festeggiare che hai superato il test. A una condizione: niente più *Charlie e quant'è meravigliosa Charlie*, okay? Non voglio più sentir parlare di lei. Almeno per un po'."

"Affare fatto." Gina annuì e andò in cucina.

Rosie vide Hilary chinarsi su uno scatolone. Probabilmente stava cercando il numero di telefono sull'etichetta.

Fece un respiro profondo. Se ci fosse stata un'altra persona o cosa o situazione che le avesse ricordato ancora Charlie quel giorno, sarebbe davvero scoppiata a piangere davanti a tutti.

* * *

"In paese parlano tutti della Principessa Olivia," fu la prima cosa che disse Paige, senza neanche salutare, quando entrò nel caffè. Arrivava da scuola. "Ho appena visto un video di lei su YouTube. Non sembra molto felice di sposarsi."

"Per favore, non mettertici anche tu. È già abbastanza fastidioso che ci siano giornalisti in tutta Otter Bay." Rosie sospirò. "Possiamo fare uno sforzo, per favore, e passare almeno un giorno senza nominare Charlie?" Aveva problemi a riferirsi a lei senza usare il soprannome. Ogni volta che si ricordava che Charlie e la Principessa Olivia erano la stessa persona, si sentiva come nel momento in cui Charlie era uscita dal caffè per sempre. Era stato un momento terribile, un doppio shock: non solo le si era spezzato il cuore, ma aveva anche appreso una scomoda verità. In più, aveva dovuto elaborare tutto in una volta sola.

Charlie non poteva dirglielo subito?

Il cellulare nella tasca vibrò. L'aveva messo in modalità silenziosa, per non far sapere all'intero locale che riceveva messaggi in continuazione. Guardò lo schermo. Di nuovo Charlie: *Perdonami. Mi manchi.*

Le venne in mente la notifica del messaggio di Jemima, il giorno in cui stavano guardando i piatti e le posate costose. Cosa c'era scritto? Magari che a Jemima mancava Charlie? Mentre Charlie era impegnata a flirtare con un'altra, e aveva definito Jemima la sua "ex molto insistente"? Quando aveva visto il messaggio, Charlie si era un po' preoccupata. *Forse.* Perché, non appena aveva riportato gli occhi su Rosie, tutta quella preoccupazione era sparita. Era una principessa doppiogiochista, altroché se lo era.

"Allora non te le faccio neanche vedere." Paige stava fissando lo schermo del cellulare.

Un'altra guerra si scatenò in Rosie. E se avesse dato anche solo un'occhiata veloce al viso di Charlie? No! Gliel'avevano già ricordata abbastanza per quel giorno. Anzi no, per tutta la vita.

Paige si sedette, scuotendo la testa. "Faccio fatica a riconoscerla."

La sorella si era fatta prendere la mano dalla faccenda. Rosie però non poteva fargliene una colpa. Probabilmente tutti i suoi compagni di classe seguivano il fidanzamento dei reali, e quindi i pettegolezzi sulla presenza di Charlie – no, della Principessa Olivia – a Otter Bay.

"Fa' vedere," disse infine. Si sedette vicino a lei e guardarono insieme lo schermo.

Vide un'immagine a figura intera di quella che doveva essere Charlie insieme a Jemima, con un giardino verdissimo e ben curato, sullo sfondo. Paige aveva ragione. Anche Rosie stentava a riconoscerla. La donna nella foto, la Principessa Olivia, aveva solo una vaga somiglianza con Charlie. Una bambola elegante. Niente jeans attillati e scarpe da ginnastica. I bei ricci naturali erano stati disciplinati da una messa in piega che faceva sembrare i capelli più lunghi, ma anche più noiosi. E il loro colore non era ramato, bensì castano. Anche gli occhiali erano spariti. Solo gli occhi verdi c'erano ancora. Ma non avevano più quella scintilla che aveva incantato Rosie. Erano spenti, come del resto il sorriso forzato, che pareva dipinto ad arte sul viso.

Di Jemima, Rosie notò le gambe lunghe e i lineamenti delicati. Insomma, era il suo esatto contrario. Eppure era Jemima la donna che Charlie – no, la Principessa Olivia – avrebbe sposato. *Che bugiarda del cazzo.*

Obiettivamente, Jemima era molto bella, ma anche nel suo sguardo mancava qualcosa. La gioia, forse. *Comprensibile, se la tua fidanzata ti tradisce.* Per un breve istante, Rosie si sentì dispiaciuta per lei. Poi provò una fitta di gelosia, perché era Jemima che Charlie – no, la Principessa Olivia – teneva per mano e con cui di notte… No. Scacciò quel pensiero. Distolse gli occhi dallo schermo. Le faceva troppo male vedere la donna che amava così agghindata, e pure con un'altra.

"Sai che forse non si sposano?" disse Paige.

Come gran parte della nazione, Rosie aveva guardato ogni singolo matrimonio dei reali alla televisione. Ma le riusciva difficile anche solo immaginare di guardare quello. Avrebbe dovuto trovarsi qualcosa di divertente da fare quel giorno. Preferibilmente in un altro continente, in un posto dove a nessuno fregava niente di una principessa inglese che si sposava.

"E invece dovrebbero. Se quella Jemima, dopo che Charlie l'ha tradita, vuole ancora sposarla, eh be', si meritano l'un l'altra."

"Ma non sarà facile per Charlie."

Rosie guardò negli occhi la sorella. "Per favore, non cominciare anche tu."

Paige fece spallucce. "È vero."

"Potrebbe benissimo essere vero, ma se io voglio andare avanti con la mia vita, non devo più sentirmi dire quanto è meravigliosa Charlie, e quanto dev'essere difficile per lei sposare *quella*. Non è altrettanto difficile per me accettare questa situazione?" Si pentì all'istante per aver gridato con la sorella. "Scusami." Avvolse Paige in un abbraccio. "Non volevo prendermela con te. Non è colpa tua."

Ma Paige non se l'era presa minimamente. "Non ti preoccupare." Mise via il cellulare e si guardò intorno. "Quant'è bello questo posto adesso, eh?"

Rosie non disse nulla. Sapeva che non l'aveva detto apposta. Ma adesso persino il caffè, che era stato della mamma e del papà, dove si erano generati tanti dei suoi ricordi più belli, anche quello le ricordava Charlie – no, la Principessa Olivia. Solo che Rosie non la conosceva, la Principessa Olivia. Conosceva solo Charlie. Che era un'ex ufficiale dell'esercito. Giusto quel mattino, mentre dava una scorsa a uno dei giornali che metteva a disposizione dei clienti, Rosie aveva letto di sfuggita alcune parole di un articolo sul periodo nell'esercito della Principessa Olivia. Almeno su quello non era stata ingannata. La principessa aveva prestato servizio nell'esercito e i suoi commilitoni l'avevano soprannominata Charlie.

Charlie era la donna che Rosie aveva perso. La Principessa Olivia era quella che disprezzava.

Capitolo 23

Erano tornate a Londra con l'autista e la macchina di Alexandra. I vetri fumé avevano nascosto ai giornalisti i loro visi preoccupati. Il viaggio era stato silenzioso. Alexandra si era persa nei suoi pensieri, mentre Olivia, al contrario, si era imposta di non ripensare più a ciò che era stato. Dopo il torrente di emozioni del mattino, il movimento ritmico della macchina le aveva dato sollievo. Possibile che combinasse un casino ogni volta che si innamorava? Era forse destinata a fare sempre gli stessi errori? Ogni probabilità era contro di lei.

La sua tenuta nel Surrey era assediata dai giornalisti, motivo per cui l'Ufficio Stampa del Palazzo le aveva dato istruzioni di restare lontana, trasferendosi provvisoriamente in centro, a Londra, dalla sorella. Alexandra e Miles abitavano in una casa molto più spaziosa e sicura della sua. Alexandra non aveva fatto obiezioni, quindi, adesso, Olivia era distesa sul letto, in una delle suite degli ospiti, a fissare il soffitto con le intricate cornici e il rosone color crema.

Nulla aveva più importanza.

Quando chiudeva gli occhi, vedeva solo l'espressione addolorata sul viso di Rosie.

Quando deglutiva, sentiva l'amaro in bocca del rimpianto.

Aveva chiesto perdono a Rosie con una fila di messaggi. Le aveva mandato i piatti decorati di azzurro che avevano guardato insieme. Niente. Rosie non rispondeva.

La notte precedente era rimasta sveglia fino alle prime ore del mattino, avvolta in una coperta di sogni infranti.

Qualcuno bussò alla porta, interrompendo i suoi pensieri. "Chi è?" domandò dopo aver lasciato passare qualche secondo.

"Sono io," rispose Alexandra.

Olivia mise giù le gambe dal letto e si alzò. "Entra pure."

Aveva passato il primo pomeriggio a mettersi in posa insieme a Jemima col sorriso di plastica. Risultato: un enorme disagio e una serie di foto innaturali, che senza dubbio erano già state pubblicate ovunque. Lei però non le aveva neanche guardate. Evitava i notiziari e i social media come la peste. Jemima era stata gelida nei suoi confronti. E Olivia si era resa conto di non aderire alle aspettative di nessuna delle donne con cui aveva a che fare: Rosie, la fidanzata e la madre. Non aveva avuto modo di parlare con Jemima, da sola, ma sapeva che avrebbe dovuto farlo entro breve.

La sorella entrò. Indossava dei pantaloni comodi e un top nero elegante. "Hai ritinto i capelli del tuo solito colore."

Olivia fece spallucce. "Non sono più Charlie, giusto? È ora di tornare la Principessa Olivia, che ha i capelli castani."

"Eh sì." Alexandra raggiunse l'alto camino di legno sulla destra della stanza, poi si girò a guardarla con un sorriso.

Olivia si irrigidì. "Perché quella faccia?"

"Cosa preferisci: le brutte notizie o le pessime notizie?" Non attese la risposta. "Partiamo con le pessime: la mamma ti aspetta a cena a palazzo."

Olivia controllò l'orologio. La cena era sempre alle sette e trenta, quindi le restavano tre ore. Non era molto tempo. "Okay. E il resto?"

"La macchina arriva tra un'ora. Penelope viene per aggiornarti durante il tragitto." Penelope era la direttrice dell'Ufficio Stampa del Palazzo.

Olivia si sentì avvolgere da una cappa buia. "Giusto, ci sta."

"E dopo queste due belle avventure con Penelope e la mamma, Jemima ti aspetta nel salone per un drink dopo cena, così potete parlare."

"Nostra madre l'ha invitata a palazzo?" Secondo Olivia, Jemima non piaceva affatto a sua madre. Le piaceva solo ciò che rappresentava.

Alexandra annuì. "Perché possiate mettere una pezza alle 'incomprensioni' che la stampa potrebbe far circolare."

"Gesù!"

"No, lui non ci sarà."

"Possiamo sempre invitarlo all'ultimo momento."

"Almeno non hai perso il senso dell'umorismo." Alexandra fece un sorriso triste. "C'è un'altra cosa che non so se vuoi sapere. Io te la dico lo stesso. Meglio che tu ne sia al corrente prima di incontrare Jemima."

"E sarebbe?" Olivia trattenne il respiro. "Rosie sta bene?" Si sentì gelare il sangue.

"Non c'entra con lei. Be', non direttamente." Si schiarì la voce. "Ricordi quando scherzavo sul fatto che tu potessi acquisire un nuovo titolo, dopo quanto è successo? Principessa Spezzacuori? Ecco, la mia previsione purtroppo si è avverata. È un hashtag che va molto, adesso." Si morse l'interno della guancia. "Ci sono anche altre versioni molto meno lusinghiere."

"Perché, *Principessa Spezzacuori* lo è?"

"Rispetto alle altre versioni, sì."

Olivia sbuffò. "Grazie. Almeno so cosa mi aspetta."

La sorella la stava ancora fissando. Il gelido sguardo verde restava incollato al suo. "C'è un'ultima cosa."

"Che altro?"

"Stanno assediando Rosie. Vogliono la sua versione dei fatti."

Adesso Olivia era tutta orecchi. Non voleva che Rosie soffrisse, perché Rosie non aveva fatto niente di male. Il resto erano tutte sciocchezze.

"Finora non ha detto niente, eccetto che eravate solo buone amiche. Ma sanno già che è lesbica, perché c'è la sua ex che lo dice a tutti. Magari dille qualcosa, giusto per contenere i danni. Se non lo fai tu, lo farà Penelope."

Olivia tornò a sedersi sul letto. La reazione di Amy non la sorprendeva minimamente. Ma neanche quella di Rosie: pur essendo la parte lesa, la stava proteggendo.

Che ci fosse ancora speranza?

O forse Rosie era solo una persona riservata, che ci teneva a lasciare la sua vita privata così com'era: appunto, privata.

Alexandra raggiunse l'antico mobiletto dei liquori nell'angolo. Tirò fuori due bicchieri di cristallo e una bottiglia di GlenDronach. Ne versò una dose generosa per sé e una altrettanto generosa per Olivia, senza neanche chiederle se lo voleva; poi si sedette accanto a lei. Ne bevvero entrambe un lungo sorso, in silenzio.

"È stato così con Dean?"

Alexandra abbassò la testa e bevve altro whisky. "Esattamente lo stesso. Tranne che io lo vedevo comunque ogni giorno."

Dean era stato il direttore del Personale di Servizio del Palazzo.

"Finché nostra madre non l'ha licenziato," aggiunse Olivia.

Lo sguardo della sorella era perso nei ricordi. "Sì." Mise una mano sulla coscia di Olivia e le diede una stretta. "Ricordo bene cosa ti ho detto a Otter Bay, ma vedendoti in questi ultimi due giorni... Non so." Girò la testa e deglutì. "Non ha funzionato per me. Io devo vivere il sogno di qualcun altro. Ma una di noi due dovrebbe essere felice. Qualsiasi cosa decidi, sappi che sarò al tuo fianco."

Olivia ricambiò, stringendole la mano.

* * *

La cena coi genitori era stata una faccenda artificiosa, ma Alexandra aveva mantenuto fede alla sua parola e l'aveva sostenuta per tutto il tempo. La regina era stata inopportuna, sottolineando il dovere, la tradizione e i giuramenti dei reali. Ma Olivia, dal canto suo, non aveva prestato nessun giuramento. Aveva solo avuto la sfortuna di nascere in una famiglia reale.

La madre proprio non era riuscita a tenere a freno la lingua.

"Non sai quanto sei fortunata!" aveva detto, dopo essere rimasta in silenzio per cinque minuti buoni. "Non devi neanche essere regina. Tua sorella avrà questo onore. Il tuo dovere è di essere presentabile e avere una moglie trofeo al braccio. Ma soprattutto, devi comportarti come un membro della famiglia reale e produrre un erede che prenda il tuo posto. La famiglia reale esige rispetto, e tu devi iniziare ad averlo." Si spostò avanti sulla sedia, per l'ultima tirata. "Devi sposarti con Jemima, perché se non lo fai indebolisci la corona, e quindi indebolisci me."

Ecco il nocciolo della questione: se c'era una cosa che la madre non sopportava, era mostrare debolezza.

E il colpo di grazia? Il padre aveva mosso la testa in segno di tacito accordo.

Olivia non si era mai opposta a ciò che voleva lui.

Ora, il fatto che si sentisse sollevata mentre attendeva Jemima nel salone la diceva lunga. Si versò un altro whisky, poi si sedette su una delle tre poltrone antiche di velluto con lo schienale alto, e prese a battere la punta delle scarpe *brogue* sul pavimento di legno lustro. Alexandra le aveva detto di tenersi l'abito del servizio fotografico per la cena, ma Olivia era in vena di ribellione. Così si era cambiata, indossando il suo più bel completo nero di giacca e pantaloni, la sua camicia più bianca e i suoi gemelli più brillanti. Se doveva cadere, intendeva farlo nei panni della miglior lesbica della città.

Di sicuro, in quel momento era una delle più famose.

Dei colpetti alla porta segnalarono l'arrivo di Jemima, che un paio di secondi dopo entrò impettita nella stanza. Si era cambiata dopo il servizio fotografico. Aveva un abito vaporoso color blu notte che le lasciava le spalle scoperte, e una collana che le brillava sul petto con più scintille di un luna park di Blackpool. Era vistosa ma incantevole, come sempre. Quando si sedette sulla poltrona di fronte a Olivia, accavallò le gambe, lasciando intravedere uno stacco di coscia da uno spacco laterale.

Dieci anni prima, Olivia avrebbe avuto un capogiro.

Ora distolse gli occhi, come se guardando avesse tradito Rosie.

Doveva continuare a ricordarsi che non c'era più un lei-e-Rosie.

Le aveva mandato un'altra fila di messaggi per ringraziarla del suo silenzio coi giornalisti. Rosie però aveva mantenuto il silenzio anche con lei.

"Non mi offri da bere?"

Olivia si alzò e le servì un drink. Poi si fissarono a vicenda per qualche istante. Fu Olivia a parlare per prima.

"Come sta Tabitha?"

Jemima ostentò una risata. "Occhio per occhio, dente per dente? Perché ho sentito dire che hai trovato un bel giocattolino in Cornovaglia."

Olivia serrò la mascella. "Lei è tutto fuorché un giocattolino." Cazzo, si era già messa sulla difensiva.

Jemima assottigliò lo sguardo e scivolò avanti sulla poltrona, facendo mulinare il suo drink nel bicchiere. "Voglio essere molto chiara. Non ci sei solo tu in questo fidanzamento e in questo matrimonio. Ci sono anch'io. E sì, lo so che devo rimanere nell'ombra, ma ne faccio comunque parte. E tu sai già qual è l'accordo di un matrimonio così. Facciamo fronte comune, sorridiamo davanti alle telecamere e dormiamo con chi vogliamo. L'unica cosa che non facciamo è innamorarci, altrimenti va tutto all'aria." Sostenne lo sguardo di Olivia. "Non avrei mai accettato, se avessi saputo che eri innamorata di un'altra."

Olivia abbassò gli occhi a terra, sentendosi sprofondare.

"Devi comportarti come un membro della famiglia reale." Le parole della madre risuonavano nella sua testa.

"Tua madre ha ragione." Lo sguardo di supplica del padre le bruciava dentro.

"È importante, Olivia. Se facciamo questa cosa, non puoi più rivedere quella donna, perché si vede benissimo che sei innamorata di lei."

Il suo cuore si fermò: poteva prendersi l'impegno di non rivedere mai più Rosie? Tirò indietro la testa, mordendosi il labbro per fermare le lacrime.

La madre, il padre, Jemima: da lei volevano tutti la stessa cosa.

Lei invece voleva disperatamente rivedere Rosie, anche se ormai era molto improbabile che i loro cammini si incrociassero ancora.

Sarebbe stata capace di rinunciare alla propria vita per assumersi il ruolo di reale, come il resto della famiglia? Aveva forse altra scelta, dopo aver perso Rosie?

"Allora, ce l'abbiamo un accordo? Sì o no?" chiese Jemima, con uno sguardo acceso. "Non bisogna innamorarsi. Solo così può funzionare."

Olivia la guardò. In più di un anno non l'aveva baciata neanche una volta.

La fidanzata ufficiale le stava offrendo un compromesso. E forse non le era rimasto altro che quello.

"Olivia?"

Lei guardò in alto, ignorando il cuore che andava in frantumi. Lentamente, annuì. "Sì, abbiamo un accordo, Jemima."

Capitolo 24

Rosie si mise in punta di piedi, sperando di alleviare il dolore ai talloni. Il caffè era stato un delirio anche quel giorno, e se da un lato era un bene che lei fosse occupata tutto il tempo, poiché il lavoro le impediva di pensare e ripensare alla stessa persona, dall'altro era esausta. A complicare la situazione, c'era il fatto che non riusciva a dormire e che ogni volta che metteva piede fuori casa, o fuori dal caffè, doveva stare attenta a un paparazzo che la fotografava o, peggio ancora, a una troupe televisiva che le veniva incontro di corsa, per farle sempre la stessa domanda: *"Ha avuto una relazione con la Principessa Olivia quando era già fidanzata con Jemima Bradbury?"*

Le era successo ogni singolo giorno di quella settimana e, ogni volta, si era chiesta se quello che c'era stato tra loro potesse chiamarsi "una relazione". Ma poi, cos'era una relazione? Nel profondo del cuore, lo sapeva, e non era più disposta a lasciar riemergere quel sentimento.

Smise di fare ginnastica coi piedi e posò gli occhi su Amy. Chissà perché la sua ex aveva scelto proprio il Mark & Maude's per fare il brunch. La famiglia di Amy era proprietaria di vari locali in cui lo servivano. Tutti a Otter Bay. Dunque, o Amy era lì per merito di Gina, o era lì per lei.

Non provava più fastidio nei suoi confronti. Era, anzi, contenta di vedere un volto familiare – sempre meglio che vedere l'obiettivo di una macchina fotografica che la puntava.

Amy smise di leggere il giornale e la guardò. "Parliamo un attimo?" chiese, appoggiandosi allo schienale della sedia.

Rosie annuì e le si sedette di fronte. Era il momento di calma piatta prima della frenesia dell'ora di pranzo. C'era anche zia Hilary. Quindi poteva permettersi qualche minuto di pausa.

Amy la scrutò. "Sembri stanca. E dimagrita."

"Sai com'è? Quando ti fai spezzare il cuore da una principessa, capita," scherzò Rosie. Non voleva farsi compatire.

"Sulla principessa non mi pronuncio, ma so dirti per esperienza cosa si prova ad avere il cuore infranto."

Cosa doveva rispondere? Sperava che l'ex non ne approfittasse per riprovarci. Si sentiva troppo stanca per ricominciare la loro disputa amorosa.

"Grazie per avermi detto di Charlie," disse infine. Scosse la testa. "Ancora non ci credo di non essermene accorta." Probabilmente si era ostinata a voler vedere solo il proprio sogno realizzato: una donna splendida e gentile interessata a lei.

"Chiariamoci, Rosie." Amy si sporse avanti. "Non sono felice di avertelo detto. Odio vederti così. Sul serio."

"È per questo che sei qui?"

"No." Amy tamburellò con le dita sul giornale. "È per leggere gratis il *Daily Mail*, non si era capito?"

"Ma certo." Più di una volta Rosie aveva giurato di disdire l'abbonamento del caffè al *Daily Mail*, che però era il giornale più letto in assoluto al Mark & Maude's. Quindi, in pratica, il suo buon proposito era sempre stato bocciato all'unanimità dai clienti. "Ti prego, non mi dire cosa scrivono di me oggi."

"Scrivono che un tempo uscivi col miglior partito lesbico di Otter Bay: Amy Davies." Rise forte della propria battuta. O almeno Rosie sperò che fosse una battuta.

"E magari ci hanno anche messo una brutta foto di me," disse Rosie, stando al gioco. Sospirò. Un paio di giorni prima, aveva letto un titolo sopra una sua foto, dove in effetti era vestita male: *Rosie trasandata vs Jemima ingioiellata!*

Ma lei lavorava in un caffè, quindi indossava sempre jeans e scarpe comode. Cosa faceva Jemima tutto il giorno? Probabile passasse il tempo a comprare scarpe coi tacchi e a farsi fotografare nei posti giusti.

"Non esistono brutte foto di te." Amy l'aveva presa sul serio.

Il telefono del caffè iniziò a squillare. Rosie fu felice di avere una scusa per allontanarsi, ma Hilary prese subito la chiamata.

"Mi dispiace," disse l'anziana. "I tavoli per la cena sono tutti prenotati per le prossime due settimane."

Rosie faticò a metabolizzare le parole della zia. Primo: adesso avevano "i tavoli per la cena". Secondo: erano talmente richiesti da dover rifiutare i clienti.

Amy la fissò con le sopracciglia inarcate.

"Che c'è?" disse Rosie.

"Tutti prenotati, eh? Congratulazioni."

Non se la sentiva di confidarlo all'ex, ma in realtà, ogni volta che rispondeva lei al telefono, ed era un cliente che voleva prenotare, sentiva un peso sullo stomaco. In un primo momento, aveva creduto che fosse perché la rinascita del Mark

& Maude's era inestricabilmente legata a Charlie. Poi però le era sorto il dubbio che potesse esserci una ragione diversa.

"Grazie. Chi l'avrebbe mai detto?"

Cosa sarebbe successo, se non avesse tolto il cartello *Vendesi*? Il caffè sarebbe già stato di un altro proprietario? E adesso che era stato ristrutturato e andava alla grande, non valeva di più? Respinse quei pensieri e riportò l'attenzione su Amy.

"Una bella imbiancata, e il locale sembra come nuovo," stava dicendo l'ex.

Rosie la guardò. Guardò il posto in cui era seduta. Ma invece del suo viso, vide il viso di Charlie. Perché quello era il tavolo che sceglieva sempre Charlie. Il tavolo lontano dalla vetrina. Adesso aveva capito perché era il suo preferito. Ricordò la prima volta che Charlie aveva ordinato un bricco di tè al Mark & Maude's: pur avendo la costosissima giacca Paul Smith, la principessa era stata tutto fuorché regale. Poi, com'era accaduto più volte, nella mente di Rosie ripartì il film dei turbinosi eventi delle settimane successive.

A ucciderla erano i particolari. I ricordi più inaspettati emergevano, frantumandole il cuore. Charlie che si chinava sul tavolo da biliardo al Dog & Duck. Charlie che chiacchierava con Gina, dicendole che l'avrebbe aiutata lei. Charlie che la raggiungeva al cimitero, il giorno dell'anniversario della morte dei genitori. Charlie che le dava un casto bacio sulla guancia davanti a casa.

Ma dopo tutto quello che era successo, Rosie era ancora lì. Nonostante le pareti fossero di un altro colore, lei era sempre la stessa Rosie Perkins che prendeva le ordinazioni al Mark & Maude's – adesso *anche di sera*. O si sbagliava?

Quando si era decisa a vendere, nei circa quarantacinque minuti in cui aveva lasciato attaccato il cartello *Vendesi*, se da un lato si era sentita terribilmente ansiosa, dall'altro aveva intravisto una vita diversa. Un futuro diverso.

La cosa fondamentale, però, era che quel giorno, dopo aver riflettuto per dei mesi, aveva preso la sua decisione. L'aveva rimandata più volte per svariate ragioni. L'ultima principalmente a causa di Charlie. Ma Charlie non c'era più.

Rosie si sporse verso Amy. "Sto ancora pensando di venderlo," le sussurrò.

Amy strinse gli occhi. "Non prendermi in giro su queste cose, Rosie. Lo sai che sono serissima quando si parla di affari."

"Infatti. Sennò perché te lo dico?" Tenne la voce bassa, perché non voleva farsi sentire da Hilary. "Se lo vendessi, sarebbe a certe condizioni."

Amy annuì. "Possono anche essere un milione, le rispetterò tutte quante."

* * *

Quando arrivò a casa, Rosie trovò Paige china sul portatile. Qualsiasi cosa stesse leggendo, assorbiva tutta la sua attenzione. Sperò non fosse un altro articolo sulla Principessa Olivia. Sembrava non circolassero più notizie eccetto quella, in tutta la nazione. Motivo per cui nutriva la segreta speranza che una succulenta crisi politica rubasse la scena all'imminente matrimonio reale.

Si schiarì la voce. Solo Cher si era accorta del suo arrivo.

"Oh, ciao," l'accolse Paige, ancora distratta.

"Cosa c'è di tanto interessante?" Rosie andò a sedersi accanto a lei.

Paige raddrizzò la schiena. "Mi sa che ho deciso. Vado a Bristol. È bello e non è lontanissimo, così posso fare avanti e indietro da casa."

Rosie cercò di decifrare il sorriso di Paige. Non la convinceva. Paige non sembrava sicura al cento per cento della sua scelta finale.

Durante la breve camminata per tornare a casa, anche Rosie aveva fatto una scelta. Era ora che sia lei, sia la sorella iniziassero a sostenersi a vicenda per inseguire ciascuna i propri sogni, quelli veri però, non quelli generati dalla preoccupazione dell'una per l'altra.

"Davvero l'Università di Bristol è la tua prima scelta?"

"Non la prima, ma quasi."

"In che senso 'quasi'?"

Paige la ignorò. "È un'ottima università e potrei tornare a casa durante i semestri. A vedere come stai tu e come va il caffè. Magari per aiutarti un po'."

Rosie scosse la testa. "Qual è la tua vera prima scelta?"

"Durham," fu la risposta immediata.

"Allora vai a Durham."

"Ma è lontano e vorrebbe dire…"

Rosie scosse la testa con più decisione. "Non devi scegliere Bristol per me. Ognuna di noi deve iniziare a scegliere ciò che si sente di fare veramente."

"Be', sì. Ma la scelta dell'università non riguarda solo me. E andare a Bristol non è mica un sacrificio."

"Non è la tua prima scelta." Rosie si girò in modo da avere Paige faccia a faccia. "Sarebbe più facile per te scegliere Durham, se ti dicessi che forse non sarò più qui, e quindi non dovrai tornare a trovarmi?"

Paige inclinò la testa. "Cosa vuoi dire?"

Rosie prese un respiro profondo. "E se vendessi il caffè?"

"Ma l'hai appena ristrutturato."

"Il che mi permette di alzare il prezzo di vendita." Si sentiva battere il cuore in gola. "Ci ho pensato tanto, e ho capito che la ragione per cui non ho preso io l'iniziativa di ristrutturare il caffè, a parte la mancanza di risorse, è che non è mai stato il *mio* sogno. Non mi sono mai fermata ad ascoltarmi per capire quali fossero i miei sogni, i miei desideri. Dopo che la mamma e il papà sono morti, sapevo solo che dovevo tornare qui. Ma se tu mi chiedessi cosa volevo fare della mia vita prima che morissero, be', non avrei mai risposto 'gestire un caffè a Otter Bay'. Neanche se è stato ristrutturato da una principessa."

Paige ridacchiò. "Ne sei sicura? Nel senso, poi cosa vuoi fare?"

"Appunto. È quello che devo capire. Di sicuro voglio viaggiare."

"Wow." Paige si appoggiò allo schienale della sedia. "Cambierebbe tutto."

"Cambierà tutto comunque." Rosie la guardò. "Ormai sei cresciuta. A settembre inizi una nuova vita. La tua vita. Non voglio essere un freno per te. Non voglio che tu stia in pensiero per me."

"Tu non sei un freno," disse Paige, con voce un po' tremante per l'emozione. "Per me hai fatto tanto." Prese la mano di Rosie. "Se c'è una persona che si merita di poter inseguire i suoi sogni, quella sei tu."

"E sei d'accordo sulla vendita del caffè della mamma e del papà?" Lo disse col magone. Le dispiaceva vendere, ma voleva anche cambiare vita.

"Il loro ricordo alberga nei nostri cuori, non in una pila di mattoni."

"Vero. Da quando sei così saggia?"

"Da quando mi lascio influenzare dalla mia sorella maggiore." Paige sorrise.

Rosie si avvicinò e l'abbracciò. Forse non se l'era cavata poi così male a crescere la sorellina, dopo che i genitori erano mancati.

Come volendo essere partecipe, Cher saltò in braccio a Paige.

"Chi baderà al mostriciattolo peloso, se ce ne andiamo tutte e due?" chiese la ragazza.

"Spero che zia Hilary voglia assumersi questo increscioso incarico." Rosie fece un grattino a Cher sotto il mento.

Paige prese in braccio la gatta e andò a sedersi sul divano. "Che ne pensi, Cher? Vuoi andare a vivere con zia Hilary?" le domandò, come se la gatta capisse ogni parola. Poi le prese la zampa e la mosse su e giù. "Ha detto di sì," disse poi a Rosie, con un sorriso.

"Ora dobbiamo solo convincere zia Hilary." Rosie si buttò sull'altro divano e allungò le gambe. Sentiva di essere sul punto di addormentarsi, tanto era sfinita.

Paige accese la televisione, e immediatamente furono assalite da più immagini di Charlie e Jemima. Paige cambiò canale più volte, ma ovunque si parlava di una conferenza stampa della principessa e della fidanzata.

"Sto bene," disse Rosie, anche se, non appena aveva rivisto il viso di Charlie, una scarica di adrenalina le aveva fatto passare la stanchezza. "Vediamo cos'è successo." Una parte di lei non voleva saperlo, ma l'altra parte, quella curiosa, lo voleva eccome. Che avessero cancellato il matrimonio?

Guardarono la televisione in silenzio per alcuni minuti. La Principessa Olivia – perché la donna sullo schermo non era Charlie – aveva confermato che il matrimonio sarebbe stato di lì a cinque settimane e che tutte le dicerie che la stampa aveva diffuso erano false. Lei e Jemima erano molto innamorate e molto fidanzate.

"Non sembra neanche lei, vero?" disse Paige. "È come se fosse una persona completamente diversa."

Per una frazione di secondo, Rosie si concesse di dare ragione a Charlie, nel senso che, lei, in effetti, non si sarebbe mai e poi mai innamorata della Principessa Olivia. Poteva innamorarsi solo di Charlie, dell'ex ufficiale dell'esercito che l'aveva fatta cadere ai suoi piedi. Ma Charlie non c'era più. Era stata sostituita da quella donna rigida e infelice in TV. Sì, infelice, perché la Principessa Olivia sorrideva, ma non con gli occhi. Non se ne accorgeva nessuno?

Rosie si sentì dispiaciuta per Charlie e, per la prima volta, fu quasi disposta a capire il perché le avesse mentito. Ma poteva capire tutto quello che voleva: Charlie avrebbe comunque sposato un'altra donna.

Capitolo 25

La conferenza stampa e i numerosi servizi fotografici che avevano organizzato erano andati a buon fine: l'attenzione dei giornalisti si era spostata su storie nuove, dunque più facili da rifilare al pubblico. Olivia non avrebbe mai pensato che un giorno sarebbe stata grata al partito laburista e alle sue infinite lotte intestine, ma se servivano a scalzare lei dalla prima pagina, molto bene: continuassero pure a litigare per sempre.

Dei suoi giorni a Otter Bay non era emerso nient'altro. Sapeva che era tutto merito di Rosie. I residenti avrebbero potuto spifferare cose sulla misteriosa Charlie – gli avventori del Dog & Duck e del Mark & Maude's, Connie della boutique, e persino Amy – ma, grazie alla loro totale lealtà a Rosie, la stampa scandalistica non aveva trovato pane per i suoi denti. Inoltre, visto che adesso lei e Jemima finivano ogni giorno in prima pagina a dare spettacolo della loro unione, i giornalisti avevano dovuto accettare che il matrimonio si sarebbe celebrato.

Se solo fosse stato altrettanto facile tirare avanti anche per lei.

Essendosi calmate le acque, le era stato permesso di tornare nel Sussex. E finalmente aveva ricominciato a respirare. Le due settimane appena trascorse erano state un delirio di impegni in società con vestiti firmati e trucco impeccabile, tutte cose che le facevano venire voglia di mettersi a urlare. Adesso che era di nuovo a casa, aveva ritrovato la calma.

Jemima doveva passare più tardi per rivedere con lei il menù delle nozze, ossia scegliere qualcosa da mangiare che andasse bene a tutte e due. Malcom ne aveva proposto uno con carne di cervo, carne di gallo cedrone e caviale, nessuno dei quali era fra i primi cento piatti preferiti di Olivia, figurarsi se gradiva ritrovarseli al pranzo nuziale. Jemima la pensava allo stesso modo, quindi avevano insistito per decidere loro almeno quello. Potevano anche non essere innamorate, ma erano d'accordo su molte cose, e ultimamente tra loro andava bene.

Di sicuro c'erano partiti peggiori di Jemima. Miles ad esempio, come aveva constatato nel periodo che aveva trascorso da Alexandra. Non fosse stato per la presenza dei nipoti, un paio di volte, a cena, gli avrebbe detto volentieri qualcosa. L'atteggiamento dell'uomo era deprecabile. Le faceva male vedere la sorella vivere in quel modo, ma le dava anche un'idea di ciò a cui lei stessa stava rinunciando e di quanto Alexandra fosse disposta a sopportare per la corona. Neanche Olivia poteva sottrarsi al matrimonio combinato; con Jemima però, sarebbe stato meno pesante.

E adesso che era di nuovo a casa, c'era un'altra cosa che poteva fare: uscire a cavallo. Le era mancato tantissimo.

Salutò Eddie, lo stalliere, e andarono insieme da Britney, la sua cavalla preferita. Era alta, col manto scuro e il portamento regale. Olivia l'aveva chiamata così in onore della sua pop star preferita quando aveva vent'anni, oltre che per far infuriare la madre – obiettivo che aveva centrato in pieno con enorme soddisfazione. A Britney raccontava tutti i suoi segreti e la cavalcava nei momenti difficili. Il suo umore migliorava in automatico solo a vederla. Qualsiasi cosa le accadesse, quando era in sella a Britney, Olivia si sentiva invincibile.

"Oggi fa un giro, madame?" chiese Eddie, dopo aver fissato la sella. "È nuvoloso, ma fuori si sta bene."

"Sì, non vedo l'ora." Olivia guardò il cielo. Ecco cos'altro c'era di diverso rispetto alla Cornovaglia: il meteo. A Otter Bay c'era sempre stato il sole. A Londra si era ritrovata con le solite nuvole sopra la testa. Il meteo sembrava riecheggiare il suo umore. "L'ha tenuta in forma in mia assenza?"

Eddie annuì. "Come da istruzioni, madame. Solo il meglio per Britney."

Olivia sorrise. "Grazie, per me è importante." Montò in sella, esercitò una lieve pressione con le gambe sui fianchi di Britney e la guidò fuori dal recinto. Come sempre, mentre andava al piccolo galoppo nei campi, sentiva di aver ritrovato la sua libertà, un'amica da tempo perduta.

Si chinò in avanti, abbracciando Britney. "Cara mia, quanto mi sei mancata!" disse, dandole una pacca sul collo, mentre la cavalla andava al passo. "E non hai idea del casino che ho combinato dall'ultima volta che ci siamo viste. Mi sono innamorata di una donna, ma ne devo sposare un'altra. Ci credi?"

Aveva sempre pensato che nel XXI secolo, semmai avesse avuto problemi col matrimonio, sarebbe stato perché intendeva sposare una donna. Invece no. Si era sbagliata. Le veniva imposto di sposare il *giusto tipo* di donna. Quello era il problema. Evidentemente, aveva sottovalutato il potere della classe e della tradizione.

A sentire la madre, si innamorava sempre della donna sbagliata.

"Ma scusa, il solo fatto che me ne innamori significa che si tratta della donna giusta. Eh, Britney, tu che dici?" sussurrò.

Una folata di vento la investì mentre stringeva le redini, godendosi il movimento dei muscoli che non usava da un po'. Pensò a Rosie. Chissà cosa stava facendo in quel momento. Olivia era rimasta in contatto con Gina, dopo che aveva passato il test e ottenuto il permesso di lavoro. Gina l'aveva informata che il caffè stava andando bene. Le aveva anche detto che alcuni clienti erano dei turisti che andavano al Mark & Maude's proprio perché Olivia aveva mangiato lì tutti i giorni. Ottimo. Se quella circostanza contribuiva a mantenere costante l'afflusso di clientela, a lei stava più che bene.

Guardò l'orologio al polso mentre la cavalla rallentava. Erano le tre e quarantacinque. Probabilmente Rosie aveva appena finito di servire il pranzo e stava preparando i coperti per la cena, Hilary era lì ad aiutarla e Paige si prendeva un caffè dopo la scuola, magari parlando dell'università. Chissà se aveva deciso dove andare. Paige le aveva confidato che la sua prima scelta ricadeva sull'Università di Durham, ma temeva che fosse troppo lontano. Secondo Olivia era una buona scelta, non solo perché ci era stata anche lei. Le aveva detto di dirlo a Rosie; Paige però non se la sentiva.

"Rosie." Dire il suo nome ad alta voce le faceva sentire di più la sua presenza. A volte la bionda le sembrava così lontana, sia nello spazio che nello spirito. Le sembrava che ogni cosa vissuta insieme fosse stato un miraggio. *Macché miraggio.* Era tutto vero. I sentimenti che nutriva per lei non erano un qualcosa di passeggero. Olivia l'amava. E a giudicare dalla faccia di Rosie quando lei se n'era andata, Olivia avrebbe scommesso che il suo amore era corrisposto. "Rosie!" gridò. Le batteva forte il cuore. "Ti amo, Rosie Perkins!"

Cazzo! E adesso come faccio?

* * *

Rientrò a casa dopo un'ora e si fiondò dritta nella doccia. Aveva le idee più chiare. Il movimento e l'aria fresca le facevano sempre quell'effetto. Ripensò a Otter Bay, alle belle passeggiate pomeridiane in cima alla scogliera e lungo le baie di sabbia deserte. Avrebbe dato qualsiasi cosa per essere lì in quel momento. *Con Rosie.*

Controllò il cellulare, come faceva tutto il giorno, ogni giorno: niente. Il messaggio di Rosie le era arrivato forte e chiaro. La bionda faceva sul serio: tra loro era finita. E chi poteva biasimarla? Probabilmente aveva anche visto il telegiornale. *Tutto confermato: Olivia e Jemima si sposano* era stato uno dei titoli principali.

Col cazzo.

Indossò dei jeans neri e una maglietta nera, e coi capelli ancora umidi andò in cucina. Di lì a poco entrò Jemima, coi tacchi che picchiettavano sulle piastrelle di ardesia. Olivia si voltò e le rivolse un sorriso. Anche Jemima indossava dei jeans scuri, ma abbinati a un blazer estivo, scarpe col tacco nero e gioielli vistosi.

"Ciao, futura moglie," disse ammiccando la nuova arrivata.

Non erano esattamente l'immagine dell'amore puro e spensierato, ma almeno sapevano scherzare. "Ciao a te. Vuoi qualcosa di caldo?"

Jemima annuì. "Un caffè, grazie." Si guardò intorno. "Dov'è Anna?"

"Le ho dato la settimana libera." Olivia accese il bollitore.

"Come fai a sopravvivere?" si scandalizzò Jemima. "Chi dà alla governante una settimana libera?"

Olivia fece spallucce. "A Otter Bay mi sono abituata a fare le cose da sola. Volevo godermi il mio spazio un altro po'." Sollevò lo sguardo su Jemima, soffermandosi sui suoi occhi azzurri. "Perché, tra non molto, dovrò condividere il mio spazio con te, no? Diciamo che sto sfruttando al massimo i miei ultimi giorni di libertà." Aveva cercato di dirlo per scherzo, ma ogni muscolo del suo corpo si era irrigidito.

Jemima sorrise. "Vedi di fartela passare. Sono solo assurdità. Quando vivremo insieme, non resteremo mai senza il personale di servizio. Le domestiche e i cuochi sono essenziali per il mio stile di vita, come ben sai."

Olivia ricacciò indietro il proprio disagio, mentre nella sua mente affiorava l'immagine di Rosie che gestiva la propria attività, affrontando la vita a testa alta. Jemima sarebbe andata in crisi anche solo a dover preparare una tazzina di caffè.

"E dimmi che hai del caffè degno di questo nome, sì? Italiano? Non voglio la roba equosolidale… Sarà anche per beneficenza, ma fa schifo."

Olivia si trattenne dal risponderle malamente e le indicò la caffettiera. "Quella le va a genio, Sua Altezza?"

Sorridendo, la fidanzata si appoggiò al banco della cucina e si passò una mano tra i lunghi capelli biondi. Era ancora bella, ma il cuore di Olivia batteva forte per un'altra.

"Pensi che decideranno presto il mio titolo?" Con lo sguardo inchiodato a Olivia, Jemima si inumidì le labbra. "So che vogliono nominarmi Duchessa di Bath, ma non è un po' poco?" Si acciglò. "Tu sei Duchessa del Sussex, che è un'intera contea. Anche Alexandra ha una contea. Bath non sembra un po', come dire… insignificante?"

Olivia restò immobile, sentendo l'amaro in bocca. *Ma davvero?* C'erano mille cose di cui preoccuparsi a proposito di quel matrimonio: possibile che per Jemima contasse solo il titolo, e che Bath non fosse abbastanza grande per il suo ego?

Rimase a fissarla per qualche istante, con la bocca leggermente aperta. "Dopo tutti questi anni, hai ancora la capacità di stupirmi," disse poi, con una nota sarcastica nella voce. Ma Jemima, fraintendendola in pieno, strinse gli occhi, le fece un sorriso sexy e le sfiorò il braccio con l'indice di una mano.

A Olivia venne la pelle d'oca, ma non in senso positivo.

"Pensavo che, forse, sai com'è," continuò Jemima, alzando un sopracciglio. Il suo indice si spostò in alto, scorrendo lungo la clavicola di Olivia. "Se potessi metterci una buona parola con tua madre, vedere se è possibile attribuirmi almeno una città più grande, potrei dimostrarti la mia riconoscenza." Si avvicinò di un passo e si leccò il labbro inferiore, fissando Olivia con il chiaro intento di sedurla. "Senza contare che stiamo per sposarci e andare a vivere insieme, quindi dovremmo fare almeno una scopata di bentornate a casa, in onore dei vecchi tempi." Adesso era vicina, Olivia sentiva il suo respiro caldo. "Devi ammetterlo: tra noi non è mai stato niente male."

Un altro secondo, e le loro labbra si sarebbero toccate… Ma Olivia non intendeva fare un bel niente con lei.

Con un movimento brusco si allontanò. Poi la guardò

come fosse impazzita. "Vuoi venire a letto con me perché mia madre ti faccia duchessa di una città più grande?"

Jemima si accigliò, confusa. "Sì, certo. E anche perché hai tutta l'aria di una che dice: 'Guarda quanto sono sexy appena uscita dalla doccia'." Fece un passo indietro. "Stiamo per sposarci, Olivia. Non pensi che faremo sesso?"

Olivia sgranò gli occhi. Era quello che aveva in mente, Jemima? Che sarebbero andate ancora a letto insieme? Ma davvero?

Non era poi così scandaloso, suppose. Lei però aveva la testa piena di Rosie, non riusciva a pensare ad altro. Vero, l'accordo nei matrimoni reali era che si andasse a letto con chi si voleva, ma persino Alexandra aveva sfornato due figli con Miles. Cercò di immaginarsi nuda con Jemima, ma niente. Vuoto totale. Non vedeva altri che Rosie, deliziosamente disponibile e tutta sua. Di nessun altro.

E in quello stesso istante, seppe di non poterlo fare. Cosa si era ostinata a credere? Non poteva sostenerlo davanti a Jemima, figurarsi davanti all'intera nazione e a Dio. Non poteva giurare di essere fedele a qualcuno che neanche amava. Era ridicolo.

A giudicare dall'espressione della fidanzata, ogni pensiero era trasparito dal viso di Olivia.

Jemima si riavvicinò, studiandola. "Tu non vuoi venire a letto con me, vero? Non vuoi, mai più?" Trattenne il respiro. "Caspita, Olivia. Sapevo che la fedeltà è fuori discussione, ma speravo almeno di fare del buon sesso con te, ogni tanto. È una delle ragioni per cui ho accettato. Il sesso è importante e a noi riesce bene." Si voltò, appoggiando il sedere al banco della cucina. Alzò la testa a guardare il soffitto. "Ma non se ne farà niente, vero? Perché sei innamorata di un'altra, giusto?"

Olivia si morse l'interno della guancia. Afferrò il bordo del banco della cucina per non tremare. Funzionò solo in parte. "Non riesco a smettere di pensare a lei," ammise dopo pochi secondi.

"L'hai contattata?" Jemima aveva ancora lo sguardo incollato al soffitto.

"Non vuole parlarmi. E perché dovrebbe? È convinta che stia per sposarmi. Neanch'io parlerei con me."

Jemima la fissò, scuotendo la testa con uno sguardo dolce. Con una mano la condusse al grande tavolo della cucina, spostò due delle otto sedie di legno e le fece cenno di sedersi. Poi prese posto anche lei e si chinò in avanti, con la testa fra le mani.

"Jem?" Olivia sentì un nodo allo stomaco.

Jemima alzò una mano, poi scosse la testa e raddrizzò la schiena. "Sapevo che sarebbe potuto succedere, ma è comunque uno shock."

Olivia sussultò. "Per quel che vale, mi dispiace."

Jemima storse la bocca e prese una lunga boccata d'aria.

"Ma anche tu ami un'altra, vero? Tabitha?"

Jemima scosse di nuovo la testa ed emise una risata strozzata. "Non ha importanza se l'amo o no. Lei si sposa con Henry, per mantenere le apparenze." Fece una pausa. "Io però ti amerò per sempre. Lo sai già, vero? Sei stata il mio primo amore."

Olivia la fissò con un sorriso triste. "Lo so." Fece una pausa. "Ed è stata una delle ragioni per cui ho detto sì a questa cosa. Io e te siamo sempre andate d'accordo."

"Ma è come hai detto all'inizio. Non ti basta, vero?"

Olivia sospirò. "Adesso no, non più. Da quando ho conosciuto un'altra e me ne sono innamorata, no."

"Dimmi di lei."

Olivia raddrizzò la schiena. "Sul serio vuoi che te ne parli?" Non se l'aspettava da Jemima.

La fidanzata sorrise. "Se qualcuno usurpa il mio posto, vorrei sapere chi è."

Olivia le prese una mano, dandole un bacio gentile. "Sei fantastica, lo sai?"

"Ci ho pensato tanto nelle ultime due settimane. E anche mentre eri in Cornovaglia. Sapevo che stava succedendo qualcosa, perché non mi parlavi." Strinse le labbra. "Il fatto è che, come ti ho già detto, tutte e due dobbiamo esserci dentro al cento per cento perché questa cosa funzioni. Se mi sposo con te, voglio che tu sia la mia compagna in tanti modi. Voglio che ogni tanto facciamo baldoria, del buon sesso, ridiamo, scherziamo. Da quello che mi dicono le mie sorelle, è già tanto così, rispetto a quel che succede nella maggior parte delle coppie sposate. Mi guardo intorno e sono d'accordo. I matrimoni combinati saranno poi così diversi dagli altri matrimoni? No, per come la vedo io."

Aveva ragione da vendere. Se Olivia ci pensava, tutti i matrimoni che conosceva – combinati o meno – erano disastrati.

"Allora perché la gente si sposa?"

Jemima fece spallucce. "È una roba che si fa, una tappa della vita. C'è chi si innamora davvero. Ma non sono in tanti ai nostri tempi." Chinò la testa. "E no, in realtà non voglio che mi dici niente di questa donna. Te l'ho chiesto solo per gentilezza, ma credo di aver fatto il passo più lungo della gamba."

Il cuore di Olivia si sciolse per lei. "Sappi solo che ci vuole una donna speciale per rubarti il posto nel cuore di chiunque."

Jemima sussultò. "Non indorare la pillola." Le sfuggì un sospiro. "Ma tu l'ami davvero?"

"Sì, davvero." Solo a parlare di Rosie si sentiva il cuore leggero. "Andarmene da Otter Bay è stata la cosa più difficile che abbia mai fatto. Lei mi fa sentire viva. Lei ha conosciuto Charlie, la vera me. Non la Principessa Olivia, il ruolo legato al titolo. E questo significa molto."

"Anche lei ti ama?"

Rosie l'amava? Non gliel'aveva mai detto prima che andasse tutto all'aria. "Penso di sì. Lo spero." Olivia non ne era sicura, ma era disposta a rischiare tutto pur di riprovarci.

Jemima la fissò. "Se pensi che ci sia una possibilità, forse devi andare a chiederglielo. Devi avere la certezza che sia un sì o un no. E se ti ama, dovresti sposare lei, non me. Non voglio sposare una che ha il broncio e fa la stronza tutto il tempo."

"Non sono così terribile," disse Olivia, pur sapendo di essersi comportata da vera stronza.

Jemima si limitò a guardarla. "La passi sempre liscia solo perché sei una principessa, diciamolo pure." Fece un sorriso rassegnato. "Quindi, non lo decidiamo più, il menù per il ricevimento di nozze?"

"Mi sa di no." Olivia si alzò e fece alzare anche lei. Poi l'abbracciò e le diede un bacio sulla guancia. "Grazie," le sussurrò in un orecchio. "Grazie per aver capito. Non lo dimenticherò mai."

"Ecco, brava. Non dimenticartelo. E poi, ho una

condizione." Si tirò indietro, guardandola negli occhi. "Dopo che abbiamo rotto e ho fatto il mio dovere di ex fidanzata felice, voglio andare all'estero."

Olivia annuì. "Mi prendo io la colpa, non ti preoccupare."

"Certo che te la prendi tu. Non parlavo di questo. Voglio andare nella casa della tua famiglia alle Bermuda per almeno un mese. Facciamo l'annuncio che ci separiamo, poi io sparisco. Non mi va di restare a sorbirmi le conseguenze. Accontentami, e farò qualsiasi cosa vorrai."

Olivia la fissò e annuì. "La vita non è la favola che ci hanno promesso da bambine." Fece una pausa. "Ma là fuori c'è qualcuno anche per te, ne sono sicura."

Capitolo 26

Rosie si guardò intorno nel wine bar. Anche se era aperto da un po' di mesi, non ci aveva mai messo piede fino a quel momento. Era una questione di principio – oltre al fatto che nel periodo dell'inaugurazione del The Lounge aveva appena rotto con Amy.

A chiamarlo così – *The* Lounge, cioè *Il* Bar – erano stati i genitori della sua ex. Tipico dei Davies. Vero, era l'unico wine bar di Otter Bay, ma il nome le dava comunque sui nervi.

"Grazie per aver accettato di vederci qui," disse Amy. "Ti ho fatto portare un calice di Sancerre."

"Grazie." Rosie decise di sorvolare sul fatto che Amy avesse già ordinato per lei. Sapeva che aveva buone intenzioni. Quando stavano ancora insieme, aveva dichiarato il suo amore per il Sancerre tante volte, e Amy non era il tipo da dimenticarsi una cosa del genere. Anzi, era carino da parte sua.

"Ho ripensato alla nostra ultima chiacchierata. E ho parlato coi miei genitori."

Rosie stava ancora osservando l'ambiente piuttosto asettico del wine bar, ma Amy voleva già parlare di affari. Aveva proprio ereditato la mancanza di tatto dei genitori. D'altronde, era impossibile ottenere il monopolio dell'industria della ristorazione di Otter Bay senza farsi dei nemici… anche se "industria" era una parola un tantino esagerata per riferirsi all'economia locale.

"Io sto bene, grazie, e tu?" scherzò Rosie.

"Scusa." Amy sollevò lo sguardo dal proprio calice di vino. "È solo che questa cosa mi entusiasma." Sollevò il calice.

"Vuoi già brindare?" Rosie la imitò col proprio calice.

"Brindiamo al fatto che adesso riusciamo a essere civili l'una con l'altra. È già qualcosa. Almeno per me."

Avendo appena ricevuto un brutto colpo da Charlie, Rosie provò comprensione verso l'ex. "Mi dispiace di averti fatta stare male. Ma tu e io non siamo mai state davvero giuste l'una per l'altra."

"Secondo te." Amy bevve un sorso.

"Be', sì. Di solito ci sono due persone in una relazione, e se una di loro pensa che…"

Amy la interruppe, appoggiando una mano sulla sua. "Lasciamo perdere, Rosie. Non dobbiamo parlarne ancora. I miei sentimenti per te non sono ricambiati. Solo ora inizio ad accettarlo." Con sollievo di Rosie, ritirò la mano. "Non ti ho invitata qui per rivangare il passato. Voglio parlare del futuro."

Anche Rosie bevve un sorso. Fresco e frizzante, il vino le scivolò in gola, rilassandola un poco. "Okay, allora parliamo del futuro."

"Come dicevo prima, ho parlato coi miei genitori. Si erano già accorti da soli che il Mark & Maude's sta andando bene. Sono qui per farti un'offerta."

Rosie si sforzò di mantenere il sangue freddo. Non avrebbe mai accettato di vedersi con Amy al wine bar dei Davies, se non avesse sospettato che il motivo era quello, ma era determinata a non lasciare che la sua euforia interferisse con le sue abilità di negoziazione. Annuì. "Grandioso."

"So che hai delle condizioni," continuò Amy. "E noi siamo disposti a rispettarle. Non c'è motivo di sostituire un team vincente. Sicuramente vogliamo che Gina rimanga al suo posto di cuoca. E Hilary è un'istituzione del Mark & Maude's, da sempre fa parte del locale, quindi ci piacerebbe che rimanesse anche lei – se vuole, ovvio." Rosie doveva chiederglielo. "Vogliamo il posto così com'è." Amy inclinò la testa. "Forse cambieremo qualche piccola cosa, tipo piatti, posate e bicchieri. Per il resto, l'hai già ristrutturato bene tu. Adesso è proprio un bel locale tipico della Cornovaglia."

Rosie voleva alzarsi dallo sgabello e mettersi a fare salti di gioia. Ma si tenne a freno. Non sapeva ancora qual era l'offerta.

"Grazie," si limitò a dire. "È musica per le mie orecchie."

Amy pescò dalla borsetta un taccuino e una penna. Scarabocchiò qualcosa su un foglietto, lo staccò e lo piegò a metà. Poi lo fece scivolare sul tavolo verso Rosie.

Rosie lo guardò, incuriosita. "Mi sento come in un film di gangster."

"In stile Otter Bay," aggiunse Amy.

Prese il foglietto. Mentre lo apriva, il suo polso accelerò. Poi i suoi occhi si spalancarono e la sua bocca si fece asciutta quanto il pezzo di carta. Era una cifra molto più alta di quanto si aspettasse. Con quei soldi, non solo avrebbe potuto pagare l'intero ciclo di studi universitari di Paige, ma anche permettersi di viaggiare.

"Io... io davvero non so che dire." Le lanciò un'occhiata del tipo *dov'è la fregatura?*

"Otter Bay è una località sempre più ambita dai turisti. E la nostra offerta ne tiene conto." Amy fece un sorrisetto. "Mica pensavi che ti facessimo un'offerta al ribasso, eh?"

"Se accettassi, riuscireste a sbarazzarvi dell'ultimo concorrente che vi è rimasto in città." Guardò ancora la cifra. "E il nome? I tuoi non vorranno mica chiamarlo *The* Café? Ribattezzarlo *Il* Caffè mi pare eccessivo."

Amy rise. "Mio padre è andato a scuola col tuo. Erano buoni amici. Penso che il nome rimarrà Mark & Maude's."

"Per essere un Davies, tuo padre è fin troppo sensibile," scherzò Rosie.

"Ah, ma noi non siamo degli stronzi senza cuore. Amiamo Otter Bay. E scusa, ma non è meglio che il tuo locale passi a una famiglia di gente nata e cresciuta qui, piuttosto che a una qualche multinazionale che lo priverebbe di tutta la sua autenticità?"

"È solo questione di tempo prima che Starbucks rivendichi il suo posto a Otter Bay."

"Dovrà passare sul mio cadavere," sbottò Amy.

"Quando i tuoi genitori andranno in pensione, la loro attività sarà in buone mani con te."

Amy alzò gli occhi al cielo. "Meglio nelle mie che in quelle di Grant, l'idiota in piena tempesta ormonale."

"Non essere così inclemente con tuo fratello. Com'eri tu a vent'anni?"

"Studiavo all'università e lavoravo a tempo pieno al pub, quando tornavo a casa."

"Eh sì. Chi nasce dopo ha sempre la vita più facile." *Ma non mia sorella. Lei ha dovuto affrontare ben altro.*

"Allora, che ne pensi?" Amy accennò con la testa al foglietto.

"Devo discuterne in famiglia, Gina compresa."

"Naturalmente." Amy fece un sorriso compiaciuto. Sapeva benissimo che era un'offerta irripetibile.

E lo sapeva anche Rosie.

* * *

Era un venerdì sera, quindi Paige era ancora sveglia a guardare *Riverdale* su Netflix. Come al solito, aveva Cher in braccio.

Rosie le passò accanto, lasciandole cadere in grembo il foglietto con nonchalance. L'aveva tenuto in mano tutto il tempo, mentre tornava a casa.

Cher sollevò pigramente una zampa, ma il pezzo di carta non parve disturbarla più di tanto.

"Cos'è?" Paige lo raccolse.

"Forse *è* meglio se metti in pausa il telefilm." Rosie si sedette sul tavolino davanti alla televisione. Le stava venendo una paresi alle guance a furia di sorridere.

Paige premette il tasto di pausa e aprì il foglietto. Quando vide la cifra, corrugò la fronte.

"Potrebbe essere il fondo per pagarti l'università." Rosie non ce la faceva più a tenere la bocca chiusa.

"Amy ti ha fatto un'offerta?" Paige cambiò posizione; infastidita dal movimento, Cher le lanciò un'occhiataccia.

Rosie annuì.

"Caspita." Paige si mise a fissare il foglietto.

"E hanno accettato di tenere Gina e zia Hilary, se vogliono restare." Rosie osservò l'euforia sul viso della sorella, e per la prima volta dal terribile momento con Charlie, nella cucina del caffè, si sentì pervadere da un'ondata di pura felicità.

Non poteva avere Charlie, ma adesso c'erano altri sogni che avrebbe potuto realizzare.

"Puoi fare il giro del mondo." Paige era sempre più euforica. Cher saltò giù dalle sue ginocchia e andò ad accucciarsi in un posto più tranquillo.

"Lo so."

"Dove vuoi andare?"

"Frena, sorellina. Prima dobbiamo parlarne con zia Hilary e con Gina."

"Zia Hilary non avrà nulla da ridire contro un'offerta del genere." Sventolò il foglietto. "E per Gina non cambierà quasi niente."

"Avrà i Davies come datori di lavoro." Rosie strinse le labbra.

"Non sono poi così male."

"Disse colei che non ne poteva più di Amy, quanto me."

Paige cambiò di nuovo posizione. Si morse il labbro inferiore e guardò Rosie. "Amy e la sua famiglia, adesso, si stanno comportando bene con te, vero?"

"Sì." Neanche Rosie poteva negarlo.

"Perché… vedi… il fatto è che…" Chiamò Cher con un cenno, ma la gatta la ignorò.

"Cosa?"

"Non me la sono sentita di dirtelo, perché stavi sotto un treno per la storia con Charlie." Un sorriso le illuminò il volto. "Ma… vedi, da un po' di settimane… diciamo che Grant Davies e io ci stiamo frequentando."

"Il fratello di Amy?" Nella testa di Rosie lampeggiò una scritta rossa a caratteri cubitali: *Grant, l'idiota in piena tempesta ormonale.*

"Lui non è affatto come Amy," proseguiva intanto Paige. "È tanto dolce."

"Amy sa essere molto dolce quando vuole. Ma se non ottiene ciò che vuole, tira fuori gli artigli."

"Lui mi piace davvero." Paige arrossì. "Morivo dalla voglia di dirtelo, ma non potevo. Non con tutto il casino che è successo con Charlie."

"Ma no." Rosie si sporse e le diede una leggera pacca sul ginocchio. "Sei la mia sorellina. Puoi dirmi sempre tutto."

"Ti correggo: sono la tua sorellina diventata grande, quindi so rispettare i tuoi sentimenti e lo farò sempre."

Rosie le rivolse uno sguardo carico di affetto. "Sono contenta che hai incontrato qualcuno che ti piace davvero. E poi è un bel ragazzo. Almeno in quel senso, il patrimonio genetico dei Davies non è male."

Paige fece una risatina e lisciò tutte le pieghe del foglietto. "Chissà Grant cosa ti direbbe."

"Perché non lo scopriamo? Invitalo a cena. Mi piacerebbe passare del tempo insieme."

"Intendi dire che vuoi vedere se è un ragazzo a posto?" Paige fece una pallina col foglietto che aveva appena finito di lisciare e la lanciò a Rosie.

"Anche quello."

"Allora facciamo un doppio appuntamento? Tu e Amy, più io e Grant?"

Rosie le rilanciò la pallina di carta a mo' di *no* tassativo. Riusciva ancora ad avere una conversazione decente con Amy, ma non intendeva riaccenderne le speranze.

"Dovremmo fare un piano dei tuoi viaggi. Dove vuoi andare?" chiese Paige.

Le bastò pensarci un secondo. "A Venezia."

"Vorrei poter venire anch'io."

"Allora vieni." Rosie la guardò negli occhi. "Vieni con me."

Paige rimase a bocca aperta per un attimo, poi iniziò ad annuire con entusiasmo. "Possiamo andare in tutti i posti dove la mamma e il papà hanno scattato le foto. Rivivere i loro ultimi momenti felici."

Rimasero in silenzio per un po'.

"Forse dovresti andare anche nel Principato di Monaco," disse Paige.

"A fare che? D'accordo che i Davies vogliono darci tanti soldi, ma non è che dobbiamo diventare evasori fiscali."

Paige ridacchiò. "Col tuo magnetismo per i reali, magari attiri un'altra principessa!"

Rise anche Rosie, sperando di riuscire a nascondere l'angoscia che aveva dentro.

Per lei, esisteva una principessa soltanto; non ce ne sarebbero state altre.

Capitolo 27

Il sudore sgocciolò dalla fronte sull'erba profumata ai suoi piedi. Olivia rimase china con le mani sulle cosce, in attesa che il respiro tornasse regolare. Guardò in alto le chiome degli alberi e la massa di nuvole bianche nel cielo. L'unico suono era il cinguettio degli uccelli. Era contenta di aver preso la decisione di andare a correre, quel mattino, per liberarsi del troppo stress. Essendo il giorno in cui intendeva dire ai genitori che non si sposava più con Jemima, la gestione dello stress era prioritaria. La corsa intorno ai boschi della sua tenuta nel Surrey era stata proprio quello che ci voleva. Se all'inizio era stata un guazzabuglio di pensieri, la sua mente alla fine badava soltanto al vento sul viso e allo schiocco dei rametti che si spezzavano sotto i piedi.

Rientrata in casa, si fermò in cucina a bere un bicchiere d'acqua. Le tornò in mente la scena con Jemima la sera prima. Tutto sommato, Jemima l'aveva presa più che bene, come se in fondo se l'aspettasse. Olivia sperava di passarla altrettanto liscia coi genitori, anche se non vedeva come. Il tempo trascorso con Rosie le aveva donato una consapevolezza importante: che si trattava della propria vita, e che *si vive una volta sola*. La sua prossima mossa sarebbe stata di cruciale importanza. Voleva fare le cose per bene. Poi, una volta rimosso l'ostacolo, non le restava che raggiungere Rosie e sperare che fosse sulla sua stessa lunghezza d'onda.

Raccolse il cellulare e vide che le era arrivato un messaggio. Come al solito, le mancò il respiro. Macché, non era di Rosie. Era di Alexandra.

Vai a cena a palazzo, stasera?

Olivia le scrisse di sì.

La risposta della sorella fu pressoché istantanea. *Dimmi a che ora, vengo anch'io.*

Olivia ebbe un tuffo al cuore: Alexandra veniva a darle man forte. Data la situazione, non poteva avere un alleato migliore. Avere il sostegno della sorella significava moltissimo per lei. Le dava speranza per il futuro. Perché sarebbe stata anche una battaglia tra la regina in carica e la futura regina. E per il bene dei suoi nipoti – i figli di Alexandra – Olivia sperava che la conversazione che si apprestava a sostenere non si sarebbe ripetuta mai più.

* * *

Olivia era nel salone a fissare il fuoco nel caminetto, con un bicchiere di whisky in mano. Quando l'orologio a cassa lunga nell'angolo batté le sette e trenta, l'ora di cena, la sua mente si svuotò. Avrebbe dovuto prepararsi un discorso? Si sfregò una mano sulla guancia, ricordandosi subito dopo di essersi truccata. Imprecò. Estrasse uno specchietto dalla borsetta: poco male, il trucco era ancora perfetto. Era pronta per la battaglia. Aveva deciso di indossare un semplice abito nero per far contenta la madre. Quella sera la cosa più importante era ciò che doveva dirle, quindi meglio evitare qualsiasi distrazione.

La porta si spalancò: Alexandra le venne incontro tutta

sorridente, la strinse in un abbraccio da orso e indietreggiò di un passo.

"Pronta?" le chiese.

"Come sempre," rispose Olivia.

Alexandra le toccò il braccio. "Non siamo sole, comunque. Ho chiamato i rinforzi."

Olivia aggrottò la fronte. "Cioè? Se viene Sebastian, non credo ci sarà di grande aiuto."

"Fidati di me. Vedrai."

Qualche istante dopo furono invitate a entrare nella sala da pranzo. Olivia e Alexandra presero posto alla destra della madre, il padre alla sinistra. I loro discorsi furono innaturali mentre i camerieri portavano il vino, l'acqua, il pane e gli antipasti. Solo quando i camerieri furono usciti dalla sala, lasciandola finalmente sola con la sua famiglia, Olivia mise giù il cucchiaio. Nel frattempo, aveva mangiato metà della sua vellutata di pomodoro – la zuppa preferita della regina.

"Devo dirvi una cosa," esordì con un tono più fiducioso della fiducia che effettivamente aveva in sé stessa. Come le aveva raccomandato Alexandra, doveva restare calma, parlare scandendo bene le parole e mantenere il contatto visivo.

"Spero si tratti di buone notizie sul matrimonio. Malcom mi ha informata che volete cambiare il menù." Lo sguardo della madre la trafisse come un laser. In qualche modo, la regina sembrava avere in testa la corona anche quando non ce l'aveva. "Siete riuscite a fare almeno quello?"

Olivia incrociò il suo sguardo. Sentì irrigidirsi ogni muscolo del corpo. "Ci siamo incontrate per parlarne." Fece un respiro profondo. "Poi però abbiamo preso un'altra decisione, che è molto più importante." Si schiarì la voce, guardò prima il padre, poi la madre. *Ricorda l'addestramento militare: spalle dritte e pancia in dentro.* "Sappiate che non l'abbiamo presa a cuor leggero, ma Jemima e io abbiamo deciso di non sposarci." Ebbe un sussulto. Il suo battito cardiaco accelerò. Si aggrappò al bordo del tavolo. "Sono venuta qui stasera per dirvelo. Cancelliamo il matrimonio."

Il viso della madre divenne paonazzo. Il cucchiaio d'argento massiccio che aveva in mano rimase sospeso a mezz'aria. "*Voi cosa?*"

"Noi non ci sposiamo." Il rumore bianco le invase la testa, ma lei lo ignorò. "Non è quello che vuoi sentire, lo so, ma è meglio che lo cancelliamo adesso, anziché fra qualche settimana."

La madre posò il cucchiaio sul piattino e si pulì la bocca col tovagliolo bianco inamidato. Lanciò un'occhiata al marito, poi tornò a fissare la figlia minore. "Ne abbiamo già parlato, Olivia. Non è una decisione che puoi prendere tu. Il matrimonio si farà come da programma." La bocca si era ridotta a una linea sottile, gli occhi a due fessure strette.

Olivia lasciò passare alcuni secondi, poi tornò alla carica. "No, madre. Noi non ci sposiamo. Non è quello che vuoi sentire, lo so, e credimi, non lo faccio per farti arrabbiare, ma questo matrimonio non si farà."

Lo sguardo di Olivia non vacillò, anche se dentro di sé stava già correndo fuori dai cancelli del palazzo, gridando a squarciagola.

La regina si schiarì la voce. "Tu lo sapevi?" chiese alla figlia maggiore.

Alexandra annuì. "Sì."

Inclinò la testa. "E cosa ne pensi? Pensi forse che a tua

sorella dovrebbe essere consentito di calpestare l'istituzione della famiglia reale, come se fosse una privilegiata?"

Anche Alexandra si schiarì la voce. "Sì, e intendo sostenerla."

Olivia le avrebbe dato volentieri un bacio in fronte. Lanciò un'occhiata a destra e vide che la mano della sorella tremava.

"Io ho obbedito ai tuoi ordini," continuò Alexandra, "ma i tempi sono cambiati. Olivia ama un'altra donna. E se si sposa, dev'essere con lei."

La regina sbatté il palmo sul tavolo. "Quante volte ve lo devo ripetere? Il matrimonio non è una questione d'amore, ma di dovere."

"E io sono felice di adempiere ai miei doveri di reale, non ho mai detto il contrario," intervenne Olivia, mantenendo il sangue freddo. "Solo che voglio farlo con la donna giusta al mio fianco."

"Jemima è la donna giusta."

"No che non lo è!" Okay, forse adesso non era più tanto calma. "Jemima è adorabile, ma non mi ama. È innamorata persa di Tabitha Middleton."

La regina corrugò la fronte. "Tabitha Middleton, che è fidanzata con Henry Maston?"

Olivia chiuse gli occhi. "Sì, proprio lei."

"Dio mio! Sono tutti depravati in questi giorni? Ai miei tempi, le donne andavano solo con gli uomini."

Olivia sentì come un'esplosione dentro di sé. "Depravati? È questo che pensi? Che se una è lesbica è *depravata*?!" Spinse indietro la sedia e si alzò, tremando dalla testa ai piedi. "Lo sai invece cos'è veramente da depravati? Sposare qualcuno che non ami, e così rendere la tua vita e la sua vita un inferno!" Ormai era un torrente in piena. E chi la fermava più! "Guardatevi, tu e papà!" proseguì, indicandoli. "Com'è stata la vostra vita da sposati? Eravate pazzamente innamorati quando vi siete messi insieme?"

La regina increspò le labbra. "Nessuno è pazzamente innamorato quando si sposa. Quello succede nei film, non nella vita vera."

"E se invece succedesse nella vita vera? E se fosse successo a me?" Olivia si premette l'indice sul petto. "Infatti mi è successo mentre ero in Cornovaglia. Ho conosciuto una donna che mi ha voluto bene per quello che sono, e io me ne sono innamorata."

Anche la regina spinse indietro la sedia e si alzò. "Ancora? Sempre lei? La donna che gestisce un caffè? È lei che vuoi sposare?"

Olivia annuì fermamente. "Sì."

La regina alzò le mani al cielo. "Bene, allora fai pure. Vedi se funziona. Non la conosci nemmeno. E lei non conosce te. Non durerete un mese. Lei finirà in pasto alla stampa e non reggerà l'invadenza dei giornalisti. Tu crollerai di fronte ai doveri che comporta il tuo titolo, tornerai qui di corsa e ti renderai conto che avresti dovuto sposare qualcuno che capisce, che conosce il ruolo di consorte di un reale. Qualcuno come Jemima. Qualcuno che fa parte del nostro ambiente e che ha classe."

"Madre, tu hai torto e io te lo dimostrerò. Rosie non è una duchessa e non ha studiato a Oxford, ma è la donna più intelligente che abbia mai conosciuto. Non amo Jemima. Amo *Rosie*. E non le ho ancora chiesto di sposarmi, quindi non sto dicendo che mi sposerà. Ma intendo fare tutto ciò che è in mio potere per convincerla a darci una possibilità."

Un braccio le circondò una spalla. Olivia si voltò: era Alexandra. "Ha ragione, mamma. Tu continui a parlare di tradizione, ma è ora di iniziarne una nuova in questa famiglia. Olivia dovrebbe sposarsi con chi vuole. Guardati intorno. Tu e papà. Io e Miles. Chi di noi è felice?"

"La vita non è questione di felicità. È questione di svolgere bene il proprio dovere."

"Olivia può comunque farlo. Ma non sarebbe meglio se lo facesse con qualcuno che ama al suo fianco? A me avrebbe reso la vita molto più facile."

"La tua vita è più facile con Miles di quanto lo sarebbe stata con *quell'uomo*."

Lo sguardo di Alexandra si fece di ghiaccio. "Dipende dai punti di vista."

Proprio allora la porta si aprì e il maggiordomo annunciò: "Sua altezza reale, la Regina Madre".

Nella sala da pranzo entrò la nonna delle due principesse, magnifica col suo abito rosso e i capelli grigi raccolti in un elegante chignon. Pur avendo superato i settant'anni, era ancora un concentrato di energia. "Scusate il ritardo." Salutò le nipoti con un bacio. "C'era un traffico che non vi dico."

Per una volta, la regina sembrò spiazzata. "Cosa ci fai qui?"

Olivia si girò a sorridere alla sorella: dunque, i rinforzi erano arrivati. Se c'era qualcuno in famiglia in grado di capire la sua situazione, era la nonna. Diversamente dalla madre, la nonna aveva un'incrollabile fede nell'amore. Il che la rendeva un pesce fuor d'acqua rispetto al resto dei reali.

La nonna si avvicinò alla regina e la fece riaccomodare sulla sedia. "E ciao anche a te, figlia mia."

Olivia osservò il padre alzarsi e tirare indietro una sedia per far sedere la nonna, mentre i camerieri si affrettavano ad aggiungere un coperto.

"Vi porgo le mie scuse per aver interrotto la festa, ma sono stata avvisata del fatto che potesse essere necessaria la mia presenza. Allora, cosa mi sono persa?" chiese la nonna.

Olivia si schiarì la voce. "Stavo dicendo a mia madre che non mi sposo con Jemima, perché amo un'altra donna."

La nonna annuì, mentre prendeva un panino. "Bene, Jemima non è mai stata giusta per te. È sempre troppo truccata." Fece una pausa. "Chi è quest'altra donna?"

"Si chiama Rosie e abita a Otter Bay," rispose Olivia.

"Ed è una plebea che non sa un bel niente delle nostre tradizioni," aggiunse la regina, acida.

"Bene," disse la nonna, fissando la figlia. "Giusto quello che serve a questa famiglia. Qualcuno di nuovo, del sangue fresco." Si rivolse a Olivia. "Cosa fa questa Rosie?"

"Gestisce un caffè," rispose Olivia.

La nonna annuì. "Dunque ha delle competenze imprenditoriali ed è intelligente." Fece una pausa. "Scommetto che è anche forte, se ti senti attratta da lei. Ho ragione?"

Olivia si illuminò. "È il ritratto della forza, nonna."

La nonna bevve un sorso di vino e si rivolse al padre di Olivia. "Cosa ne pensi, Hugo? Tua figlia vuole seguire il suo cuore ed essere felice. Intendi sostenerla?"

Il padre chinò la testa, poi la risollevò. "Le avevo detto di obbedire a sua madre, ma ci ho ripensato." Diede un'occhiata alla figlia minore, poi alla moglie. "Mi dispiace, Cordelia, ma sono d'accordo con tua madre. Ho fiducia in Olivia e penso che dovresti averne anche tu. Se c'è una cosa che abbiamo fatto bene insieme, sono le nostre figlie. Guardale, sono tutte e due una meraviglia. E se Olivia pensa che questa donna possa sopravvivere nel circo che è la nostra famiglia, allora perché no? Penso che dovremmo lasciare che viva la sua vita fidandosi del suo istinto."

Olivia guardò la madre e trattenne il respiro, in attesa che rispondesse. Il suo futuro era appeso a un filo. Aveva già scelto il cammino che intendeva percorrere, ma sarebbe stato molto più facile con la benedizione della madre.

La regina storse le labbra. "E va bene," disse tra i denti. "Vi siete coalizzati tutti contro di me, cosa posso fare? Vai pure con questa donna, sposa chi ti pare, ma non venire da me a piangere quando andrà tutto storto."

Olivia provò un improvviso affetto nei suoi confronti. Da qualche parte, nascoste dietro le sue parole, aveva percepito una tacita accettazione. Per una volta, la regina la stava assecondando. Non poteva che rallegrarsene.

"Prendila come una benedizione da parte di tua madre," disse infatti la nonna, ridacchiando. "Fattene una ragione, Cordelia," disse poi alla figlia. "Il mondo continuerà a girare anche se Olivia si sposa con una donna che ha un accento dialettale." Poi si rivolse ancora a Olivia. "E se è grazie a lei che mia nipote ha quel bel sorriso, non vedo l'ora di conoscerla."

Capitolo 28

Rosie sorseggiò il sidro della Cornovaglia e ripensò a Charlie, alla faccia che aveva fatto quando l'aveva provato. Ma era al Dog & Duck per festeggiare, quindi ignorò la fitta di rimpianto e guardò invece la sorella. Paige le fece un sorriso teso, poi diede un'occhiata all'orologio.

"Vedrai che tra un attimo arriva," disse Rosie.

"Meglio per lui," sbottò Paige. Dal tono, sembrava che lei e Grant fossero sposati da vent'anni, invece che essersi appena innamorati – senza contare che lui, tra l'altro, stava per essere presentato alla famiglia.

Rosie ridacchiò. *Essere tesa come un violino, mentre aspetti la persona di cui sei innamorata. Che bella sensazione.* Era felice per la sorella.

Quanto a sé stessa, per quanto fosse rimasta scottata, stava ricominciando da capo. Quella sera iniziava la sua nuova vita. Non c'era modo migliore di dimenticare una principessa.

Gina smise di leggere il menù del pub. "Forse è il caso che ne parli coi Davies. Questo menù andrebbe rivisto."

"Bene, bene. Sentite la nostra chef!" disse Hilary e alzò il calice di vino. "Facciamo un brindisi ai nuovi inizi."

Proprio allora comparve Grant. Si fermò davanti a loro, sfregandosi i palmi sui jeans. Il sudore gli imperlava la fronte.

Quando però il suo sguardo scivolò su Paige, l'espressione agitata che aveva negli occhi si addolcì e le labbra si curvarono in un sorriso sbilenco.

Paige si sciolse all'istante, e Rosie, che non si era persa nulla della scena, pregustò il momento in cui l'avrebbe presa in giro tornando a casa.

Grant accennò un timido saluto con la mano alle quattro donne sedute al tavolo. "Piacere di conoscervi tutte. Cioè… non è che non ci siamo mai visti prima," balbettò. "Vi offro qualcos'altro da bere?"

"Siediti, Grant," ordinò Hilary. "Ti prendo io una birra, va bene? Così brindi con noi."

Grant annuì e fece come gli era stato detto. Forse Paige l'aveva avvertito: quando Hilary era su di giri – e quella sera lo era, decisamente – meglio obbedirle senza fare storie.

Grant diede a Paige un casto bacio sulla guancia, e Rosie provò un'altra fitta al petto. Era nostalgia dei tempi andati. Quando copriva Paige con una coperta dopo che si era addormentata sul divano – per l'ennesima volta. Quando cercava di aiutarla a fare i compiti, anche se Paige sapeva già tutto più di lei. Le volte che erano andate al cimitero: Paige addossata al suo fianco, entrambe che tiravano su col naso, cercando di non piangere. Ma Paige ormai non era più una bambina.

Hilary tornò con la birra per Grant. Rosie lo osservò per alcuni secondi. Aveva gli stessi occhi castani di Amy.

"Riproviamo," disse l'anziana. Alzò di nuovo il calice e tutti la imitarono. "Ai nuovi inizi."

La zia non era tipo da andare in pensione presto e aveva acconsentito a rimanere al caffè con Gina. Rosie era contenta perché, restando la zia, le sembrava che anche la madre e lei stessa – almeno in parte – sarebbero state ancora presenti al Mark & Maude's.

"Ragazze, non dimenticate dove state di casa," le redarguì Hilary dopo il brindisi.

"Starò via solo qualche mese," la rabbonì Rosie.

"E io vado solo all'università." Paige si voltò verso Grant. "Per favore, tienila d'occhio tu mentre non ci sono."

"Quando tornerete, ci saranno sempre dei fagottini appena sfornati ad aspettarvi," dichiarò Gina.

"Buonasera! Buonasera!" La voce di Amy risuonò dalle casse acustiche.

"Ci siamo," grugnì Grant. "Inizia." Alzò gli occhi al cielo. "A mia sorella piace fin troppo fare la presentatrice."

Basta che non si metta a cantare, pensò Rosie.

"Siamo tutte d'accordo di festeggiare la serata con una canzone," disse Paige. "Cosa ci canti?" Fece un sorrisetto a Grant.

"Io?" Grant sgranò gli occhi, inorridito. "Io non canto. Voglio che i clienti si divertano, non che si spacchino i timpani. Tra l'altro, Amy non me lo permetterebbe mai." Si rilassò, sicuro del fatto suo.

Rosie smise di badare alla loro conversazione e guardò Amy sul palco. Per ora si stava comportando bene. A meno che non avesse riattaccato con *I Will Always Love You*, lei avrebbe potuto godersi la serata in santa pace.

"Normalmente sono io ad aprire le danze," diceva intanto Amy al pubblico. "Ma stasera vorrei che fosse qualcun altro a fare gli onori di casa." Con un sorriso scaltro incollò gli occhi al loro tavolo. Per un istante, Rosie ebbe il timore di essere chiamata sul palco. "C'è qui il mio fratellino. Ed è *innamoratooo!*"

Le guance e le orecchie di Grant si tinsero di rosa acceso. "Che stronza," borbottò sottovoce.

"Mi sa che non hai altra scelta," disse Paige.

"Certo che ce l'ho. Mia sorella mi tormenta dal giorno in cui sono nato. Ho imparato a farla stare buona." Si alzò in piedi per risponderle a tono. "Amy cara, mai e poi mai ti priverei del tuo momento più bello della settimana." Aveva scandito bene le parole ad alta voce, per farsi sentire da tutti.

Hilary alzò gli occhi al cielo. "Rivalità in famiglia."

"Ehi, gente!" proseguì Amy, imperterrita. "Aiutatemi tutti a convincere Grant a venire sul palco!" Aveva il vantaggio del microfono. "Grant! Grant! Grant!" Intonò un coro finché il nome del malcapitato rieccheggiò in tutto il pub.

Persino Paige iniziò a gridarlo con entusiasmo.

Povero Grant. Rosie sapeva benissimo quanto potesse essere insistente Amy. Forse, in futuro, lei e Grant avrebbero potuto coalizzarsi per difendersi.

"Dai, Grant!" Amy fece un cenno a Dave, che stava come al solito dietro il bancone del bar. "Ora mettiamo su la *tua* canzone preferita."

"E pensare che avevo appena iniziato a vedere ancora il lato buono di Amy," disse Rosie a Hilary.

"Grazie a Dio, tu e tua sorella non vi siete mai comportate così."

"Abbiamo avuto anche noi i nostri momenti poco simpatici," ammise Rosie.

"Non che io ricordi." Hilary le rivolse un sorriso.

Quasi tutto il pub stava urlando il nome di Grant. Rosie distingueva a malapena la musica dalle grida frenetiche.

"E dai, Grant." Paige lo incoraggiò. "Cantami una canzone." Probabilmente Paige ed Amy sarebbero andate d'accordissimo in futuro: Paige sembrava godere della tortura che Amy stava infliggendo al fratello.

"E va bene," si arrese lui. "L'hai voluto tu. Poi però non ti lamentare."

"Sarà un piacere ascoltare ogni nota." Paige gli mandò un bacio.

Il ragazzo andò sul palco. Alcuni gridavano ancora il suo nome, ma lui non pareva infastidito più di tanto. Forse gli piaceva essere al centro dell'attenzione. Dopotutto, era un Davies, no?

Amy gli fece una riverenza e gli passò il microfono.

Paige scattò in piedi e iniziò ad applaudire.

"Ma se non ha ancora cominciato!" disse Hilary.

"Ah, l'amore tra i giovani!" sospirò Gina. Stava fissando il palco con un sorriso da ebete.

Dave fece ripartire la traccia: stavolta, Rosie riconobbe subito la canzone. Amy era veramente una stronza. Grant non era neanche nato, quando quella canzone era stata prima in classifica. Attese col fiato sospeso che il ragazzo iniziasse a cantare. Alle primissime parole, un mormorio collettivo riecheggiò nel pub. Grant non ci badò e andò avanti a cantare una versione a dir poco orrenda di *Angels* di Robbie Williams.

Al secondo ritornello, tutti si unirono al coro, più che altro per coprire le stonature che Grant produceva con le sue corde vocali. Ma era proprio per quello che a Rosie piaceva andare al Dog & Duck.

Indubbiamente, una volta sceso dal palco, Grant sarebbe

stato preso in giro senza nessuna pietà, ma anche con immensa allegria. E Rosie non poteva che applaudirlo per tutto l'impegno che ci stava mettendo. Andava avanti e indietro sul palco come una rockstar, invitando la gente a cantare con lui…. anche se, più che celebrare gli angeli, li stava facendo fuori tutti.

Eh sì. Paige aveva trovato un bravo ragazzo.

"Non so se dopo stasera mi piacerà ancora questa canzone," disse Gina.

"Al caffè non gli permetteremo mai di cantare. Niente microfoni al Mark & Maude's," disse Hilary.

"Forse lo manderò a lezione di canto," disse Paige, con un largo sorriso.

La folla lo applaudì mentre scendeva dal palco. Non c'era stato nulla di romantico nella sua esibizione, ma Paige lo accolse al tavolo come se le avesse cantato la serenata più bella del mondo.

"Quasi quasi, rimpiango che non sia stata Amy a iniziare il karaoke," gli disse Rosie. Bevve un lungo sorso del proprio drink e ridacchiò.

"Non far finta che non ti abbia fatto un enorme favore, a levarle i riflettori di dosso," la prese in giro Grant, neanche facesse già parte della famiglia. Svuotò il boccale di birra. "Un altro giro? Cantare mi fa venire sete."

Rosie si alzò. "Vado io. Tu offri il prossimo." Aveva la sensazione che sarebbero rimasti al pub fino a tarda sera. Visto che si era allontanata dal tavolo, ne approfittò per andare alla toilette. Mentre si stava lavando le mani, le parve di sentire le note iniziali di *Royals* di Lorde. La sua canzone preferita – una volta. Ora non più. Era troppo contaminata dal dolore.

Si affrettò a ritornare di là, per vedere chi la stava cantando.

Rosie di solito sceglieva quella canzone per sé, nella serata del karaoke. A Otter Bay lo sapevano tutti. Probabile che ad avergliela usurpata fosse una turista londinese del weekend. Riusciva già a distinguere la voce di una donna. Chiunque fosse, era la benvenuta. Rosie non aveva intenzione di cantarla più per un bel po'.

Svoltò l'angolo e guardò il palco.

Non può essere! Sbatté le palpebre, ma quando riguardò, c'era la stessa donna di prima, e continuava a cantare.

I loro sguardi si incrociarono. E si allacciarono. Ora non aveva più dubbi. Era lei. Charlie era tornata. E le stava cantando la sua canzone. Non sembrava affatto la donna che Rosie aveva visto sui giornali nelle ultime settimane, vestita dagli stilisti e col trucco perfetto.

Chi stava cantando sul palco del Dog & Duck non era la Principessa Olivia. Era Charlie, l'ex ufficiale dell'esercito che Rosie aveva conosciuto due mesi prima. La donna che l'aveva corteggiata. La donna splendida con cui aveva passato una notte meravigliosa.

Rosie era inchiodata al pavimento. Com'era successo? E Jemima dov'era?

Le persone al tavolo alla sua destra iniziarono a darsi leggere gomitate. Anche se Charlie non sembrava affatto la donna in primo piano nei notiziari dell'ultimo periodo, la stavano riconoscendo. Non aveva modo di nascondersi. Al contrario, continuava a cantare. Cantava per lei.

Una ragazza andò vicino al palco e iniziò a filmare Charlie col cellulare. Ben presto altre due persone la imitarono. Rosie voleva fermarle, voleva dire loro che, anche se il pub era un luogo pubblico, quello era un momento privato.

E fu proprio allora che si rese conto che per Charlie, quando si trattava di amore, non esisteva un momento privato.

Ormai il pub era tutto un luccicare di flash. Se qualcuno avesse postato video e foto sui social media, i paparazzi sarebbero arrivati in un batter d'occhio. Era il genere di cose di cui doveva preoccuparsi Charlie. Nelle ultime settimane, Rosie era stata perseguitata abbastanza da sapere quanto ci si potesse sentire a disagio davanti ai giornalisti.

Si avvicinò al palco, ma restando dietro alle persone coi cellulari. Charlie continuava a guardarla come se lei fosse l'unica persona nel pub.

Poteva esserci una sola ragione per cui Charlie era venuta al Dog & Duck e si stava esponendo così.

Lo stava facendo per lei.

La canzone finì e la folla esultò. Charlie fece un rapido inchino, mantenendo però il contatto visivo con Rosie. Non appena tornò in posizione eretta, sorrise e scese a passi svelti dal palco.

Rosie la raggiunse a lato della piattaforma, la prese per mano e la trascinò fuori, sperando che nessuno le seguisse.

Capitolo 29

Mano nella mano, uscirono nel parcheggio semibuio del pub. La sensazione della pelle di Rosie contro la propria era tutto ciò che contava, in quel momento, per Olivia. Rispetto al rombo assordante della clientela infervorata dal karaoke, fuori era un oceano di calma. Rosie non la guardava; si limitava a trascinarla. Attraversarono il parcheggio, lasciandosi alle spalle chi le aveva seguite col cellulare in mano, e più avanti imboccarono il sentiero intagliato nella scogliera. Quando si avvicinarono alla panchina dove si erano già sedute una volta, dove Rosie le aveva parlato della sua famiglia, raccontandole la sua storia, un'ondata di sollievo colse Olivia. Rosie continuava a stupirla. Forse, dopo quello che era appena successo, voleva parlarle ancora.

La bionda si voltò e controllò se qualcuno le avesse seguite fin lì: a quanto pareva, erano sole. Dopodiché si mise a fissare Olivia. "Cosa diavolo ci fai qui?" Da come muoveva le braccia e come atteggiava il viso, sembrava non sapesse che fare. Chiaramente, era sconcertata.

"Ti ho cercata al caffè e ho visto il cartello sulla porta che dice *Chiuso per festa*. Se c'è da festeggiare, so che andate sempre al Dog & Duck." Fece una pausa. "Cosa stavate festeggiando?"

Rosie scosse la testa. "Sbuchi fuori all'improvviso e pretendi di fare tu le domande. No, non è così che funziona. Perché sei qui? E perché sei così conciata?" Indicò Olivia dall'alto in basso e dal basso in alto. "Sei ancora Charlie, non sei più la Principessa Olivia."

Olivia posò una mano sul braccio di Rosie, poi si guardò com'era vestita. Jeans neri, stivali di pelle, un top a strisce bianche e grigie. Non le sembrava di essere vestita male. "Volevo confondermi con gli altri," disse, accigliandosi.

"Sei una principessa. Tu non ti confondi con gli altri."

Olivia la fissò. "Invece sì, se per me è importante. E stasera lo è."

Se prima era sconcertata, a quelle parole, Rosie iniziò a capirci qualcosa. "Ma…" Scosse la testa. "Cosa ci fai qui vestita da Charlie? Stai per sposare Jemima come-si-chiama. Non puoi tornare a Otter Bay coi jeans, a cantare al karaoke come una persona normale. Non va contro i codici di voi reali?"

Olivia sorrise. "Hai parlato con mia madre?"

Vedendo che Rosie era ancora tesa, la fece sedere sulla panchina. La loro panchina. Poi le si mise accanto e le prese una mano.

"Sono tornata solo adesso – e pure all'improvviso, è vero – ma non ho mai smesso di pensarti da quando me sono andata via, qualche settimana fa."

"Ma tu stai per sposarti. Lo sanno tutti. Ho visto anche dove, sui giornali."

Olivia scosse la testa. "Non più."

"Ho letto un articolo in cui intervistavano lo stilista del tuo abito."

"Rosie…" iniziò Olivia con tono deciso.

"E ho sentito della tua torta coi fiori di sambuco e le rose. E sai cos'ho pensato? Che io nella mia torta di matrimonio i fiori di sambuco non li vorrei mai, perché, vedi, secondo me sanno un po' di pipì, e invece preferirei..."

"Rosie!" La voce di Olivia fu come uno schiaffo. "Ascoltami." Le accarezzò le nocche col pollice.

Rosie abbassò lo sguardo, poi lo risollevò.

"Ci sei? Guarda le mie labbra. Io-Non-Mi-Spo-so."

"Non ti sposi?" Corrugò la fronte.

Olivia scosse la testa, cercando di assumere l'espressione più convincente possibile. "No. Ho cancellato tutto. Jemima e io... Noi non siamo mai state veramente insieme. Siamo ex che frequentano gli stessi ambienti, e per mia madre è stato un motivo sufficiente per convocarci e farci sposare, perché dice che ormai io ho una certa età. Ma noi non ci siamo neanche mai baciate né prima né dopo l'annuncio del fidanzamento, e all'idea di farlo mi sentivo sempre peggio, da quando ho conosciuto te. Perché come posso baciare Jemima – figuriamoci sposarla – se il mio cuore appartiene a un'altra?"

Dal viso di Rosie finalmente trasparì che aveva capito. Olivia trattenne il respiro, in attesa del verdetto.

Ma la bionda era come inebetita.

"Be', di' qualcosa!" sbottò Olivia dopo qualche secondo. "Non ho l'abitudine di andare nelle località di mare a cantare al karaoke, men che meno *Royals*. Non è proprio la canzone preferita dei reali."

Un risata incredula risuonò nell'aria. "Tu non ti sposi?" mormorò Rosie.

Olivia scosse la testa. "No. Non posso. Non faccio altro che pensare a te." Si portò le dita di Rosie alle labbra e le baciò delicatamente. Avvertì un brivido nelle parti basse. Le mancava Rosie. Le mancava fare l'amore con lei. Sollevò lo sguardo. Rosie la stava fissando. Le pupille erano dilatate. Sembrava fosse sul punto di farle un mucchio di domande. Olivia sperava che ricambiasse i suoi sentimenti. Altrimenti, tanto valeva buttarsi giù dalla scogliera.

"Ma scusa… E tutto il resto? Non è un matrimonio qualsiasi. Tu sei una reale, per la miseria. Tutta la nazione sta facendo il conto alla rovescia, come mi è stato fatto notare più volte, da quando te ne sei andata. Davvero puoi… mollare tutto e andartene?"

Olivia trasalì e le baciò di nuovo la mano, cogliendo un brivido in lei. Sorrise. Se non altro, l'attrazione fisica tra loro funzionava ancora. "Diciamo che mia madre non sprizza gioia da tutti i pori, ma le passerà. Abbiamo fatto una dichiarazione ufficiale che verrà rilasciata domani mattina."

Rosie raddrizzò la schiena. "Non ti sei messa nei guai cantando al karaoke?"

Lei fece spallucce. "L'Ufficio Stampa del Palazzo si incazzerà, ma ho solo cantato una canzone. Non c'è nessuna legge che lo vieta. Senza contare che ci sarà, comunque, un putiferio, dopo il grande annuncio di domani. Io però non potevo aspettare fino a domani per dirtelo." Fece una pausa. "Mi sei mancata tantissimo. Mi dispiace per tutto quello che hai passato, non sai quanto." Guardò il cielo nebbioso e per un istante ascoltò le onde dell'oceano infrangersi sugli scogli sottostanti. Inspirò profondamente, sentendosi colma di speranza. "Volevo confessarti tutto, ma non sapevo come. E poi so che ti piacevo proprio perché ero io, perché ero Charlie, e una parte di me preferiva lasciare le cose così."

"In verità, se avessi saputo che sei una principessa, sarei scappata via di corsa." Rosie scosse la testa. "Continuo a pensare di essere stata una stupida per non averlo capito subito. Come ho fatto a non accorgermi di chi sei?"

Un sorriso increspò il volto di Olivia. "Ognuno di noi vede quello che vuole vedere. Volevo farti credere di essere Charlie, e tu ci hai creduto. A nessuno verrebbe mai in mente di avere come cliente fissa del proprio caffè una principessa, o sbaglio?"

Rosie rise, scuotendo la testa. "Non pensavo neanche che le principesse mangiassero i fritti. Pensavo che viveste d'aria."

"Mia sorella sì. Io no." Fece una pausa, accarezzando la morbida pelle delle dita di Rosie. "Ho passato un periodo magico con te. Ogni cosa che ti ho detto è vera. Mi sono innamorata prima di Otter Bay, poi di te."

Rosie inspirò, mordendosi il labbro. "Davvero ti sei innamorata di me?"

Olivia annuì. "Di te, della tua famiglia, del tuo locale. Ma principalmente di te. E quando me ne sono andata, non riuscivo a smettere di pensarti. Ma pensavo anche di aver incasinato tutto talmente tanto da non poter tornare indietro. Ti ho mandato i piatti, i fiori, i messaggi, ma non rispondevi." Le fece un sorriso triste. "Pensavo che fosse finita tra noi, di dover fare il mio dovere, perché è quello che dice sempre mia madre. Il mio dovere di reale verso la corona e verso il Paese. Quindi ho accettato di andare fino in fondo col matrimonio. Ma più si avvicinava la data, più sentivo di sbagliare. Alla fine ho capito che non ce l'avrei mai fatta." Fece una pausa. "Non posso sposare una donna, se ne amo un'altra. Io non sono fatta così."

Rabbrividì. Aveva mandato tutto all'aria troppo tardi? Rosie provava gli stessi sentimenti nei suoi confronti? Aveva fatto ancora più casino? "Lasciare te e questo posto è stata la cosa più difficile che abbia mai fatto, e mi dispiace di averti fatta soffrire così tanto. Mi rendo conto che dev'essere stato uno shock."

"Uno shock tremendo, sì." Rosie atteggiò la bocca a un mezzo sorriso. "Ma per l'attività è stato un bene. Da quando si è sparsa la voce che la Principessa Olivia veniva a mangiare da noi, in incognito, tutti quelli che entrano vogliono sapere qual era il tuo tavolo."

"Non avrai appeso le foto in cui mi sbrodolo con la salsa dei fagioli! Ho un'immagine da mantenere."

"Mi sa che l'hai appena rovinata tu cantando *Royals* al Dog & Duck."

"Probabilmente sì." Le spostò una ciocca di capelli dalla guancia. Rosie non aveva ancora risposto alla sua dichiarazione d'amore. Olivia e il suo cuore erano in trepida attesa, incrociando tutto quello che si potesse incrociare. "Mi è mancata la vita a Otter Bay. Mi sei mancata tu. Più di tutto, mi è mancato il nostro stare insieme. La nostra complicità. Fare l'amore con te. Ho ancora un ricordo molto vivido della notte al maniero."

"Anch'io. Solo che dopo è scoppiata la bomba e io non sapevo più cosa pensare." Fece una pausa, fissando Olivia negli occhi. "Ma non fa niente. Non rimpiango nulla. Non rimpiango di averti conosciuta – Charlie, Olivia, o come ti chiami. Perché, sì, sarai anche una principessa, ma per me tu eri e resti solo tu." La fissò. "E poi perché mi hai cambiato la vita in meglio."

Olivia provò un gran sollievo. Almeno una cosa giusta l'aveva fatta.

"Anch'io ho una novità da raccontarti," aggiunse poi.

Olivia avvertì una stretta allo stomaco. "Cosa?"

"Mi hai chiesto cosa stavamo festeggiando."

Annuì.

"Abbiamo brindato ai nuovi inizi." Si inumidì le labbra. "Paige parte per Durham a settembre e io ho venduto il caffè a Amy."

Olivia era incredula. "Ma scusa, dopo la ristrutturazione, il caffè non stava andando meglio?"

"Sì, altroché! Ed è stato grazie a te." Ora fu Rosie a portarsi le dita di Olivia alle labbra.

Olivia ebbe un tuffo al cuore, ma si impose di concentrarsi sulle parole di Rosie.

"Quando sei andata via, e Gina era sistemata, e il caffè stava andando così bene, mi sono resa conto che, in realtà, il caffè non è quello che voglio. Era il sogno dei miei genitori, non il mio. E con Paige che parte, e l'offerta di Amy sul tavolo, ho deciso almeno per una volta di fare quello che mi sento di fare io. Non avrei mai avuto il coraggio di farlo, se non ti avessi conosciuta. Mi hai fatto capire che c'è un grande mondo là fuori e che io voglio farne parte."

Olivia scosse la testa. "Wow, non smetti mai di stupirmi, sai? Sarebbe più facile restare qui a gestire il caffè. Inseguire i propri sogni è sempre il percorso più difficile."

"Non è stata anche la tua scelta?" le domandò Rosie, con uno sguardo ardente come la brace.

Olivia sorrise. "Decidere di tornare qui, di tornare da te, per me è stata la scelta più semplice, più spontanea." Olivia le baciò ancora la mano. "Quando ero con te, mi sentivo me stessa. Quando ti ho persa, non c'era più niente di giusto.

Sapevo di essere innamorata di te, perché ogni volta che ti vedevo non volevo mai lasciarti." Non riusciva più a trattenersi. "Ma devo chiederti una cosa: mi ami? O almeno, pensi che potresti amarmi, col tempo?"

Rosie le rivolse uno sguardo così deliziosamente caldo che Olivia si sciolse.

"Certo che ti amo. Come potrei non amarti? Mi hai cambiato la vita." Inclinò la testa. "E poi sei sexy coi jeans attillati."

"Davvero?" Voleva dare un pugno in aria dalla gioia, ma si controllò.

Rosie sollevò un sopracciglio. "Molto sexy, sì. Ma come può funzionare tra noi? Tu sei pur sempre una principessa e io sono pur sempre io. Viviamo un due mondi diversi. Così stanno le cose." Il suo viso si fece triste. "Io non vado bene per una reale, Jemima immagino di sì."

"Jemima è il mio passato. Tu sei il mio futuro. O almeno vorrei che lo fossi." Olivia non aveva mai pronunciato parole tanto sincere. Il suo futuro con Rosie aveva già preso forma nella sua mente.

"No. Non può funzionare, Charlie… voglio dire, Olivia." Alzò le mani. "Non so neanche più come chiamarti. Non è ridicolo?"

"Non mi importa come mi chiami. Basta che mi chiami e mi tieni con te."

"Le stelle non ci stanno forse dicendo che non è il nostro destino?" Rosie guardò il cielo prima di riportare gli occhi su Olivia. "La nostra storia non ha avuto un inizio felice, non mi pare."

"No, ma siamo ancora in tempo a metterci un finale felice."

"Ma io parto. Voglio viaggiare."

"Parti?"

Rosie annuì. "Eh già."

"Merda." La fronte di Olivia si corrugò, poi raddrizzò la schiena. "Allora vengo con te."

"Cosa? Non puoi farlo. Non hai i tuoi impegni di reale?"

"Possono aspettare." E lo intendeva sul serio. Sistemare le cose con Rosie era la sua massima priorità; nulla era più importante.

Rosie scosse la testa. "Ma…"

"Niente ma. Solo una domanda. Una semplice. Di quelle la cui risposta è sì o no." Fece una pausa. "Te lo richiedo: mi ami?"

Rosie sentì sciogliersi ogni tensione rimasta nel proprio corpo. "Sì."

"E io amo te. Dovremmo stare insieme. Tu lo sai e io lo so. Nient'altro conta quando sono con te." Olivia spostò il pollice sulla guancia di Rosie, le sue labbra erano a pochi centimetri da quelle di Rosie. Così doveva essere. "Non ti lascio andare, Rosie. Non una seconda volta."

E poi non ci furono più parole. Colmò la distanza che le separava e premette le labbra su quelle di Rosie, mettendo tutta sé stessa in quel bacio.

Le aveva detto la verità. Nulla era più importante di loro due insieme. Proprio così. Le labbra ancora incollate, la mano di Olivia scivolò sul fianco di Rosie, la lingua nella sua bocca. Voleva ricominciare. Voltare pagina. Se non in quel momento, quando?

Dopo alcuni lunghi momenti, Olivia si tirò indietro, col respiro ansante. Il suo cuore voleva di più. Più Rosie, più vita insieme, più di quei momenti. "Vuoi che ce ne andiamo in un posto più intimo?"

Rosie annuì. "Subito, sì," rispose con voce roca.

"Allora via di qui," disse Olivia, tirandola in piedi.

Capitolo 30

Rosie armeggiò con le chiavi nella serratura. Non era sua abitudine aprire la porta di casa con una principessa smaniosa che le alitava sul collo. Dopo la dichiarazione d'amore di Olivia, era fuori discussione sprecare del tempo facendo tutta la strada a piedi fino al maniero. Quindi avevano ripiegato sul piccolo appartamento che Rosie condivideva con la sorella. Era tutto fuorché un posto da re, ma bisognava farselo andar bene lo stesso. E comunque, dal modo in cui Olivia addossava il proprio peso contro la sua schiena, Rosie capì che l'unica cosa che importava alla principessa era che ci fosse un lettone e che avessero la loro privacy.

Ovviamente, appena furono in casa Cher andò loro incontro. E addio atmosfera sexy.

"Mamma mia che bella che sei!" Olivia si accovacciò subito a fare tanti grattini a Cher dietro le orecchie.

"Non farti distrarre troppo dalla gatta," disse Rosie, mentre richiudeva a chiave la porta d'ingresso.

"Ci proverò," rispose Olivia, ma aveva già preso in braccio Cher.

Le fusa della gatta erano talmente alte che Rosie le sentiva da dove stava, ancora vicino alla porta. "Mando un messaggio a Paige. Le dico che non torno al pub." *E di non venire a casa troppo presto.*

"Ciao, Miss Pelosetta," diceva intanto Olivia a Cher, senza badare più a Rosie.

Non appena ebbe inviato il messaggio, Rosie le si piazzò di fronte con le mani sui fianchi. "Scusa tanto, ma come pretendi che io prenda sul serio la tua accorata dichiarazione d'amore, se poi riversi tutto il tuo affetto su qualcun'altra? Passi da un amore all'altro un po' troppo facilmente, per i miei gusti."

"Perdonami," disse Olivia, in imbarazzo. "Sono l'unica in famiglia a cui piacciono i gatti. I Charlton hanno una predilezione per i cani."

"Sì, be', Cher è adorabile, ma sai com'è..." Rosie sbatté le ciglia.

"Si chiama Cher?" Olivia scoppiò a ridere.

"Non si sa come, ma il nome l'ha scelto Paige."

"Ti saluto, Cher." Olivia la rimise a terra. Si avvicinò di un passo a Rosie. "Va meglio così?"

"Molto meglio."

Erano ancora nell'ingresso. Lungi dal guardare in che posto era finita, Olivia non aveva occhi che per lei.

Una frecciata di piacere si fece largo in Rosie. Era arrivato il momento di finire ciò che avevano cominciato sulla panchina. Prese di nuovo Olivia per mano, come aveva fatto prima, quando Olivia era scesa dal palco, e stavolta la condusse in camera sua.

Dato che non si aspettava compagnia, il letto era sfatto e c'era una pila di vestiti su una sedia nell'angolo.

"Non guardare il disordine. Sono solo una plebea."

"Sei la *mia* plebea, adesso." Olivia chiuse la porta e con gentilezza vi spinse contro Rosie.

"Ah, dunque è così che vuoi farlo?"

Olivia fece una pausa ed esaminò il viso di Rosie per un istante, poi curvò le labbra in un lento sorriso. "Ecco… come sarà." Si sporse avanti e la baciò sulla bocca, con delicatezza.

Rosie inalò il suo profumo. Sentì la sua presenza. Era un miracolo che fosse ricomparsa, quando invece tutto sembrava perduto. Ed eccole lì. Il corpo tonico di Olivia premuto contro il proprio. Le labbra della principessa sulle proprie labbra.

Quando il bacio finì, non riuscì a trattenere un sorriso.

"Che c'è di così divertente?" Olivia ricambiò il sorriso.

"L'altra volta non sapevo ancora chi fossi. Non sapevo che fossi una principessa."

"Ho cercato di dirtelo." Le divaricò le gambe con un ginocchio. "Ma eri troppo audace e continuavi a distrarmi."

"Eh, sicuro. Tutta colpa mia, eh?" Rosie le diede un leggero morso al labbro inferiore.

"Adesso mi faccio perdonare, vuoi?" Strinse gli occhi, chinò ancora il capo e insinuò la lingua tra le labbra di Rosie. La quale reagì insinuando le dita fra i suoi ricci; Rosie pensava che Olivia fosse molto più bella così – senza i vestiti da principessa, spettinata e senza trucco.

Sperò tanto che intendesse "farsi perdonare" per tutta la notte. Non le importava cosa sarebbe successo l'indomani; voleva godersi appieno il momento presente.

Sentì aumentare la pressione del ginocchio di Olivia e vi si strusciò contro. Abbassò le mani dai ricci al top con l'intenzione di sfilarglielo dalla testa. Non vedeva l'ora di rimettere gli occhi sulle sue spalle spettacolari.

Olivia le facilitò l'impresa piegandosi indietro un momento. Rivederla nuda fece a Rosie ancor più effetto della prima volta. Forse perché adesso era tutto diverso. Anche lei era diversa. Conoscere Olivia – nei panni di Charlie – l'aveva cambiata.

Poi alzò le braccia e si divincolò per aiutare Olivia a sfilare a lei la maglietta.

"Sei così bella... Mi sei mancata." Olivia la guardò con un tale ardore che Rosie non ebbe altra scelta che credere a ogni singola parola. Niente più bugie. Niente più omissioni della verità. Il peso che aveva sul cuore, da quando si erano affrontate nella cucina del Mark & Maude's, si era dissolto nel momento stesso in cui aveva capito che era Olivia a cantare sul palco del Dog & Duck. Che quella canzone era solo per lei. Adesso Rosie si sentiva leggera come l'aria. Come una nuova versione di sé stessa. La versione che stava per portarsi a letto una principessa.

L'aveva conosciuta quando faceva finta di non esserlo. Il che non si poteva dimenticare. Avrebbe fatto parte della loro storia per sempre. Ma ormai, essendosi chiarite, non le importava più.

Olivia passò il retro delle dita sull'addome di Rosie. Lei rabbrividì, poi percorse coi polpastrelli il profilo dei bicipiti di Olivia. Quelle braccia le piacevano da matti. Come potevano essere così perfette?

Guardò ancora Olivia negli occhi – i suoi occhi verdi, ribelli e indisciplinati come i suoi ricci. E in quello sguardo vide rispecchiarsi il proprio desiderio.

"Anche tu mi sei mancata, non sai quanto," sussurrò, prima di fondere di nuovo le proprie labbra con le sue.

Poi si mossero rapide l'una sull'altra. Tolti i jeans e le

scarpe, si fiondarono sul lettone con solo gli indumenti intimi.

"Non sai quante volte ho sognato questo momento con te," disse Olivia.

Rosie non riusciva a parlare. Provava una felicità immensa, una gioia a cui, fino a un paio di ore prima, pensava di non essere mai più destinata. Ma con quello splendore di donna, tutto sembrava ancora possibile.

Olivia la baciò ancora. La sua pelle nuda contro la propria le fece accelerare il polso. I suoi muscoli tonici sotto la pelle morbida come la seta la facevano impazzire.

Olivia le era proprio mancata, anche se Rosie aveva respinto con tutta sé stessa quel rimpianto, cercando di dimenticarla il prima possibile. Le era mancato sentirsi addosso il suo sguardo mentre parlavano. Le era mancata la gentilezza sul suo viso ogni volta che si guardavano negli occhi. Quella gentilezza che non traspariva da nessuna delle foto di Olivia sui giornali.

Lì a letto con lei non c'era la Principessa Olivia – quella era solo un'icona. C'era Charlie, la versione autentica di Olivia sotto la patina della regalità. Rosie si era innamorata di lei, e ora intendeva tenersela stretta.

Non ne poteva più di aspettare. Allungò una mano e slacciò il reggiseno di Olivia, che prontamente se lo tolse e lo gettò da qualche parte, nella stanza semibuia.

Dopodiché fu Olivia a denudare Rosie. Percorse col polpastrello le coppe del suo reggiseno. I capezzoli si sollevarono andando incontro a quella sensuale carezza. Si indurirono, ergendosi contro il tessuto, come chiedendo di essere liberati. E Olivia li accontentò. Lentamente, abbassò una coppa e liberò un seno dalla sua prigione di tessuto. Si chinò avanti per leccarne il capezzolo e poi succhiarlo in bocca.

Rosie sentì un brivido di piacere tra le gambe. La sua voglia di Olivia aumentò. La voleva addosso. Voleva sentirla tutta. Tanto era il desiderio, tanto era il bisogno di appagarlo. Non ricordava di aver mai provato nulla di simile.

Olivia intanto era passata all'altro capezzolo. Rosie iniziò a smaniare. Olivia la guardò negli occhi, le tolse il reggiseno e lo gettò alle proprie spalle con la stessa nonchalance con cui si era liberata del proprio.

Rosie allora le diede una leggera spinta, per farla sdraiare supina, e tracciò una scia di baci dalle sue labbra al collo. Giunta al seno, lo prese tra le mani per poter meglio godere dei capezzoli, mentre la smania cresceva ancora tra le proprie gambe.

Smise un momento, solo per gettare uno sguardo al viso di Olivia. Vide i suoi occhi ardere di desiderio, il che la incoraggiò a proseguire, seguendo il proprio istinto. Baciò l'addome, tuffò la lingua nell'ombelico e scese ancora più giù.

Leccò Olivia lungo il bordo dei boxer, poi sollevò un attimo il tessuto, giusto per darle un bacio stuzzicante sul pube.

Provò piacere quando sentì i polpastrelli di Olivia stringersi intorno alle proprie spalle. Piazzò una serie di baci umidi sulle piccole labbra, attraverso il tessuto dei boxer. Quando i fianchi di Olivia si sollevarono, Rosie recepì il messaggio forte e chiaro.

Si sollevò e le sfilò i boxer. Nel mentre anche Olivia si tirò su per tirarle giù gli slip. Dunque, qualcun altro era impaziente.

"Ti voglio," le disse Olivia con voce rotta.

Rosie si levò gli slip e si riavvicinò a Olivia, gattoni. Allora Olivia scivolò sotto di lei, la prese per i fianchi e la fece abbassare. Il clitoride di Rosie pulsò non appena il respiro caldo di Olivia iniziò a solleticarlo.

Rosie guardò giù, tra le gambe aperte di Olivia. Un brivido di desiderio la percorse lungo la colonna vertebrale. Abbassò la testa. Voleva che Olivia provasse la stessa sensazione calda che stava provando lei.

Ma quella sensazione stava già cambiando. Olivia aveva smesso di alitare sul suo sesso iniziando, invece, a perlustrarlo con la lingua. Quelle carezze umide e insistenti per poco non fecero schiantare Rosie sulle braccia. Ci volle tutto il suo autocontrollo per non lasciarsi andare.

La voglia di far godere Olivia però non le era passata. Al contrario, la incoraggiò a rispecchiare ciò che Olivia le stava facendo. Si abbassò e premette le labbra su quella fessura così invitante. Ne inalò l'odore inebriante, e mentre la lingua di Olivia penetrava in lei, lei si fece strada tra le labbra di Olivia e iniziò a succhiare il clitoride in bocca.

La duplice sensazione di ricevere il piacere e dare il piacere cominciò a essere fin troppo intensa per Rosie. Voleva Olivia addosso, voleva sentirla tutta: ecco, era stata accontentata. Il suo desiderio e il suo bisogno erano appagati. Quasi del tutto. Non voleva lasciarsi andare. Non ancora.

Prima voleva che Olivia impazzisse tanto quanto lei. Si stava impegnando di più, quando sentì arrivare un principio di orgasmo. Sentiva caldo in tutto il corpo. Una mano di Olivia le cingeva ancora una coscia, mentre l'altra... Ah! Un dito la stava penetrando. Olivia lo spinse in profondità, senza smettere però di sollecitarle il clitoride con la lingua.

"Oh Dio," gemette Rosie. Non c'era più modo di trattenerlo… Ma perché mai avrebbe dovuto? In fondo, lei aveva aspettato anche troppo la sua principessa.

L'orgasmo si sprigionò in lei fulmineo come una stella cadente. Rosie si piegò sulle braccia, appoggiando una guancia sull'addome di Olivia. Ma la principessa non si fermò. Non sembrava accontentarsi di farla venire una volta. Chissà, forse le principesse avevano standard più elevati della gente normale.

Rosie si aggrappò alle cosce sode di Olivia non appena un'altra ondata di piacere la travolse. Poi rimase ad ansimare rannicchiata su Olivia, lasciandosi andare completamente.

Quando arrivò il momento di tirarsi su, Rosie si stava ancora riprendendo. Così fu Olivia a districarsi da lei e poi a prenderla tra le braccia.

"Non mi hai dato altra scelta che venire subito," le disse Rosie, dopo un po'.

Olivia la strinse a sé. "Non preoccuparti. Di scelte ne avrai moltissime, da ora in poi."

Rosie provò di nuovo un'immensa felicità.

"Appunto. Non sarò stata nell'esercito, ma ho un codice d'onore anch'io." Baciò la curva del braccio di Olivia, si scostò da lei e con uno sguardo malizioso la spinse supina.

"Non ne ho mai dubitato." Olivia fece un ampio sorriso.

"E hai fatto bene." La baciò sulle labbra, poi si fece strada di nuovo in basso. Stavolta non intendeva lasciarsi distrarre.

Capitolo 31

Quando si svegliò, il mattino seguente, Olivia ci mise qualche secondo ad ambientarsi. Muri bianchi abbelliti da una mappa del mondo incorniciata, vestiti sparsi per terra, una sensazione appagante ai muscoli dell'inguine... Oh, sì! Le tornò in mente tutto: era nel lettone di Rosie e aveva dormito pochissimo dopo una notte di passione. Si girò su un fianco e strofinò il naso contro la nuca della bionda, che di rimando emise un mugolio soffocato nel cuscino. Olivia la cinse in vita e la strinse a sé, godendosi la loro vicinanza, inalando il suo odore. Le leccò la nuca: sapeva di sale e di sesso. Sorrise, beandosi di quel momento.

"Qualcuno si sente invincibile, stamattina?" Rosie aveva parlato col viso ancora immerso nel cuscino.

Olivia la strinse di nuovo a sé. "Invincibile e un pochino a pezzi. Mi piace però, sentirmi a pezzi, soprattutto se a ridurmi così sei stata tu."

Rosie si girò e aprì un occhio. "*Una principessa a pezzi*: sembra il titolo di un film romantico molto triste."

"Magari è la tua prossima carriera: Rosie Perkins, la sceneggiatrice che rivela tutti i segreti della corona, film dopo film. I registi si metteranno in fila per lavorare con te."

"Sicura che alla tua famiglia andrebbe bene? Non mi

farebbero rinchiudere subito nella Torre di Londra o qualcosa del genere?"

Un'immagine della regina saettò nella mente di Olivia. "Diciamo che a mia madre l'idea dei film non piaceva, poi ci si è abituata. Io non sono ancora arrivata a quel punto." Baciò la spalla di Rosie. "E muoverò le mie pedine per essere sicura che tu non finisca in gattabuia."

"Grazie mille." Contorcendosi, Rosie le piazzò un bacio sulle labbra. "E comunque, buongiorno."

Olivia tornò a eccitarsi. Sì, erano rimaste sveglie praticamente tutta la notte, ma vedendo il bel seno prosperoso di Rosie, pensò bene di ricominciare. "Buongiorno." La baciò sulle labbra, poi scese al collo, al seno… Proprio quando ci stava prendendo gusto, il suo cellulare vibrò. Fece una smorfia di disappunto e tornò supina. "Meglio che risponda. Ho promesso a Penelope che le avrei dato retta."

"Penelope?"

"La responsabile dell'Ufficio Stampa del Palazzo."

Rosie si morse il labbro inferiore. "Giusto."

Olivia prese il cellulare e si tirò su a sedere, coprendosi col piumone a righe azzurre e bianche. "Non devi preoccuparti. Non hai fatto niente di male."

Rosie si corrucciò. "Mi sembra di sì, invece. C'entro anch'io."

"Sì, ma la colpa, o meglio la responsabilità, è mia. Voglio tenerti fuori da tutto questo finché posso. Dovremo cercare di non dare nell'occhio per un po', intanto che sistemo le cose. E ricorda: la stampa può dire tutto quello che vuole, ma finché noi non lo confermiamo, non è la verità. Prima regola quando si ha a che fare coi giornalisti: se neghi, vuol dire che sei colpevole, quindi è sempre meglio sorridere e non dire niente."

Rosie annuì, non proprio convinta. "Ho molto da imparare."

Olivia si morse l'interno di una guancia. Voleva rassicurarla, ma più di così non poteva. Anche per lei la loro relazione era un territorio del tutto inesplorato. Sapeva già che all'inizio il percorso sarebbe stato irto di ostacoli, per poi gradualmente migliorare. Rimise il cellulare sul comodino e tornò a stendersi accanto a Rosie, che le si avvicinò, appoggiando la testa sulla sua spalla. Olivia sarebbe stata contentissima di restare lì, così, tutto il giorno. Quello era solo un assaggio della vita che voleva, ed era già molto allettante, ne sentiva la dolcezza sulla punta della lingua.

"Devi proprio andare via oggi?"

Olivia sospirò. "Sì. Devo essere presente quando la notizia verrà diramata, per affrontarne le conseguenze. Dovrei essere già per strada entro le undici." Accarezzò i morbidi capelli biondi di Rosie. "Vorrei non dover andare, ma non ci vorrà molto prima che si calmino le acque. A essere difficile sarà solo il primo impatto."

"Lo so," disse Rosie, baciandole la clavicola.

"Prima di andare, devo fare colazione. Cosa mi prepari?"

Rosie stava per rispondere, quando udirono una forte imprecazione provenire da un punto imprecisato dell'appartamento. La voce era di Paige.

"Sta bene?" chiese Olivia.

"Zia Hilary apre il caffè, Paige le avrà promesso di darle una mano, ma probabilmente è in ritardo. E quando è in ritardo, fa così." Rosie si sollevò sui gomiti. "Vado a vedere."

Scese dal letto, ma fece subito dietrofront e tornò da Olivia, gattoni.

"È così che vai a vedere?" Ma quello di Olivia era tutt'altro che un rimprovero.

"Sei troppo bella per lasciarti stare," sussurrò la bionda, con uno sguardo provocante. "Mi auguro che avrai pietà della tua suddita e tornerai presto a farle visita."

Olivia la tirò per un braccio e Rosie le finì addosso con un gridolino. "Per te, farò uno strappo a ogni regola."

Rosie la baciò ancora, prima di riscendere dal letto. Si mise dei pantaloncini di jeans, una maglietta blu e si spazzolò i capelli.

Olivia sospirò. "Sei sexy da morire, lo sai?"

Rosie arrossì. "Alzati, principessa. Intanto metto a tostare il pane."

Olivia le fece il saluto militare, poi si alzò, indossò i vestiti del giorno prima e uscì dalla camera. Il solo fatto di trovarsi in una stanza diversa da quella in cui era Rosie le sembrava in qualche modo sbagliato. Ma non appena si rese conto di quel pensiero, le venne da prendersi a schiaffi da sola. Doveva darsi una calmata, soprattutto perché, di lì a poche ore, avrebbe avuto la conferenza stampa con Jemima.

A quella prospettiva, rallentò il passo, fermandosi nel corridoio ad ascoltare Paige e Rosie che chiacchieravano in cucina.

Non doveva pensarci. La mattinata era ancora per lei e Rosie. Per loro due e nessun altro.

"Buongiorno." Sorrise a Paige e nel sedersi di fronte a lei urtò leggermente con una spalla il muro giallo canarino. La cucina conteneva giusto un piccolo tavolo di legno addossato al muro con tre sedie, ma era un posto molto accogliente, con poster e gadget gialli appesi ovunque.

"Buongiorno," l'accolse Paige, arrossendo.

Rosie si voltò e rivolse a Olivia un sorriso di quelli che riescono a fermare il traffico. "Tè o caffè?

"Tè, grazie," rispose lei, mentre un tostapane giallo sul banco della cucina espelleva un paio di fette di pane calde.

Rosie le trasferì in un piatto, imprecando perché scottavano, e lo mise di fronte a Olivia. Sul tavolo c'erano già una vaschetta di burro spalmabile Utterly Butterly e un vasetto di marmellata d'arancia. Una scia di briciole nel burro indicava che Paige si era già servita.

Quando Rosie aggiunse i tè sul tavolo e si sedette, chinandosi per dare a Olivia un bacetto sulle labbra, Paige le guardò con un sopracciglio inarcato.

"Cosa succede? Perché nessuno parla?" domandò Rosie.

Paige continuò a masticare il pane con lo sguardo basso per evitare ogni contatto visivo.

Rosie le diede una leggera spinta. "Cos'hai?"

Paige scosse la testa. Si vedeva che era agitata. "Niente. È solo che… abbiamo una principessa seduta al nostro tavolo… e sta mangiando il pane tostato con la marmellata," rispose incredula. "Cioè… è normale? Sul serio?" chiese poi a Olivia. "Di solito a colazione tu non mangi cose più raffinate? Che so, crostini di pane col caviale?"

Olivia si mise a ridere. "Non proprio. Mia madre mangia pane tostato e marmellata d'arancia tutte le mattine. Diciamo che è una tradizione reale."

Paige abbassò la sua fetta di pane sbocconcellata. "Tua mamma è… la regina!" Scosse di nuovo la testa.

"Mi sa proprio di sì."

Rosie diede a Paige uno schiaffetto sul braccio. "Smettila di essere scortese. Non è che lei non mangia come tutti solo perché è una reale."

"Guarda, Paige, il piatto preferito di mia madre è il *fish and chips*. Ma è un piatto che non si addice ai banchetti, dove di solito trovi carne di cervo o di rana pescatrice. Lei però mangerebbe volentieri merluzzo impanato fritto e patatine fritte tutti i giorni." Non era una bugia, anche se la regina, avendo un occhio di riguardo per il proprio girovita, si controllava. Olivia invece preferiva mangiarne a sazietà e poi smaltire le chilocalorie di troppo col movimento. E a proposito di movimento, adesso che si era chiarita con Rosie, sperava tanto che le loro notti di passione sarebbero state più frequenti e più estenuanti.

Paige era rimasta a bocca aperta. "Mi prendi in giro?"

"No." Olivia incrociò le dita sul petto. "Lo giuro sulla vita di mia sorella."

"E lei vuole un gran bene a sua sorella, quindi basta farle domande. Lasciale mangiare in pace il suo pane tostato con la marmellata d'arance." Rosie diede una certa occhiata a Paige, e Olivia seppe che era la fine della questione. Alexandra aveva rivolto a lei quella stessa occhiata numerose volte. Che la insegnassero alla scuola delle sorelle maggiori?

Paige si mise in bocca l'ultimo pezzetto di pane, si tirò indietro con la sedia e finì di bere il tè. "Meglio che vada, sennò anche zia Hilary mi sgrida." Sorrise e uscì dalla cucina.

"Paige!"

Il suo viso si riaffacciò da dietro l'angolo, coi capelli scuri che le ricadevano davanti agli occhi.

"Saluta Olivia. Oggi torna a Londra."

La ragazza la salutò con una mano. "Ci rivediamo presto?"

Olivia annuì. "Sì. E se vuoi ti do qualche dritta su Durham."

Paige sorrise. "Sarebbe fantastico!" Poi sparì, e pochi minuti dopo la sentirono chiudere la porta d'ingresso.

"Hai fatto un ottimo lavoro con tua sorella, sai," disse Olivia. "Devi essere molto fiera di te." Si sporse e le diede un bacio appiccicoso sulle labbra. Quando si tirò indietro, rimasero a guardarsi negli occhi per qualche istante. Olivia provò una stretta al cuore. Non sarebbe stato facile allontanarsi ancora da lei, ma almeno stavolta non sarebbe stato per molto tempo.

"E comunque, i nostri viaggi: dove vogliamo andare?" I suoi occhi non si erano staccati da Rosie. Era troppo bello guardarla. Le sembrava una follia il fatto di aver avuto in mente di sposare un'altra. Eppure era successo. Ma l'indomani, il matrimonio combinato sarebbe stato solo una vecchia notizia. Dopo che le acque si fossero calmate, avrebbe presentato al mondo Rosie, la donna che amava davvero.

"La domanda è piuttosto: *dove non* andremo? Europa, Sud-est asiatico, Australia e Nuova Zelanda, tanto per cominciare. Gina mi ha detto che dobbiamo andare a trovare i suoi parenti in Argentina, ma non so se ho i soldi né il tempo per arrivare fino al Sud America. Vedremo." Rosie sorseggiò il tè, fissando Olivia. "Davvero vuoi venire con me?"

Olivia annuì. "Sì, davvero." Non riusciva più a immaginarsi una vita senza Rosie. Anzi, proprio perché negli ultimi tempi era stata senza di lei, era decisa a far sì che non capitasse di nuovo.

"Quindi dovrò scegliere un altro tipo di alloggio? Non ti ci vedo bene in un ostello." Accavallò la gamba destra sopra la sinistra.

"Facciamo così: tu scegli dove andiamo e io mi occupo del viaggio e dell'alloggio. Forse dovremo camuffarci un po', ma stando attente riusciremo a passare inosservate. Se ti sta bene di chiamarmi ancora Charlie e che io mi metta ancora gli occhiali e non mi trucchi, il gioco è fatto."

Rosie le fece un largo sorriso, si alzò, le avvolse un braccio intorno al collo e le si sedette in grembo. "Mi stai forse dicendo che, oltre a viaggiare con te, potrò riavere indietro la vecchia Charlie? La donna che mi ha ammaliata col suo sorriso e mi ha sedotta sul tavolo della cucina? Questo viaggio è sempre più intrigante ogni secondo che passa."

Olivia la cinse in vita e la strinse a sé, perdendosi nei suoi occhi blu. "Resta con me e ti garantisco che faremo scintille."

Capitolo 32

Il motore sputacchiò. Olivia scosse di nuovo la testa. Aveva appena salutato Rosie. Doveva tornare a Londra per affrontare la stampa e le conseguenze della cancellazione del matrimonio reale. Ma gli dei delle automobili le erano contro.

Tirò giù il finestrino. "Sembra che la macchina voti per restare a Otter Bay."

"Caffè solubile e macchine che non partono. Gli standard reali iniziano a calare," commentò allegramente Rosie.

Olivia fece altri tentativi, ma il motore non ne voleva sapere di rianimarsi. "Non è che, per caso, sai anche riparare le macchine, eh? Mia madre mi uccide, se arrivo tardi a questa conferenza stampa."

"Va contro tutti gli stereotipi, ma no, io non sono brava con le macchine." Indicò la sua Toyota. "Ti darei la mia, ma non so se con quella arrivi sana e salva fin dove devi andare."

Olivia scese dall'auto. Controllò l'ora sul cellulare. "Devo prendere il treno."

"Allora ti porto alla stazione," disse Rosie e ne approfittò per riabbracciarla.

* * *

La Toyota sobbalzò quando svoltarono nel parcheggio della stazione.

"Il tuo regale posteriore è ancora intero?" chiese Rosie.

Olivia scosse la testa. "E pensare che ero convinta di aver superato l'età in cui mi prendevano in giro per il mio pedigree."

Rosie le mise una mano sul ginocchio. "Non era per prenderti in giro. La mia è autentica preoccupazione per te." Proprio allora la Toyota ebbe un violento scossone. "Ops! Non ho visto la buca. Conosci qualcuno al comune di Otter Bay? È lì da sempre."

Olivia si strofinò la schiena con fare esagerato. "Sai qual è la punizione per chi ammacca una principessa?"

Rosie parcheggiò la Toyota e la guardò. "No. Ma spero che sia la principessa stessa a impartirla."

"Quando torno da Londra, vedrai! O magari…" Guardò l'orologio. "Abbiamo un quarto d'ora prima che arrivi il treno…"

Rosie lasciò spaziare lo sguardo nel parcheggio. "Via libera, non c'è nessuno."

Olivia sorrise, poi si appoggiò allo schienale con un sospiro.

Rosie le posò di nuovo la mano sul ginocchio. "Non ti va di tornare a casa?"

"Devo tornare per dire alla stampa, e quindi all'intera nazione, che il matrimonio reale per cui impazziscono tutti da settimane è cancellato. Non è il mio sport preferito." Mise la mano su quella di Rosie. "Anche se ho le mie buone ragioni per mandarlo a monte."

Rosie la scrutò in viso. Nella Toyota scassata, coi capelli che sparavano da tutte le parti, Olivia non sembrava affatto una reale. Sembrava Charlie. "Torna presto."

Olivia annuì. "Scendiamo? Ho un po' di ansia, meglio se faccio due passi. Anche perché poi devo restare seduta sul treno per ore."

"Insieme a tanti pendolari," scherzò Rosie. Diede un'ultima stretta al ginocchio di Olivia e aprì la portiera. "Non ti invidio per niente."

"Eri molto più simpatica prima di sapere chi fosse mia madre." La prese per mano e si diressero al binario.

"Se ti innamori di una principessa, non puoi restare quella di prima." Rosie le diede un rapido bacetto sulla guancia, per farle capire che l'aveva detto solo per gioco. Scrutò i dintorni. Il binario era vuoto, ma sicuramente altri passeggeri sarebbero arrivati di lì a poco. "Vieni con me."

Passarono davanti alla sala d'aspetto e svoltarono l'angolo dell'edificio della stazione. "Qui dovremmo riuscire a stare sole ancora un po'."

Olivia annuì e le si mise di fronte. "Quello che hai detto prima è vero." Sorrise. "Stare con me vuol dire cambiare abitudini, e non è cosa facile. Non c'è altro modo." Inclinò la testa. "Sappi però che puoi dirmi qualsiasi cosa, soprattutto se ti trovi in difficoltà. È importante parlarne."

"Mi sa tanto che non potrò più andare in giro coi jeans sbiaditi."

"Non è solo una questione di apparenze." Olivia fece una pausa. "Mi correggo: in realtà sì. In gran parte lo è."

"Se c'è una cosa che ho imparato nella mia breve esistenza di ventotto anni su questo pianeta è che non si può prevedere il futuro. Quindi, meglio prendere i giorni come vengono, fare quel che c'è da fare e andare avanti."

"Sei più saggia dei tuoi ventotto anni, Rosie Perkins."

Olivia si avvicinò. "La tua saggezza potrebbe tornare utile alla mia famiglia."

"Voglio stare con te. Quindi intendo concentrarmi sugli aspetti positivi del fare coppia con una reale." Guardò in lontananza, lasciando vagare la mente.

Gli ultimi due giorni erano stati un turbine di emozioni. Era passata da un dolore straziante a una gioia immensa. Quando riportò lo sguardo su Olivia, il cui bel viso le sarebbe mancato – anche se l'avrebbe rivista al telegiornale della sera, senza dubbio – si ricordò dell'ultima volta che era stata alla stazione.

"Ti ricordi quando ci siamo conosciute?"

"Come no! Al caffè. Mi hai messa in guardia da Connie. Non lo dimenticherò mai." Ma dal suo largo sorriso, Rosie capì che se lo ricordava benissimo.

"Mi hai dato uno spintone mentre aspettavo Paige, al binario. Ricordo di aver pensato che eri l'ennesima londinese maleducata con la giacca di lusso, venuta a Otter Bay per scombussolare la vita della gente che ci abita."

"E infatti: missione compiuta. Credo di averti scombussolata abbastanza!" Olivia la baciò sul naso.

"Giusto un po'." Rosie sentì il cuore colmo di affetto per lei.

"Cosa pensi di me, adesso?"

"Penso ancora che sei una londinese maleducata molto chic." Rosie la cinse tra le braccia. "Ma la *mia* londinese maleducata molto chic."

"Cosa ci vuole per farti dimenticare il 'maleducata'?" le sussurrò Olivia nell'orecchio.

"Stai per cancellare un matrimonio reale. Credo che basti quello, sì." Spinse il naso contro il suo collo.

Rimasero in silenzio per qualche istante, poi Olivia si ritrasse dall'abbraccio.

"Potrei anche… non cancellarlo."

"Cosa?" Rosie corrugò la fronte, allarmata.

"Potrei sposarmi lo stesso… ma con un'altra donna." Gli occhi verdi di Olivia scintillarono di malizia. "Una donna che amo alla follia. Una donna che mi ha cambiato la vita. In meglio." Raddrizzò le spalle e inspirò a fondo. "Non ho mai voluto la vita che era stata stabilita per me. Ho sempre pensato che dichiararmi lesbica fosse la cosa più difficile che avrei dovuto fare, essendo un membro della famiglia reale, ma è stata una passeggiata, in confronto alla vita che i miei genitori volevano per me. Ora invece sono a un passo dal raggiungere ciò che voglio davvero. Una vita semplice con la donna che amo. Con te."

Rosie aprì bocca per parlare, ma non ne uscì nulla.

"Quando torniamo dai nostri viaggi, possiamo andare ad abitare al maniero. Così tu sarai vicina alla tua famiglia, e io a distanza di sicurezza dalla mia." Sorrise. Le brillavano ancora gli occhi.

Rosie si lasciò contagiare dal suo entusiasmo. "Sei sicura?" disse, sentendosi le farfalle nello stomaco.

"Non sono mai stata così sicura di qualcosa in vita mia." Si abbassò su un ginocchio. "C'è un matrimonio previsto fra quattro settimane. Ti amo, Rosie." Deglutì a fatica. "Vuoi essere tu la mia *Sposa perfetta*?"

Come il film? La mascella di Rosie si allentò. Stava succedendo veramente? La Principessa Olivia le stava facendo una proposta di matrimonio? Alla stazione dei treni di Otter Bay? La guardò: il viso di Olivia era l'immagine della speranza – e forse anche di un pizzico di angoscia.

Rosie sentì i pensieri rincorrersi nella sua mente, ma doveva davvero pensarci? Olivia era la cosa migliore che le fosse capitata… in tutta la vita. Rosie l'amava, e semmai avesse immaginato una sposa perfetta per sé stessa, be', Olivia vi corrispondeva in tutto e per tutto.

Iniziò ad annuire. Dapprima lentamente, poi con sempre maggior convinzione, mentre il sorriso sulle sue labbra si allargava sempre più. Si inginocchiò accanto a Olivia.

"Sì. Sei matta da legare, ma la mia risposta è sì."

Olivia prese il viso di Rosie tra le mani e la baciò sulle labbra. "Non ho un anello," disse poi.

"Cioè, non l'avevi pianificato?" Rosie la fissò negli occhi.

"No, figurati. Niente che ti riguardi è mai stato pianificato." Olivia la baciò ancora.

Rosie si staccò. "Però adesso dovremmo pianificare di alzarci." La strinse a sé per un altro istante. "Non vorrai perdere il treno."

Si alzarono, ma solo per ricadere l'una tra le braccia dell'altra. Rosie sentì in lontananza lo sferragliare del treno in arrivo.

"Ho un'altra domanda non pianificata per te," disse Olivia, con uno scintillio negli occhi.

"A furia di sorprese, qua finisce che mi viene un infarto!" Rosie le strinse una mano.

"Che ne dici di prendere il treno con me? Vieni a conoscere i tuoi futuri suoceri?"

Rosie scoppiò a ridere. "Ma se non ho il biglietto! E neanche un cambio di mutande."

"E qui entra in gioco la carta vantaggi delle ferrovie." Olivia le fece l'occhiolino. Il treno entrò in stazione con un sonoro sibilo di freni. "Che ne dici?"

"Dico di sì. Ancora." Rosie volò tra le sue braccia.

"E non preoccuparti. Un paio di mutande pulite a palazzo te le troviamo di sicuro!" disse Olivia, ridendo.

Capitolo 33

"Olivia, da questa parte! Rosie, può girarsi un po' verso la sua sinistra?"

Olivia guardò Rosie con la coda dell'occhio e mimò con le labbra *Stai bene?* stringendole la mano. Si trovava all'esterno della sua tenuta. Stava posando per i fotografi, come tre mesi prima. Solo che, stavolta, al suo fianco c'era Rosie, non Jemima. Avrebbe mentito, se avesse detto di non essere meravigliata da tutti i cambiamenti nella sua vita da allora. Perché, in effetti, la sua vita era cambiata. Ricordava benissimo quello stesso giorno con Jemima: il cielo azzurro, l'incertezza del proprio sorriso, le nubi nel cuore. Stavolta era tutto diverso. E lo doveva a Rosie, la sua nuova fidanzata, o meglio, la sua "prima fidanzata giusta", come continuava a ripetere. Rosie aveva accettato molte cose da quando avevano deciso di sposarsi, ma quella era la loro prima conferenza stampa insieme. Quella in cui, fianco a fianco, annunciavano il loro fidanzamento. Ufficialmente.

Olivia era oltremodo fiera di come stava andando Rosie, e anche di quanto fosse elegante con indosso quell'abito color lampone, le scarpe col tacco color crema e la giacca abbinata. Rosie aveva capito che quel giorno era necessario essere impeccabili, e si era prestata ad ascoltare i sarti reali senza mai lamentarsi, accettando ogni loro raccomandazione sull'abbigliamento. Alla fine, aveva mandato una foto a Paige, che aveva commentato: "Non male, addirittura decente". Sia Rosie che Olivia erano scoppiate a ridere.

Paige però aveva ragione. Ogni volta che guardava Rosie, Olivia restava a bocca aperta. Nonostante tutte le sue paure di sembrare una paesana di una piccola località della Cornovaglia, la bionda aveva tutto l'aspetto di una futura sposa reale. Olivia non poteva che essere orgogliosa di averla al suo fianco.

"Olivia, è vero che ha cantato *Royals* di Lorde la sera che vi siete fidanzate?"

"Rosie, può raccontarci l'intera storia della proposta di matrimonio di Olivia? Abbiamo sentito che Olivia le ha chiesto di sposarla dopo essere stata a pranzo al suo caffè ogni giorno. È vero?"

Col suo bel sorriso davanti ai giornalisti, Rosie appariva sicura di sé, ma Olivia sapeva che non era così. Lo intuiva dal tremito del suo corpo. Le mise una mano sulla schiena, per rassicurarla, e prese il controllo della situazione.

"La mia versione al karaoke di *Royals* è stata poco più che passabile – chi era presente credo possa confermarlo – ma no, non l'ho cantata per chiederle di sposarmi. Sarebbe stato estremamente sdolcinato." Fece una pausa per ottenere il massimo effetto, mentre le macchine fotografiche ronzavano zoomando su di lei. "Non fraintendetemi: io so essere sdolcinata – chiedetelo a Rosie – ma non quando si tratta di una proposta di matrimonio. Diciamo solo che gliel'ho fatta a Otter Bay, dove spero alla fine metteremo su casa, al rientro dai nostri viaggi."

"Olivia, userete la stessa torta di nozze che era stata scelta per lei e Jemima?"

Okay, fine delle domande. Con quella si erano spinti troppo oltre. Era stato detto loro di non tirare in ballo Jemima. "Questo matrimonio è un'altra storia, così come ogni cosa che lo riguarda." Stavolta, Olivia aveva usato un tono d'acciaio. "Sarà un evento molto più contenuto, quindi il tipo di torta non è importante." Detto ciò, strinse la mano di Rosie e iniziarono a percorrere il viale per rientrare nella tenuta.

"Tutto okay?" sussurrò, mettendole una mano sulla schiena per guidarla. Sapeva che la loro immagine di spalle sarebbe stata interpretata meticolosamente sul *Mail On Sunday* nel weekend: *Una mano sulla schiena di Rosie – Abbiamo chiesto al nostro esperto del linguaggio del corpo di rivelarne il significato nascosto.*

"Mi sto concentrando a non cadere prima di attraversare il cancello," rispose Rosie, tenendo gli occhi puntati avanti.

"Se cadi, ti sostengo io." Non appena lo raggiunsero, il cancello di legno nero si aprì. Ad attenderle dall'altra parte c'era Anna, la governante di Olivia.

Rosie inciampò nel varcarlo, ma non cadde. Poi si chinò in avanti e appoggiò le mani sulle cosce, neanche avesse corso una maratona.

Olivia sorrise e le massaggiò la schiena. Avere a che fare con la stampa per lei era naturale, visto che lo faceva da una vita, ma capiva Rosie.

"Povera cara, posso portarle qualcosa?" chiese Anna a Rosie, che si stava rialzando. "Un bicchiere d'acqua?"

"Sì, volentieri. Grazie."

Anna si precipitò a prenderlo ancor prima che Rosie avesse finito di rispondere.

"La tua fan numero uno viene in tuo soccorso." Olivia sorrise. Da quando erano tornate a Londra, due settimane prima, Anna era stata gentile e affettuosa con Rosie. L'aveva fatta sentire subito a casa.

"E io che speravo fossi tu la mia fan numero uno," replicò Rosie, inclinando la testa.

Olivia le avvolse un braccio intorno alla vita e la strinse a sé, in modo che le loro labbra fossero a portata di bacio. "Infatti è così, e so anche come farti riprendere senza bisogno dell'acqua." Si inumidì le labbra e le premette su quelle di Rosie, baciandola dolcemente. Quando si tirò indietro, scosse la testa, fissando gli occhi blu di Rosie. "Non so cosa ho fatto per meritarti, ma là fuori sei stata fantastica."

Rosie sussultò. "Davvero? Non ero troppo rigida? Perché mi pareva di esserlo." Si baciarono ancora. "Non so tu come fai a stare davanti ai riflettori tutto il tempo."

Olivia sorrise. "Ci sono abituata. Io invece non saprei gestire un caffè, mentre tu sì, sei abituata a quello."

"Non più." Rosie si districò dall'abbraccio. Aggrottò la fronte. "Cambiando discorso, tua mamma ti ha fatto sapere qualcosa sul titolo? Credo che Duchessa di Bath sia un po' eccessivo. È la mia vecchia me che parla, lo so, ma non dev'essere per forza una città con un'enorme cattedrale. Duchessa di Otter Bay mi andrebbe bene..." Poi sorrise. "In realtà, Duchessa di Otter Bay sarebbe geniale. Amy si incazzerebbe di brutto!"

Olivia scoppiò a ridere. "Pensavo che ormai tu e Amy aveste sotterrato l'ascia di guerra."

Rosie alzò una sola spalla. "Sì, ma ogni tanto mi diverto

ancora a mandarla in bestia. Mi ha già inviato una fila di messaggi da quando ha saputo del fidanzamento. Mi sa che sta cercando di farsi invitare al matrimonio."

"Se vuoi che venga, invitala pure. Purché si metta bene in testa che non deve fare lei la presentatrice del karaoke, al ricevimento."

"Ci sarà il karaoke al ricevimento?" domandò Rosie, inorridita.

Olivia si chinò e accostò la bocca al suo orecchio. "Era una battuta."

"Ah, ecco," rispose Rosie, con sollievo. "Ho anche ricevuto un messaggio da zia Hilary, stamattina. Dice che Connie ci fa lo sconto se compriamo i vestiti da sposa da lei. Basta che facciamo sapere al mondo che li abbiamo comprati nella sua boutique." Stava già ridendo. "Ho detto alla zia di dirle gentilmente di no."

Olivia sorrise, lanciandole un'occhiata. C'erano momenti in cui doveva fermarsi e ricordare a sé stessa che le stava succedendo davvero, che per una volta il mondo girava a suo favore. Non ci credeva ancora, di essere stata così fortunata. "Mi viene in mente che non mi sarei mai rifugiata nel tuo caffè, se Connie non mi avesse spaventata con la camicetta in vetrina, e forse tu e io non avremmo mai avuto una storia. Per Connie serberò sempre un posto speciale nel mio cuore."

"Così speciale da fare acquisti da lei?"

"Eh, non esageriamo." Scosse la testa. "Non mi importa cosa indossiamo al matrimonio. Basta che ci sposiamo." Le sue parole non erano mai state più vere. Guardò il cielo coperto di agosto. "Anche se mia madre potrebbe farsi venire un attacco isterico."

In realtà, in quelle ultime due settimane, persino la regina aveva accettato il nuovo status quo, sia grazie ad Alexandra e alla regina madre, che ne avevano parlato con lei più volte, sia grazie al fascino di Rosie. Olivia ricordava bene l'agitazione di Rosie quando l'aveva presentata ai genitori, ma la sua nuova ragazza aveva retto bene e alla fine aveva superato brillantemente la prova. La regina aveva persino confidato a Olivia che sì, trovava Rosie "decisamente affascinante". A sentirle dire così, Olivia si era quasi prostrata ai piedi della madre.

Il che tuttavia non l'aveva sorpresa. Perché, avendo Rosie lì con lei, la sua vita si era rimessa in sesto con un soddisfacente clic. Con Rosie al suo fianco, non c'erano né se né ma; si faceva tutto e basta. Loro due erano fatte l'una per l'altra, e quando i genitori l'avevano capito, si erano ravveduti. Ora, lungi dall'essere ancora un'estranea, in sole due settimane Rosie era riuscita a incantare la regina ben più di quanto avesse mai fatto Jemima. E dopo essersi convinta che Rosie non era una spia sotto copertura, inviata dal quartier generale di Otter Bay per spettegolare sui reali, la regina aveva iniziato a rilassarsi.

Di ritorno, Anna si schiarì la voce, richiamando l'attenzione di Olivia. "Madame, scusi il disturbo." Porse un bicchiere d'acqua a Rosie prima di rivolgersi di nuovo a Olivia. "Sua sorella è di là, e anche i suoi genitori. Devo accompagnarli fuori?"

Olivia si corrucciò. La sorella e i genitori? Come mai erano venuti? "Assolutamente sì."

Rosie mandò giù l'acqua, poi passò il bicchiere a Olivia e si rassettò l'abito, lisciandone la parte anteriore. "Vado bene? Non so se riuscirò mai a smettere di pensare che tua sorella è la Principessa Alexandra e i tuoi genitori sono la Regina Cordelia e il Principe Hugo."

"Anche loro devono fare la pipì e sia mia madre che mio padre mangiano la marmellata d'arancia a colazione. Basta che ti ricordi questo," disse Olivia, riprendendola per mano.

Uno scricchiolio di passi sulla ghiaia la indusse ad alzare lo sguardo: perplessa, osservò i genitori e la sorella venire loro incontro col viso sorridente.

Cos'era? Una riunione di famiglia? Se sì, Olivia non sapeva cosa aspettarsi. Principalmente perché non avevano mai fatto riunioni di famiglia. Alle loro spalle intravide Anna con un vassoio di coppe di champagne.

"Che succede?" Olivia guardò Alexandra.

"Sorpresa!" esclamò la sorella, abbracciando prima lei, poi Rosie. "Ho pensato, vista l'occasione propizia – il vostro fidanzamento ufficiale e la prima conferenza stampa di Rosie – di festeggiare." Ammiccò. "Anna è stata nostra complice e ci ha messo in fresco lo champagne."

Olivia si sentì colma d'affetto per loro. Prese una coppa di champagne e la passò a Rosie. Poi ne prese una per sé. "Non so che dire." E infatti non commentò. Normalmente la sua famiglia la lasciava senza parole per i torti che le faceva, mai per i favori.

"Sei andata benissimo, mia cara," disse a Rosie il padre di Olivia. "Un talento naturale di fronte alle telecamere."

Rosie abbassò il mento verso il petto, arrossendo. "Non sono caduta, ed è la cosa più importante."

Olivia le mise un braccio intorno alle spalle e alzò la coppa con l'altro. "Vorrei proporre un brindisi. A Rosie, che entra a far parte della nostra famiglia. E che il nostro sia il miglior matrimonio che sia mai stato celebrato." La guardò. "So già che lo sarà, perché sposo la donna perfetta per me."

"A te e a Rosie!" brindò Alexandra.

La regina alzò la coppa. "A voi due."

Olivia baciò Rosie sulla guancia. "Al nostro finale felice."

— FINE —

Ringraziamenti

Clare

Le zone di comfort sono robe strane, o sbaglio? Mi spiego: da un lato, sono GRANDIOSE, proprio perché sono terribilmente confortevoli. Se però non ne esci mai, non sperimenterai mai niente di nuovo, non crescerai mai e non potrai mai rispondere alla domanda: *Cosa accadrebbe se…?*

Quando Harper mi ha contattata per chiedermi se volevo scrivere un libro insieme a lei, il mio primo pensiero è stato: "Ma sei matta? No!" La scrittura collaborativa era per altre autrici, ed era *di gran lunga* al di fuori della mia zona di comfort. Ma non le ho risposto subito. Al contrario, ci ho pensato, e mi sono resa conto che era TALMENTE al di fuori della mia zona di comfort che dovevo farlo. Quindi le ho detto sì, con la postilla che, forse, mi sarei messa le mani nei capelli. Harper ha risposto che, forse, l'avrebbe fatto anche lei. Dopodiché, c'eravamo dentro tutte e due. E sono felicissima che abbiamo deciso di farlo!

Mi è piaciuto scrivere la storia di Olivia e Rosie, ma soprattutto mi è piaciuto avere una complice. Scrivere è un mestiere solitario, ma quando lo si fa insieme diventa una rocambolesca avventura.

Quindi, ringrazio innanzitutto Harper per aver reso tutto

così facile. Grazie per avermi incoraggiata, per aver riposto fiducia nella storia e per avermi spinta fuori dalla mia zona di comfort. Ho fatto un salto a occhi chiusi, ma l'atterraggio è stato perfetto! Grazie mille anche a Caroline (la moglie di Harper) per la favolosa copertina e il bel titolo; e grazie a Cheyenne per l'editing stellare, in particolare dell'inglese australiano.

Una pioggia di stelle d'oro alle nostre prime lettrici, Tammara e Sophie, che ci hanno dato un buon feedback e ci hanno rassicurate che avevamo scritto un buon libro. È stato un sollievo sentircelo dire! Grazie anche alla mia intrepida banda di lettrici della prima ora per l'entusiasmo e l'incoraggiamento: siete tutte meravigliose!

Come sempre, grazie a te per averci letto. Spero che questa favola ti sia piaciuta. Avere il sostegno delle mie lettrici e dei miei lettori significa molto per me. Grazie! Ti mando un forte abbraccio virtuale.

Da ultimo ma non meno importante, tanto amore a mia moglie, Yvonne: grazie per essere la mia più grande cheerleader ogni giorno, il tuo sostegno costante è alla base del mio successo. Alla fine, hai visto? Non è stato poi così tremendo come pensavi!

Harper

Ogni volta che sentivo un'autrice o un autore parlare di scrittura collaborativa, la mia reazione automatica era scartare l'idea, pensando "Non fa per me" e "Non è assolutamente adatto alla mia personalità". Poi, giusto per essere coerente, così, tanto per farlo, ho deciso di chiedere a Clare Lydon, che all'epoca conoscevo poco ma con cui mi ero sempre trovata bene, cosa ne pensasse. Il resto è storia. È stato un lungo percorso, perché l'idea della scrittura collaborativa era nata più di un anno prima, ma alla fine si è rivelata una delle cose migliori che abbia mai fatto – e questo è un pattern ricorrente nella mia vita.

Scrivere insieme all'autrice giusta crea uno slancio e una bolla di produttività che danno assuefazione. Sicuramente ho avuto giornate difficili, ma ho scoperto che è molto più facile sopportarle quando un'autrice che rispetti è in attesa del tuo prossimo capitolo. Sono molto fiera di poter dire che non ho saltato un singolo giorno di lavoro nel piano di stesura della prima bozza (neanche Clare!), cosa che non mi era mai successa prima.

Iniziavo la mia giornata di scrittura leggendo i progressi della storia nel sonno leggero del mattino – un'esperienza particolarmente magica e appagante. Dato che lavoro con mia moglie da anni, so benissimo che, quando la collaborazione funziona, uno più uno fa molto più di due. Non solo mi risultava un conteggio di parole doppio alla fine del giorno, ma c'erano anche il reciproco incoraggiamento, la condivisione delle angosce della scrittura e un po' di chiacchiere e risate insieme.

Dico questo per ringraziare la mia coautrice, Clare Lydon, dal profondo del cuore. Ero ansiosissima prima di cominciare, come se non avessi mai scritto un libro in vita mia, ma condividere una prima bozza con una persona di cui sapevo istintivamente di potermi fidare ha fatto sì che il mio processo di scrittura migliorasse, forse per sempre. Grazie per aver fatto il salto con me, Clare!

Devo ringraziare tantissimo anche mia moglie, Caroline, per essermi stata accanto quando non riuscivo a tenere a bada l'ansia, per avermi detto che non era tutto uno schifo come pensavo in quei momenti. Ha creato lei la copertina più azzeccata che ci potesse essere, proponendo anche il titolo e il sottotitolo, oltre a occuparsi di tutto il lavoro dietro le quinte che di solito passa inosservato.

Grazie anche a Cheyenne Blue, la nostra arguta e insuperabile editor, che ormai ha rivisto talmente tanti dei miei libri da conoscere il mio stile meglio di me. Cheyenne è una persona su cui posso contare sempre, ma stavolta si è fatta in quattro, acconsentendo al nostro folle piano di terminare il libro in modo da pubblicarlo nel maggio 2018, pochi giorni dopo il matrimonio di Meghan e Harry.

Mentre ringrazio Clare e Cheyenne, mi rendo conto di avere la grande fortuna di poter lavorare, quasi al cento percento online, con persone di cui posso fidarmi. Il cameratismo nella scrittura non è una cosa che mi riesce bene per natura: con loro due, però, è stata una bella passeggiata.

Grazie alle beta lettrici Carrie e Sophie. Spedire un libro a una prima lettrice che non sia mia moglie è sempre snervante, ma con voi è stato facile.

Grazie anche al mio Team di Lancio per il costante entusiasmo, la ricerca dei refusi all'ultimo momento e le recensioni, che sono di grande aiuto ai miei libri.

Grazie a Claire, la nostra correttrice di bozze, che si è rivelata una parte indispensabile del puzzle intricato che è il processo di pubblicazione. Grazie per esserti fatta avanti nei giorni frenetici poco prima dell'uscita del libro e per averlo rifinito a puntino.

E ovviamente, come sempre, grazie a *te* che hai letto il libro! È inevitabile che sia un po' diverso dai miei soliti libri, ma spero che la gioia che ho provato nella scrittura collaborativa salti fuori dalle pagine. Ti dico già che non sarà di certo l'ultimo che scrivo insieme a un'altra autrice!

Notizie biografiche
sulle autrici

Clare Lydon scrive romanzi rosa lesbo contemporanei ricchi di belle emozioni ed è un'autrice best seller nr. 1 nelle classifiche di fiction lesbo di tutto il mondo. Co-presenta il podcast *Lesbians Who Write* ("Lesbiche che scrivono") e tiene discorsi ai Queer Festival e ai Gay Pride nel suo Paese, il Regno Unito. Oltre al libro scritto insieme ad Harper, sono già stati pubblicati in italiano due dei suoi romanzi rosa: *Prima di dire "Sì, lo voglio"* e *Change Of Heart – Edizione italiana*. Presto ne verranno tradotti degli altri. Quando non scrive, Clare guarda troppi show dedicati alla casa, sorseggia caffè super forte & divora barrette al cioccolato Cadbury Wispa.

Harper Bliss è un'autrice best seller di romanzi rosa lesbo. Fra i suoi libri più apprezzati ci sono le due serie *French Kissing*, di genere drammatico, e *Pink Bean*, per riflettere.

Harper ha vissuto a Hong Kong per sette anni, poi ha viaggiato per il mondo, e infine si è stabilita nel Belgio insieme alla moglie Caroline e alla loro gatta fotogenica, Dolly Purrton.

Ad Harper piace comunicare con le lettrici e i lettori. Puoi scriverle all'indirizzo email sotto indicato.

www.ingramcontent.com/pod-product-compliance
Lightning Source LLC
Chambersburg PA
CBHW051252210726
48287CB00002B/463